TK
Tull kiss label
DX

今夜、一線を越えます
～エリート鬼上司の誰も知らない夜の顔～

木下　杏

この物語はフィクションであり、実在の人物・
団体・事件等とは、いっさい関係ありません。

Anzu Kinoshita
木下 杏
Illustration
小島ちな
誰も知らない夜の顔〜
今夜、
一線を
越えます

「一課の佐藤《さとう》あかねが軍司《ぐんじ》課長のことを狙って撃沈したらしいよ」

大きな窓から光がたっぷり降り注いでいる明るい店内は、ランチ時を迎えてややざわついていた。壁際のテーブル席は、隣のテーブルとは通路を挟んでいたがそれでも周囲の話し声が時折耳に飛び込んでくる。

その喧騒に加えて、目の前に置かれたパスタランチのボロネーゼを熱心にフォークに巻き付けていたため、澪《みお》は前から投げかけられた言葉に対して、やや反応が遅れてしまった。

「え？　佐藤さんが誰を狙ったって？」

今日は軽く寝すごして朝はグラノーラバーしか食べていないからすごくお腹《なか》が空いている。セットに付いていた申し訳程度のサラダなどあっという間に食べ終え、中途半端に活動を始めた胃がもっとボリュームのあるものをと求めていて、巻き付けたパスタを一刻も早く口に運びたかったが、一回聞き逃した以上、何度も聞き返すのは失礼だろう。

澪は仕方なく手を止めて、目の前にいる友人に視線を合わせた。

「だから、軍司さん。おたくんとこの『鬼軍曹』だよ」

「え」

営業一課の佐藤あかねと言えば、各部署につき一人は元彼が存在するという、本当かどうか真偽のほどはわからないが、まあそんな噂がまことしやかに囁《ささや》かれるほど、なかなかに肉食な女子社員だったはずだ。だから社内の噂話によく登場していて、個人的に話したことがほとんどないにもかかわらず、澪はよく知っているような気になっていた。

しかし今までの噂話から総合すると、そのターゲットとなるのは、割とキラキラした爽やか系の男性だったはずだ。どうせ自分には縁遠い、よく知らない男性社員の名前が返ってくるものと高をくくって、さして興味はないものの、お付き合い程度で聞き返したはずだった。だがしかし、澪は返ってきた名前の意外さに思わず目を瞠《みは》った。心なしか鼓動が跳ねた気もする。

「それは……チャレンジャーだね」

若干の動揺をなぜか相手には悟られたくなかった。澪はフォークを持つ手とは反対の手でコップを掴んで水を一口飲み、あえて何気ない風を装った。

「だって、佐藤あかねだよ」

間髪を容《い》れずに言葉が返ってくる。

「いや、そうだけどさ。軍司さんって……」

「イケメンじゃん。ほら、佐藤あかねってイケメンハンターらしいから。ちょろそうなイケメンはあらかた食い尽くしたから、高みを目指してちょっと難しいところにいった感じ？　でもあの佐藤あかねだって、さすがに軍司さんは無理でしょ。おっかないし。私だったらイケメンでも無理。怖すぎる。ま、さすがに付き合った子には優しいかもしれないけどさ。そこに辿《たど》り着くまでの道のりがさー、険しそう」

半笑いを浮かべながら梨花《りか》は捲《まく》し立てるように喋《しゃべ》る。ゴシップ好きな彼女がこの手の話題になると舌が滑らかになるのはいつものことだった。

火曜の昼下がり、澪は、部署は違うが仲良くしている佐々木《ささき》梨花と会社の近くのパスタセットが人気のお店でランチをしていた。

梨花とは昼休みのタイミングが合えばよくこうやってランチを共にしている。

会話の中であがった軍司というのは、澪の直属の上司の名前だった。フルネームは軍司悠太《ゆうた》。澪の勤める、そこそこ大手である建材メーカーの本店事業部営業三課の課長。正しくは課長代理だが、ほとんど課長と変わらない権限で働いているので、みんな役職で呼ぶ時は課長と呼んでいる。

だけど、肉食系女子のターゲットとして軍司の名前があがったことに澪が驚いた理由は、自分の直属の上司だったから、というだけではなかった。

——鬼軍曹。

先ほど梨花も言っていたが、それは軍司の陰の呼び名だった。

仕事においては非常にやり手で優秀。一営業マンだった頃から成績は抜群でその功績を認められて、営業三課を任せられたと言われている。そして三課の実質トップに君臨してからは今度は統率力と見事な管理能力を発揮して三課をまとめ上げた。彼の就任以来、一課は常に秀でた営業成績を叩き出している。

会社では「できる人間」として有名な人物。澪の会社では通例として、役職がつくのはせいぜい三十代半ばで、それも大体は主任クラスからだ。軍司は現在三十歳。早い段階で頭角を現したため、課を任せられることになったものの、年齢的にまだ課長は早いという会社の判断で課長代理の職で留め置かれていると聞いている。現在、三課の課長は営業部長が兼任している体《てい》となっているが、それはあくまでも形式的なもので、三課を実際に仕切っているのは軍司だ。おそらく正式に課長になるのも最早時間の問題だろう。

軍司が鬼軍曹と噂されるのは、とにかく仕事に厳しいからだった。課に配属されてきた新任者は必ず徹底的に仕込まれる。教育係を付けさせ、次々と課題を与え、合格ラインに達するまで鬼のようなだめ出しとやり直しが繰り返される。それは鬼の扱《しご》きと言われ、軍隊でいうところのブートキャンプみたいだなんて言う人もいる。

その噂と軍司という名前が相まって「鬼軍曹」と言われるようにまで至ったらしい。

しかし、そうやって仕事を叩き込まれた者はほとんどが優秀な営業マンに育っているので、軍隊三課なんて言われてはいるが、意外と三課へ転属を希望する者も多いらしい。そうやって軍司が優秀な人材を育て管理しているからこそ、三課は常に高い営業成績をキープできているのだ。

仕事ができて、ルックスも悪くない。そうなると女子社員が群がりそうなものだが、梨花のように敬遠している者も少なくない。それはやはり、仕事ができるという評判とセットで付いてくる鬼軍曹という名に裏打ちされる、怖いイメージからだろう。実際顔付きも、目付きが鋭めであるため、澪も何度となく見たことがあるが怒るとなかなかの迫力だった。物言いも、平時からちょっときつい。だから表立って軍司を狙う女子はあまりいないし、肉食系女子がハンティング感覚で軽く手を出す対象になるとも想像しがたい。だからこそ澪は驚いたのだった。

「でも、澪もよくやってきたよねぇ。あの軍司課長の下でさ。もうけっこう長いよね」

適当に相槌《あいづち》をうちながら、ボロネーゼを口に運んでいたところでいきなりしみじみと言われて澪はぱちぱちと目を瞬いた。咀嚼《そしゃく》していたパスタを飲み込むとナプキンで口の端を拭う。

「いや私営業じゃないし。そりゃ最初慣れるまでは厳しく言われることもあったけどさ。事務にはそんなに高度なことは求めてこないよ。それに、慣れたらけっこう優しいところもあるし」

これは本当のことだった。確かに最初は、頼まれて行った資料作成で鬼のようなだめ出しを食らって半泣きになったこともあったが、慣れてくると次第に、自分がどんなことを求められているのかがわかるようになる。軍司はそのあたりが割合はっきりとしているので、実はそのポイントさえ明確になればやりやすい上司だった。

澪が今まで軍司の下で働いて経験してきたことを総合して考えると、軍司に対する印象は、「言われているほど怖くはない」といったものだ。しかし外から見ている分には、そのあたりはわかりづらいらしい。若干尾ひれが付いたような感もある、噂による先入観もあるのだろう。現に梨花はあまりピンとこなかったようだ。明らかに信じてなさそうな顔でえーほんとにー？　と語尾を上げた。

「澪はスルースキル高いからなあ。得意ののらりくらり戦法で鬼軍曹もかわしてきたんでしょ」

「いや、そんな戦法ないし」

澪はその言葉に苦笑いを浮かべた。梨花は総務課で働いている。澪も元々は総務だった。澪は現在二十六歳だが、入社してから営業三課に転属される前までは、ずっと総務にいた。梨花は社歴は一つ下なので一応後輩にあたるが、一年浪人して大学に入っているらしく、年齢は同じ二十六歳だった。なので打ち解けてからは自然と友達のような関係になり、澪が総務を離れ仕事での接触が激減した今では、すっかり友人ポジションに納まってしまった。

澪の会社では、総務というのは会社の便利屋的な存在となっている面があり、どこが担当するのか曖昧な業務は総務に回されることが多かった。中には、それは総務の仕事ではないということまで当然のように頼んでくる輩もいる。運悪くそのオファーを投げられてしまうと、かかる火の粉《こ》を自分で振り払わなければならなくなるのだが、澪はそんな時は何を言われても上手く受け流して、何とか引き受けないよう立ち回っていた。

もちろん、基本的にできないことはできないと断らなければならないのだが、中には一回断ってもしつこく粘り、時には強く出てくる者もいる。けれどそんな時でも、同じ社内の人間が相手では角が立つような断り方をするのは後々のことを考えるとなかなかできないので、お茶を濁《にご》していたのだ。梨花はよほどその掴みどころのない対応が印象的だったのか、総務から異動してもまだそのことを冗談交じりにたまに引き合いに出してくる。

そんな風に言われること自体は特に何とも思わないが、梨花の言う「のらりくらり戦法」とやらが、自分の家庭環境に端《たん》を発していることはわかっていた。澪は三人姉妹の真ん中で、上には女王様気質の姉、下にはお姫様気質の妹がいて自己主張の強い二人に挟まれて育ってきた。二人は家庭内で熾烈《しれつ》なマウンティングをよく繰り広げており、その争いに巻き込まれないために澪はとにかくどっちつかずの態度を貫いてきたのだ。これはどちらかに味方した後は、もう一方からの当たりがきつくなって結果的に必ず居心地の悪い思いをすることになるからだ。

おかげで、面倒なことになりそうな時に無難にスルーするスキルだけが無駄に養われてしまった。

梨花はふーんと気のない相槌をうってパスタを口に運んだが、次の瞬間、何かに気付いたように口をモグモグさせながらにやりと笑った。

「軍司課長が澪に優しくしてくれるの、それってけっこう特別なこと？　もしかして」

そこで梨花はごくんと口の中のものを飲み込む。まるで新しい玩具《おもちゃ》を見つけた子どものようにキラリと目を光らせた梨花の顔を見て澪は困ったように笑った。

梨花は明るくて裏表のない付き合いやすいタイプではあるのだが、色恋沙汰が好物なあまり、何でもすぐ恋愛に結び付けるのが難点だった。

「それはない。軍司さんだって常に怒ってるわけじゃないんだからさ。むしろメリハリ付けられできる上司ってことだよ。怒る時は怒る。何も問題なければ普通で、人並みに優しくもしてくれるってこと。部下には全員態度は同じ」

全員というところをわざと強調して言うと、梨花はあからさまにがっかりした顔をした。

「なんだ、つまんない。完璧かよ」

そのタイミングでテーブルの上に置いていたスマートフォンの画面がメッセージを受信して明るく光る。そちらにちらりと視線を向けながら澪は軽い口調で言った。

「私なんか、相手にしないでしょ」

しかし、その言葉に梨花はきょとんとした顔をした。

「え？　そうかな。澪は意外と男ウケよさそうなタイプだと思うんだけど。メイクとか服とか基本押さえてる感じだし。顔も愛嬌あるじゃん。たまに澪のことカワイイって言ってる人いるよ」

軽く首を傾けた梨花のきれいにカールされて上向きになった睫毛《まつげ》が、ぱちぱちとした瞬きに合わせて揺れる。スマホに手を伸ばしかけていた澪はそれをやめてぱっと顔を上げた。

「え？　誰？」

「あー……、誰だったかな、忘れちゃった」

「ちょっと、謎のフォローだったらやめてよ」

「いや、ほんとにいたし。作り話じゃないよ」

「まあ別にいいけどさ」

そこで一旦会話が途切れたのでスマホを触って届いたメッセージの内容を確認する。取るに足らない内容だったので澪はそのまま、ボロネーゼを食べることに意識を切り替えた。梨花はセレクトしたボンゴレパスタがいまいちだったみたいだ。半分ほど食べた後、頬杖をついてあさりをつつきながら話題を探す顔をして澪をじっと見た。

「てかさ。軍司課長が澪を相手にするかどうかは置いておいて。澪的にはどうなの？　もうけっこう三課も長くなってきたから大体性格とかもわかるでしょ。それを踏まえて、軍司課長、あり、なし？」

梨花は本当にこの手の話題が好きだ。

今までに他の三課のメンバーについては、気になる人はいないのかと何度か聞かれたことはあったが、軍司のことについては、そう言えばまだ話題にあがっていなかった。そう考えると今まで聞かれなかったのが不思議だったな、と思いながら、そうだねぇと澪は気のない返事を返した。

「ありとかじゃなくてさ、梨花はさ、イケメンの芸能人に恋愛感情を持てるかなんて考えたりする？　しなくない？　私にとって軍司さんってなんかそんな感じ」

「ん？　どゆこと？」

素直な気持ちを言うと、梨花は怪訝《けげん》そうに眉を顰《ひそ》めた。

「向こうは仕事ができてイケメン。若くしてもうすぐ課長でしょ。怖いイメージあるからさ、社内の女の子からは敬遠されてるとこあるけど、例えばちょっとでも優しくすれば大抵の子はころっといっちゃいそうじゃん。要は選びたい放題。そんな相手を自分と同じ土俵で考えないでしょ。ありかなしかジャッジする以前の問題って感じ」

「ああ……ふーん、謙虚」

梨花は自分のネイルにちらっと視線を落としてつまらなそうに答えてから、不意に顔を上げてにやっと笑った。

「でもそれって結局はありってことじゃない？　自分もころっていくかもしれないって思うからこそだよね」

揶揄《からか》うような表情の梨花を見つめながら澪は目をぱちぱちさせた。


「んじゃ先行くね」

「おつかれ～」

その後ランチを食べ終えた二人は会社に戻ってきてトイレに寄った。澪は歯磨きをして軽く化粧を直すと梨花とそこで別れる。梨花は化粧直しが長いので、残りわずかな昼休みを使って待っていられないのだ。言葉を交わすとトイレを出た。

三課のフロアに戻るといつもよりも人気《ひとけ》が多かった。三課には澪以外にも事務員が数人いるが、その事務員以外にもデスクに座っている人がちらほらいる。営業の社員は日中は大体出払っているのでこれは珍しいことだった。ランチ中に噂の的だった軍司も自席でパソコンを叩いている。澪はフロアを見渡すように視線を巡らしながら席につくと、ランチバッグを引き出しにしまった。

休憩明けまであともうちょっとあるはずだと時間を確認するためにスマホを手にした。

(やっぱイケメンだよなあ)

なんて、さっきちらっと見た軍司の顔を思い出しながらスマホに指を滑らす。

少し冷たい感じはあるが、切れ長の目、すっとした鼻筋、薄い唇。おそらくワックスなどで整えているとおもわれる、短めの髪型も顔がいいからかより一層似合って見える。今日は濃いめのグレーのスーツだが、いつも仕立てのよさそうなスーツを着ている。それなりに上背もあるし、もちろんお腹なども出ていない。引き締まった体躯《たいく》であることは服の上からでも窺《うかが》えた。

（……ころっといくかなあ）

澪は梨花との会話を思い出して首を捻《ひね》る。自分とどうにかなるなんて考えたこともなかった。違う世界の人。いい大人が芸能人との恋愛を本気で夢見ることなんてない。それと同じでそういうことを考えるのはなんだかものすごく身のほど知らずな気がしてしまう。イケメンを見て眼福。それだけに留めておいた方が平和だ。それに……。

そんなことを考えながら、パソコンにパスワードを打ち込んでいた澪は不意に名前を呼ばれた。

「菅原《すがわら》」

その声が軍司のものだったので、あまりのタイミングのよさに鼓動が跳ねる。しかし澪はそれを態度には出さず、はいと返事をしながら声の方を向いた。

「ちょっといいか」

「はい」

もう一度返事をして自分の席を立って軍司の席の近くまで行くと、軍司はパソコンに向けていた切れ長の目を澪へ向けた。

「今日、手が空くか？」

そう言われて、すぐに午後にやろうと思っていた仕事を思い浮かべる。そして、その中で今日中にやらなくてはいけない仕事はなかったかを頭の中で素早く確認した。

「いえ、急ぎのものはないので、明日に回すこともできますが」

「そうか、よかった。ここ、別のものも押せばいけそうだから追加で提案することにした」

そう言って軍司は一枚の紙を澪の前に出した。

受け取って目を通すと、それは見積書で、余白に軍司の字で何か書き込まれている。

「それ、前に先方に出してる見積もりだから。これをベースにそこに書いてあるやつを追加して資料と見積もりを作り直してほしい」

「わかりました」

澪の返事を聞くと軍司はパソコンの画面に顔を戻して、キーボードをパチパチと叩いた。

「俺は今日はこの後出て戻らない。明日は……」

どうやら自分のスケジュールを確認しているようで、画面を見ながら軍司は続けた。

「ああ、昼はいる。そうだな、昼休憩に入る前に見れるようになってると嬉しい。元の資料は共有に入ってる。わからないところはあるか？」

「ありません」

「そ。じゃあよろしく。何かあったらメールは見られるから送っといて」

「はい」

軽く一礼して、手にした見積書に書いてある軍司の字を読みながら席に戻る。早速言われた作業に取りかかっている間にも、軍司の席からはひっきりなしに声が聞こえてきていた。

「最初からこんなに落とすな。一回この間ぐらいの額を提示して相手の反応を見ろ。あまり先方の言うこと聞きすぎんなっていつも言ってるだろ」

今度は澪と入れ替わりに呼ばれた山川《やまかわ》が見積もりの甘さをこんこんと説かれているらしい。はい、はいと何度かの返事の後に、出し直してもう一回持ってこいと言われて山川は席に戻された。すると間髪を容れずに、今度は今しがた外出から戻った二人を呼び止める軍司の声がフロアに響いた。

「はぁ？　まとまんなかった？　滝沢《たきざわ》、お前は何のために一緒に行った？」

納品したものにトラブルがあり、担当だった橋口《はしぐち》と三課でもベテランの部類に入る主任の滝沢がフォローに入って処理にあたっているということは、澪も何となく把握していた。軍司の声から察するに、現場に入って交渉したのに、上手く話をまとめられなかったのだろう。さり気なくそちらを見やれば、眉を顰め難しい顔をしている軍司がいた。軍司が怒ると迫力があるので、場はぴりっとした空気に包まれている。軍司の前に立つ二人の顔は強張《こわば》っていた。

「出るまであと四十分ある。もっと詳しく説明しろ」

言いながらノートパソコンを手に持って立ち上がった軍司は最も席が近い事務員に声をかけた。

「A会議室、空いてるか」

言われた坂井《さかい》という事務員は慣れた様子でマウスを動かす。

「大丈夫です」

「今から四十分でいいから使用中にしといて」

「はい」

「あと俺のところに、外出から直帰って書いておいて」

「はい」

「悪い。あ、山川。さっきの見積もりはできたら共有に入れておけ。今日中に見とくから」

てきぱきと指示を飛ばしながら二人を引き連れ、スタスタとフロアを横切って颯爽《さっそう》と軍司が去っていく。いつもながらの的確な仕事ぶりに心の中で感心しつつ、澪はパソコンの画面に意識を切り替えて自分の仕事に集中した。

パソコンをシャットダウンして息を吐く。定時を三十分ほど過ぎたところで澪は退勤準備を始めた。軍司から頼まれた資料と見積もりの作成は終わった。今日中にやっておいた方がいいことも大方片が付いたので、そろそろ終わってもいいだろうと席を立った。

バッグを手にしてエレベーターに向かっていると、途中の自動販売機が置いてあるちょっとした休憩スペースに知った顔を見つけて、足を止めた。

「お疲れ。今戻ったところ?」

「おお、お疲れ。今日あちーな。汗止まんねーわ」

同期の柴田《しばた》だった。澪が配属される前から三課にいて、澪が総務の頃はそうでもなかったが、同じ課になって急速に距離が縮まった。人懐っこい性格をしていて話しやすいので、営業に向いていると思うが、少々、チャラい。

柴田は話しながら、おそらくすぐそこの自動販売機で買ったと思われる炭酸飲料をゴクゴクと飲んだ。ぷはっと盛大に一息ついて、手の甲で汗を拭う。

「なに、終わり?　いいな〜」

「そっちはまだ帰れないの？」

「明日の客先に持っていく資料作んの忘れてた。もう坂井さん帰っちゃったよね？」

「たぶん」

「頼むの忘れてたわ〜。やべー、今日彼女と約束してた気がする」

「それはお疲れ。頑張ってね」

「あーくそ。やっちまった。なんで彼氏のいないお前が帰れて、俺が……」

「うっさいな。彼氏がいないのは関係ないでしょ」

こういう軽口はいつものことだった。柴田は誰に対してもこんな感じだが、澪に対しては同期である気安さも手伝ってか更に遠慮がない。

「今度誰か紹介してやろっか？」

やばいと言っている割に仕事のことなど忘れた様子でカラカラと笑って柴田は言った。

「え。いいよ」

「でも彼氏、けっこう長いこといないんじゃなかったっけ。そろそろ欲しくない？　俺だったら耐えられない」

「彼氏いなくても普通に楽しく生きてるよ」

軽い口調で返す。柴田とはこんなやり取りもしょっちゅうだった。

確かに柴田は彼女が途切れたことがなさそうなタイプではある。よく彼女の話をしているが、気付かない間に相手が変わっていたりもした。対して澪はここ最近と言わず、もうずっと彼氏はいなかった。というか、入社してから一度もできていない。

最後にいたのは大学生の時だった。元々、恋愛が得意な方ではないと思う。距離感のとり方が下手くそなのだ。主に恋人同士になる時となった後の。

澪の姉と妹はそれぞれ、美人系とかわいい系でよくもてた。男が寄ってくるので経験値が上がっていくせいか、気付けば男の転がし方がとても上手くなっていて、折々にかわいく甘えて思い通りに動かしている姿をよく見ていた。そのせいであるのかはわからないが、澪はその手の仕草や態度に対して妙に客観的になってしまって、男性に甘えたりすることが苦手、ということが前提としてある。

澪の今までの交際経験は三人。初めて付き合ったのは高校生の時だが、よくわからないままに付き合って大して何もしないまま、気付いたら別れていたのでこれはほとんどカウントには入らない。大学生になって初めて、キスからセックスまで込みの付き合いを経験した。

その彼氏とは半年ぐらいで別れて、一年ぐらいのインターバルの後にもう一人付き合った人がいるのだが、この大学時代に付き合った彼氏は二人とも、同じパターンで付き合って別れている。

簡単に言ってしまえば、友達からのスライド方式だ。一人目は同じ学部、二人目は同じバイト先の男性だった。一緒によく遊ぶグループがあって、その中で最も気が合ったというのも同じ。頻繁に出かけたり飲んだりしている内に、グループの中でカップルが誕生し、その流れで澪たちも何となく付き合ってみる？　みたいな雰囲気となり、こちらも相手に好意はあったので、その流れに乗ったというのも全く一緒だった。

二人とも、元々気が合っていたので、恋人になってからも一緒にいるのはすごく楽しかった。だけど、澪はどう態度を変えていいのかがわからなかった。昨日まで友達で、今日から恋人。突然べタベタと甘えたりするのはどうしても照れくさい。結局、いきなり変えるのも変だしと自分に言い訳をして、友達時代と同じ態度で接した。正直に言えば、澪にとってはそれがとてもラクだった。

そしてその内、それでいいと思うようになった。

しかし、相手にとっては違った。セックスしている時はまだよかった。けれど澪の態度も影響しているのか、あまりそういう雰囲気になることもなくなってきて回数が減ると、恋人でいる意味が急速に薄れていく。最終的には、友達に戻ろうと言われた。終わり方も二人とも同じだった。

最後の彼氏と別れてから今まで、次の相手を探そうとしなかったわけではない。けれど社会人になると、学生時代と違って、男女が入り混じったグループでしょっちゅう一緒にいるなんてシチュエーションはそうそう起こり得ない。友達からのスライド方式でしか恋愛をしたことがない澪にとって、それ以外の恋愛の始め方はハードルが高かった。

合コンや紹介など、恋愛前提の出会いの場は特にそうで、何人かでわいわい話している時は問題がないのだが、二人で会うと一気にそれが露呈《ろてい》してしまう。

いい年して恋愛の始め方がわからない。もしかして相手からのサインもことごとく見逃してしまっているのかもしれない。男性と二人で会ったりする機会もあることはあったが、まるでそういう雰囲気にならず、その後、関係が進展した男性は一人もいなかった。

女子力が極端に低いわけではないと思う。メイクも服も興味はあるし、それなりに気を遣っている。だからなのか、周りには澪の恋愛値が極端に低いことは気付かれていないようだった。二十六にもなって恋愛が始められない、なんてそんな自分を、見知った人、それも職場の人間に知られてしまうのが恥ずかしくて、同じ課になってからというもの柴田から何度か誰か紹介しようかと持ちかけられていたが、すべて断っていた。

「あ、もしかして気になるヤツがいるとか？　俺、けっこう他の部署にも仲いいヤツいるから、社内だったら言ってくれれば繋げられるかも」

恋愛にけっこうなウエイトを置いていそうな柴田は、澪が割と本気で断っているのに、どうやらただ遠慮しているだけだと思っているらしい。人懐っこい笑顔で見当違いなことを言われて澪は苦笑いを浮かべた。

「えー」

親切心から言ってくれているのだろうと、すぐに断るのも何となく気が引けて、澪はとりあえずワンクッション置くために、意味のない相槌めいた声を出した。

すると柴田はそこで何かに気付いたようにあ、と言った。

「あ、そーだ、でも軍司さんだけはやめてね。その手の要請が多すぎるし、あの人はちょっと無理だから」

「え。そうなの」

怖いイメージから敬遠されているかと思いきや、表立って狙わないだけで、陰で狙う子が多いってパターンか。

軍司の人気の高さに改めて驚いていると、柴田がびっくりしたように澪を見ていた。

「えー、まじか。まさかの菅原が軍司さん狙いとは」

「ちょ、やめてよ！　短絡的に考えるのは。今のは普通のリアクション！　軍司さん狙うなんてそんなおこがましいこと考えてないし、紹介してほしい人もいないから！」

どうやら変な勘違いをされたらしい。彼女と約束しているのではなかったのかと頭の中で突っ込みつつ、その後澪は柴田の誤解を完全に解くのになぜか十分ほども時間を費やした。

今日が終わればやっと休みという開放感に浸れるはずの金曜の夕方、澪はトイレに腰を下ろしてふうっと息を零していた。

退勤後に特に用事もなく、家で缶チューハイでも飲んでのんびりゴロゴロしようと思っていたのだが、急に飲み会になってしまった。しかも三課のだ。

三課で一番若い早川《はやかわ》が初めて大口の契約を取ったということで、社に戻った彼にその場にいた者たちが労《ねぎら》いの言葉をかけている内に盛り上がって飲みに行こうという話になったらしい。澪は席を外していてその場にはいなかったのだが、席に戻ってきてよくわからない内にその盛り上がりに巻き込まれていて、気付いたらメンバーに入れられていた。

特に用事もないので断って水を差すのも気が引けて何も言わずにいたら、そのまま参加することになっていた。別に嫌なわけではないのだが、あともうちょっとで終わりと少し気を抜きかけていたこともあって、ここから飲み会というテンションを上げていかなければいけない場に参加するというのは、やはりいくらかの気持ちの切り替えが必要だった。

よし、と心で呟いて便座から立ち上がりかけたところで、どうやら何人かがグループでトイレに入ってきたらしい。一気に扉の向こうが騒がしくなった気配に、澪は思わず動きを止めた。

「三課、今日飲みになったらしいよ」

「うっそ、私も参加したい！　何とか参加できないかな」

「柴田さんあたりに捻《ね》じ込めばいけるんじゃん？」

「そうかなー。頼んでみようかな」

　この騒がしさは一課かな、と澪は無意識に耳を澄ましながら当たりを付けた。一課の営業事務は、華やかと言えば聞こえはいいが、言ってしまえば派手な感じの女子社員が多い。彼女たちは集団でいると声が大きくなるので、顔を見ずともすぐにわかるのだ。

　しかも、どうやらこの後の三課の飲みが目下の話題になっているらしい。これは出にくくなったと澪は思わず苦い表情になった。この後、化粧直しもしたかったのにと思うとため息まで漏れそうになる。

「えーなに、もしかして軍司課長？」

　急に飛び出たその名前を聞いて、澪はこの会話の中心にいるのが誰なのか、何となく思い当たった。おそらく、佐藤あかねだ。この前の梨花との会話が頭の中にすぐさま思い出される。

「断られたとか言ってなかったっけ？」

「なんだっけ？　社内恋愛はしない？」

　口々に言っているのだろう。その会話を聞いて梨花の情報は本当だったのだなと思わず苦笑いが漏れる。断られた理由も正確であった。澪が総務にいた頃から、梨花はとにかく社内の噂話や情報に詳しかった。その情報網によると、今まで社内の女性に言い寄られた軍司の断り文句は一貫して、社内で誰かと付き合うつもりはない、らしい。

だから、この間の梨花との会話も結局は、軍司課長は社内恋愛しないんだからそんな話は無駄、という結論で終わったのだが。

「あれは軽いジャブ。最初は断られるのも予想済みだから」

妙に強気な佐藤あかねの言葉に、一緒にいる女子社員たちが出たーと言いながらけたたましく笑った。

「諦めてないの？」

「もちろん。社内ではなかなか近寄れないけど、飲みの席とかでマンツーに持ち込めばいけると思うんだよねぇ。社内恋愛しないなんてどーせ建前でしょ。ああいうタイプは意外と押しに弱いはず。一回寝たらこっちのもんだし。絶対オトすから」

「こっわー」

「得意の寝技ですか」

クスクス笑いながら退勤前の化粧直しでもしているのか、佐藤あかねとその取り巻きの女子たちの会話はそのままダラダラと続く。出るタイミングを完全に逃した澪がトイレを後にしたのは、それからしばらく経ってからだった。

トイレで思わぬ時間を食ってしまった澪はあの後慌てて三課に戻り、残っていた三課メンバーと本日の飲み会の会場として決まった店へと移動した。ちなみにその中には柴田もいて途中スマホをいじっている姿が目に入ったりもしたのだが、澪は何も言わず素知らぬ振りをしていた。

おそらく、柴田のスマホに連絡を入れてきているのは佐藤あかねだろう。柴田は調子がよくて、人当たりのいい性格なので、社内でも顔見知りが多い。トイレの中で聞いた会話から察するに、佐藤あかねとも繋がっているのだろう。あの会話通りに佐藤あかねが動くとすると、柴田にこの飲み会に参加できないか打診の連絡を寄こしているはずだ。しかし澪は彼はそれを了承しないだろうと踏んでいた。

（まあ……さすがに大丈夫でしょ）

柴田はチャラいが、抑えるべきところは抑える。今日は早川が主役の場だ。そんなところにあまり関係のない一課の女子社員を呼ぶなどという真似はさすがに、空気の読めない行為になるということはわかるだろう。その点では信頼できるはずだった。

「かんぱーい！」

澪の予想通り、佐藤あかねの乱入というアクシデントに見舞われることなく、無事、飲み会は和やかに開始された。大口の契約を取った早川の働きを労う言葉が次々にかけられる。参加人数は八名。ちなみに女は澪一人だ。三課には、澪の他にももちろん事務員はいるが、なぜか全員が既婚者なのだ。一課に多い、若い華やか系の女子社員は三課には不思議と配属されない。三課の女子社員の平均年齢は既婚者が多いだけあって高く、澪が一番若かった。

歓迎会や忘年会などの前もって決められた飲み会には他の女性事務員も参加しているが、子どもがいる人もいるので、今日みたいに突発的に決められたものには滅多に来ない。なので澪でもいた方が多少は華になると思うのか、予定がないとわかるや否や、柴田などに勝手に参加にされたりしていたこともあった。澪も何となく、なるべく参加するようにはしていた。

今夜の会場は創作和食ダイニングというコンセプトの店だった。通されたのは半個室に区切られた空間で、澪はそこに置かれている長いテーブルの端っこに座り、目の前には柴田が、隣にはこの前トラブル処理が上手くいかずに主任の滝沢と一緒に軍司に怒られていた橋口が座った。

橋口は澪より少し上の年齢で、体型はややぽっちゃり気味、優しい目元がゆるキャラみたいな雰囲気を醸《かも》し出しているので非常に話しやすく、今日の位置取りは悪くない。女一人で飲み会に参加するのは、最初は気が引けてなかなか会話に入れないこともあったが、最近は大体の課のメンバーとそれなりに打ち解けているので特に嫌な思いをすることもなく楽しく飲めている。けれどもやはり隣に座る人によっては、気疲れすることもあるので誰が隣に座るかは大事だった。

軍司は会社から一緒に来たメンバーにはいなかったのだが、席についてオーダーの相談をしている時に店に姿を見せた。今日の主役である早川の隣に座り、目の前には主任の滝沢が座っている。澪からは離れた位置であったが、女だからと言って上司の隣に座ってお酌《しゃく》をしなくてはいけないような雰囲気など三課にはないし、澪は大体なるべく末席を選んで座るようにしているので今まで隣に座ったことはなく、これはいつも通りであった。

仕事を離れた軍司がくだけた表情で笑っているのをさり気なく視界に入れながら、澪は一杯目の生ビールに口を付ける。

(……イケメンも大変だな)

苦みのある液体を飲み下しながらトイレで聞いた、佐藤あかねと一課の女子たちの会話をぼんやりと思い出す。あんな虎視眈々《こしたんたん》と狙われたら一分の隙も見せられなさそうだ。

(でも、どう見ても押しに弱そうには見えないけど)

軍司だったら肉食女子の押しも平然とぶった切りそうだ。まあどちらにしても、恋愛を始めることすらできない澪にとっては、なんだかすごく遠い世界に感じてしまう。

十月にもかかわらず、日中やたらと蒸し暑かったせいで喉が渇いていたのか、澪はぐいっともう一度ビールを呷《あお》った。


「なんか、まだ前の男と連絡とり合ってるみたいでさぁ、なあ、それってあり得なくない？」

「うーん？　そうだねぇ」

若干、目が据わり始めた柴田を相手に、澪はうんうんと相槌をうっていた。お互いに既に何杯かおかわりを頼んでいる。柴田はそこまでお酒に強いわけでもなさそうなのだが、いつも飲むペースが速い。だから割と簡単に酔っ払う。そして酔うとすぐに彼女の話をしたがる。しかもその話がけっこうしつこい。いつもはこうなってくると課で一番若い早川がメインでその相手役を請《う》け負っていることが多いが、今日は主役として軍司の隣で何やら熱く語っているので、たまたま目の前にいた澪に自然とその役割が回ってきていた。

元カレなんてとうの昔に連絡先から消えている澪にとっては、いまいちぴんとくる話ではなかったが、お前は連絡とってる元カレっている？　と頬杖をついた柴田に不意に投げかけられて、苦笑いを浮かべた。

「いや、いないけど。みんながみんなそういうわけでもないですよねぇ、橋口さん、って、え」

橋口には確か、長年付き合っている彼女がいたはずだ。そのあたりに上手く話をスライドさせられるかも、とさっきまで一緒に柴田の話を聞いていたはずの隣の橋口に話を振ろうとした澪は、隣に顔を向けて、口を噤んだ。

さっきまで菩薩《ぼさつ》のような顔をして、柴田に優しく言葉を返していた橋口はいつの間にか、澪とは反対隣の席に座っている人と話し出していたのである。しかもちゃっかり、既に盛り上がってます的なムードを出しており、こっちの会話に戻ってくる雰囲気は全くない。

（……うわぁ、ずるい）

仕方なく、顔を戻して誤魔化すように笑いながらグラスに口を付ける。ちょっと多く口に含みすぎたのか、嚥下《えんげ》した途端、頭が後ろに引っ張られるような感覚を覚えた。

（やばい、ちょっと酔ってきたかも）

澪はお酒が弱い方でもなかったが、柴田のペースに釣られていつもより杯数が多くなっているのは否めない。これ以上杯《さかずき》を重ねると無駄にテンションが上がってきてしまいそうだ。頭がフワフワしてきている。

自分が酔うと陽気になるタイプということは今までの経験からわかっていて、周囲にそこまで迷惑をかけることはないだろうが、気が大きくなって言わんでもいいことまで喋ったりする可能性はある。友人たちと飲んでいるならいざ知らず、職場の飲み会でそこまで至るのは避けたく、澪はちょっとペースを落とそうとグラスを置いた。

「……普通に聞いちゃえばいいんじゃないの？　連絡とってるのかって」

気を取り直して口を開くと、刺身を頬張っていた柴田が箸を咥《くわ》えたまま、はぁ？　と言った。

「そんなん、素直に言うわけねぇだろ」

「でも、もしとってて疑われてるって思えば、やめといた方がいいかもって抑止力になるかもじゃん。あ、それか、友達の話みたいな感じでその話を出して、俺、そういうことされると冷めるって言うとか？　遠回しに」

「いや、すぐ裏読んでくるタイプだから、普通に私に対して言ってんの？　とか言われる」

「そうだよって言っちゃえば？」

（……でもでもだってだな、こいつ）

　半ば呆れながらも、一向に話が打ち切れないので、ダラダラと柴田の彼女が元彼と連絡とってるかもしれない問題についての会話が続く。相談してくるくせに何を言っても、でもとか、だけど、などと返ってくるので、段々と面倒くさくなってきて、澪は途中で真面目に返すのはやめていた。同じやり取りがループするのに飽きてきて、だめだと思いつつもついついグラスを口に運んでしまう。先ほどはついに、梅酒のロックを頼んでしまった。

「で、風呂入る時とかもスマホ持ってくし。なんか、そんなに見られたくないものがあんの？　とか思うじゃん」

「大体の人はロックかけてあるんだから、その辺に置いといても見れないでしょ。考えすぎじゃない？　私も防水ケースとかに入れて湯船浸《つ》かりながらスマホ見たりするよ」

「いや、そういうんじゃなくってさ……」

「なに、柴田はまた彼女の話？　ほどほどにしとかないといい加減菅原に嫌がられんぞ」

コン、とテーブルにグラスを置く音と共に上から声が降ってきて、会話が遮られる。その声に澪が驚いて視線を上げると、そこには、先ほどまでテーブルの向こう側の、何人も人を挟んだ距離にいた軍司が、目の前で口の端を上げて呆れたように笑っていた。

「ちょい詰めて」

軍司は柴田に声をかけて一つずつ席を詰めさせて澪の真正面に座った。

(……びっくりした)

飲み会も中盤ぐらいになると、段々だらっとした雰囲気になってきたりする。そのタイミングで席替えがあるのはよくあることだったが、まさか軍司が近くに来るとは思わず、驚いた澪の動きが一瞬止まった。しかしすぐに我に返り、取り繕って顔に歓迎の笑みを貼りつける。アルコールのせいで緩慢になっていた頭の働きが驚きで瞬間的に元に戻った。

「お疲れ様です」

席が離れていたせいで、ここに来てからまともに話していなかったことを思い出して、とりあえず挨拶を述べる。

おーと澪に対して答えた軍司に、今は完全に酔っ払いになった柴田がヘラヘラ笑いながら、大丈夫ですよぉと言った。

「こいつとは同期なんで。慣れてる……はず」

「おま、顔真っ赤だぞ。完全に出来上がってるじゃねーか」

言いながら軍司は澪を見て、呆れたように笑った。

「菅原も顔が赤いな。こいつのペースに付き合う必要ないから。ほどほどにな」

その言葉に、はは……と愛想笑いを浮かべた澪は、気を付けますと返す。

「軍司さん、聞いてくださいよぉ。彼女が昔の男とまだ連絡とってるっぽくて」

柴田がぐいっと軍司の方に身を乗り出す。酔いもかなり手伝っているのだろうが、軍司が来たことによってなぜか柴田は甘えモードのスイッチが入ってしまったようだった。柴田はおそらく兄でもいて元来弟気質なのだろうな、などと思いながら澪は黙って柴田を見やった。

軍司はオンとオフをきっちり使い分けるタイプらしく、飲み会の時は会社とは打って変わって適度に話しやすい、くだけた雰囲気を漂わせている。仕事で見せる厳しい顔をすることもないし、くどくどと説教することもない。見ている限り、そんなオフでの意外とノリのいい気さくさが親近感を与え、部下の忠誠心を更に高めているのではと思う。柴田などその最たる例で、仕事では厳しいことをよく言われているせいか、こういう時にここぞとばかりにやたらと懐く。

「お前、まだ彼女の話続けるのかよ。どんだけ好きなの」

軍司はうんざりした顔をしながらも声は笑っている。本心では嫌がっていないことが見て取れた。

「いや、そりゃあ大好きですよ。だって……顔は俺好みでめっちゃかわいいし、胸は大きいし、メシもうまいし、気も利くし……まあちょーっと言い方がきついのはあれだけど、あっちの相性もいいんですよ、それに……」

捲し立てるように喋る柴田に、軍司は今度は呆れたようにハイハイと言った。

「今度はのろけかよ。しかもそんなことまで聞いてないし」

ええ、聞いてくださいよと大げさにリアクションする柴田に軍司は、ははっと声を上げて笑った。

イケメンがその整った相好《そうごう》を崩して笑うとなかなかの破壊力がある。澪は場に合わせて相槌をうちながら、内心ではそんなことを考えつつ梅酒のロックをちびちびと飲んだ。

「あー、すみません、俺ちょっと、しょんべん行ってきます」

その後も彼女絡みのことを散々軍司に聞いてもらってから、柴田がふらりと席を立った。その足元は明らかに覚束《おぼつか》ない。

「え、お前、大丈夫かよ」

言いながら軍司が手に持っていたグラスを置く。すると、その次の瞬間、澪の隣からがたりと椅子を動かす音が聞こえた。

「僕が行きますよ」

澪の隣に座る橋口だった。反対隣に座る人と話していると思っていたが、どうやらこちらにも注意を払っていたようだ。上司に行かせるわけにはいかないと思ったのだろう。軍司をやんわりと止めて、ふらふらと歩いていく柴田の後を追う。

「あー橋口、悪い。頼む」

その姿に軍司が声をかける。橋口は嫌な顔せずにっこり笑って頷《うなず》くと、柴田の後ろに付き添った。

「あいつらが戻ったら、そろそろ終わりにした方がいいかもな」

その二人の姿を見送ると、ふっと軽く息を吐いた軍司がちらっと腕時計に目を落としながら口に出す。お酒を飲んで暑くなったのか、捲り上げたワイシャツから腕の筋が見えていて、澪は不覚にもちょっとどきりとしてしまった。

(……何気に二人きりだ)

澪と軍司は長テーブルの端っこに向かい合って座っている。軍司の隣に座っていた柴田と、澪の隣に座っていた橋口が同時に席を外したことによって、席が一つ分空いて、他の人たちと何となく隔《へだ》たりができてしまった。しかも向こうは残りの四人で何やら盛り上がって話している。一緒のテーブルで飲んではいるが、図らずも二人っきりのような状況になってしまった。

そうですね、と答えながら何を話したらいいのかと考えを巡らす。柴田たちが戻ったらと言ったが、ああなると柴田はそんなに早くは戻ってこないだろう。軍司もそれを見越して終わりの時間を考えたのだ。今更、あちらのグループの会話に入ろうとするのも不自然だろうし、そうなると状況的に、しばらくの間、澪は軍司と二人きりで時間を過ごさなければならなくなったということだ。

今までにないパターンだ、と澪はつい手元近くにあったグラスに手を伸ばした。

飲み会で軍司と話したことはもちろんあるが、何人かを交えてのグループトークだ。考えれば、仕事を離れた場で、ちゃんと一対一で話すのは初めてだと思う。飲み会の時の軍司は話しやすいから大丈夫、と思いつつも、にわかに緊張しつつある自分を感じた。

決してそうしようと思っていたわけではなかったのに、無意識に手の中のグラスの残りを一気に呷っていた。液体を嚥下すると同時に、ふわっとした高揚感が体を包む。頭の奥がじんと痺《しび》れたような感じがした。

「何か頼む？　そんなにすぐには戻んないだろ」

澪のグラスが空いたのを見た軍司が気を利かせてくれる。条件反射的にそれにはいと返事をしてしまい、直後、ちょっと後悔した。緊張のせいか先ほどよりも酔いが回りつつあるのだ。断って水でも頼めばよかった。けれどなぜだか、酔っていると軍司にあまり思われたくなかった。

メニューを渡されて礼を言いつつ、ぼんやりと眺める。そこでなぜか唐突に、グレープフルーツジュースが二日酔いを防止するという本当か嘘かはっきりとしない豆知識を思い出し、グレープフルーツサワーにしようかなとメニューの上に視線を彷徨《さまよ》わせていると、軍司から決まった？　と声をかけられた。

また条件反射ではい、と答えてしまう。すると、軍司が店員を呼んでくれたので、もう考える余地もなくグレープフルーツサワーを注文した。軍司もついでのように自分の分を頼んで注文が終わると、澪の顔を見た軍司が軽く首を傾けて眉を寄せた。

「頼んで大丈夫だった？　本当はけっこう酔ってるだろ」

そんなに顔に出てるかな？　ときくりとしつつも、あー、大丈夫です。と笑って誤魔化す。それで納得したのかはわからないが、軍司はそれ以上は突っ込まなかった。

「そう、だめそうだったら俺が飲んでもいいから言えよ」

あっさりとしたトーンでさり気なく言われた言葉に、澪は愛想笑いを貼り付けながら、ありがとうございます、とお礼を述べた。

「ずっと柴田の彼女の話だった？」

「まぁそうですね」

頼んだお酒が意外と早く来て、味の確かめも兼ねて、ちょっとだけ口を付けていると、軍司が話を振ってくれた。澪はその質問に苦笑しながらも答える。

「菅原は彼氏は？」

完全に話のついでという感じではあったが、自分のことを聞かれると思っていなかった澪は、不意を衝かれて少しだけ動きを止めた。しかしすぐに表情を取り繕うと、それを誤魔化すように笑いながらグラスを置く。

「いないです」

「じゃあ、ずっと聞き役か」

あ、そういうことか、と勝手に納得しながら、変なリアクションしなくて本当によかったと、少し安堵する。

こう言われるということは、軍司はやはり、澪をフォローする目的でこの席に移動してきてくれたのだと思ってまず間違いないだろう。酔っ払った柴田の相手を長くさせられていると思って気の毒に思ってくれたのだろうか。澪本人からすれば、確かにずっと柴田の彼女の話題から抜け出せない状況ではあったが、適当な返答でも問題のない相手なのでそこまで苦痛にはなっていなかった。柴田は社内でのちょっとした雑談の時でもよく彼女の話を挟んでくるので慣れているというのもある。

けれど、離れた席にいたのに気にかけてもらっていたことは、単純に嬉しくはあったし、飲みの場でも細かいところまで見ているなんてさすがだと感心する。

「あ、でも、割と普段から彼女の話が多いので、慣れてます」

一応フォローを入れておくと、軍司は軽く頷いて同調するような仕草を見せた。

「まあ、同期だもんな」

そうですね、と答えると、そのまま会話が途切れて沈黙が流れた。

(……だめだ、会話が続く気がしない)

しんと静まり返ってしまったこちらの雰囲気とは裏腹に、隣はやたらと盛り上がっているらしく、どっと場が沸き、その笑い声に釣られたように澪はちらりとそちらを見た。

(もしかして……私のせい?)

返答が少し端的すぎたか。

そう思うと、会話が続かないのは何となく自分のせいな気がしてきてしまう。普段はもうちょっと上手くキャッチボールができているはずだと思い返せば、だめだと思いつつも、間を持たせたくてついグラスに手が伸びた。

やっぱりけっこう酔っているのかもしれない。上手く、頭が働かない。それなのにまたアルコールを摂取するんだから、完全に悪循環だ。

苦みと酸味と甘みが合わさったその液体をゴクゴクと飲み下しながら、澪は会話のネタを脳内で目まぐるしく探し続けた。けれど残念ながらこれといったものが見つからない。

「あの、軍司さんは」

「え?」

とりあえず、ありきたりな話題で場を繋ごう。よさそうな話題が見つからなかった澪は、気の利いた会話は諦めて、緩慢な思考の中から無難な話題を何とかピックアップし、グラスを置いた次のタイミングで口を開いた。

見れば軍司は、テーブルの端に置かれていた新しい割り箸を袋から出しているところだった。箸を二つに割った軍司の視線が上がる。ばちっと視線が合った瞬間、澪の鼓動が跳ねた。

(あ、飛んだ)

その切れ長の瞳に一瞬見入ってしまったせいなのか、言おうとしていた言葉が頭の中からぱっと消えてしまった。それに狼狽《うろた》えた澪が動きを止めると不自然な間が生まれる。口を開いたまま固まった澪を見て、軍司が不思議そうな顔をした。まずい、何か言わなければと心に焦りが湧き上がった。表情には出さないものの、内心大慌てで代わりの言葉を探す。

「彼女、は」

言葉に出した瞬間にしまった、と思った。こんなことを言いたかったわけじゃない。もっとありきたりでありふれた、無難な話題でこの場を繋ごうと思っていたのに。

どうやら先ほどの柴田の話の余韻を引きずっていたらしく、頭に残っていたワードを口から咄嗟に出してしまったらしい。

「あ、すみません、いや、あ、やっぱりあの、無理して答えなくてもいいです」

我ながら、自分でも驚くほどの動揺ぶりだった。出した言葉をなかったことにしようとするかのように言葉を重ねた。

そのあたふたした様子を見て、ぶっと軍司が噴き出した。

「いやなんで謝ってんの。俺が彼氏はって聞いたんだから、菅原が聞き返してもおかしくないだろ」

「え、あ、あー……そうですね」

笑いながら返されて、今度はこんなにあたふたとしてしまったことが、急に恥ずかしくなった。

そうだ。言われてみれば確かに会話の流れ的にはおかしくない。どうして、こんなに動揺してしまったのか。自分でもよくわからなくて、気まずげな笑いを浮かべる。

「俺もいないけど。そーいやここ最近ずっといないな」

「え」

落ち着きなく髪に手をやりながら視線を逸らしかけていた澪は、何でもないことのように言われた言葉を聞いて反射的に声を出していた。

確実に彼女がいると思っていたわけではない。というか、流れで聞いてしまっただけで、特に返答まで考えていなかった。でも、イケメンだし当然のようにいるだろうと普段から思っていた節があって、だから、「ずっといない」というのは予想外だったのだ。その後で、上司にする返答ではなかったとはっと気付き、慌てて口を押さえる。

「あ……すみません……ちょっと意外で」

「意外？」

言いながら軍司はわずかに眉を寄せた。

「そうか？　そんな驚くほど意外でもないだろ」

「あ、いや、でも、おもてになるんじゃ……ないかなと、思ってて」

自分でも何言ってんだと思いつつ、最後は、はは、と笑って言葉を濁す。

軍司がそれに対してなんだそれと呆れたように笑った。口の端が皮肉げに歪《ゆが》む。

「別に、そんなもてないけどな」

（絶対嘘。もててるじゃん）

澪の頭の中に、佐藤あかねのことがすぐに浮かんだ。それに、柴田だって軍司狙いの子が多いようなことを言っていたはずだ。しかし上司相手にそんなことをこの場で口に出せず、かと言って肯定する気も起きず、仕方なく、そうなんですか、と言いながら曖昧に笑ってひとまずその場を流した。

「菅原にとって俺ってそんな感じなわけ？　実際、そんなに早くも帰れないから会社と家の往復だし、休みの日は寝てばっかだし、もてるほど出会いもないんだけど」

若干億劫《おっくう》そうに言うと、軍司は目の前にあった卵焼きを箸で摘まんで口に運んだ。

「あー……」

（そっか。社内恋愛はしない主義だから、社内の女の子はもててるカウントには入ってないのね）

なるほどと妙に納得する。正直なところでは、そういう場に行かないだけで、本気を出したらすぐにでももてるのではと突っ込みを入れたいと思わないこともなかったが、この話題をこれ以上引っ張るのも気が引けて、澪はこの機に話題を変えることにした。

「あまり飲みに行ったりとかはされないんですか？」

「まあ、行ったりはするけど、大体決まった面子《メンツ》でしか行かないかな。菅原は？」

「え、私ですか？」

その質問が自分に返ってくるとは思っていなくて、澪は驚いたように目を瞬いた。軍司が手元のグラスをぐいっと呷ってから笑った。

「なに、聞いちゃだめだった？」

その言葉にいやいやと澪は慌てて顔の前で手を振った。

「そんなことないです。えーと、会社が終わってからは、飲み……というか、友人とかとご飯に行くこともありますが、けっこう真っすぐ帰ることも多いですね」

「ふーん、会社から家が遠いんだっけ」

「そこまで遠いわけじゃないですが……」

そこで、澪は自分の最寄り駅の名前を出した。会社の最寄り駅と同じ沿線ではないが、会社から何駅かのところに割と大きな駅がある。澪はそこで違う路線に乗り換えて、数駅のところに住んでいる。ちなみに、駅から徒歩十分、こぢんまりとした1Kだ。

「ああ、あそこか」

そこまで大きくはない駅だが、軍司はすぐにわかったようだった。

「ということは乗り換えか。まあ、でもそんなに遠くはないか。中には通勤に二時間ぐらいかけるヤツもいるからな」

「軍司さんはどちらの駅なんですか？」

「俺？」

澪を見返した軍司が発した駅名は、澪が乗り換えに使っている駅の隣の駅の名前だった。それを聞いた澪は軽く目を見開く。

「え！　あそこに住んでるんですか？」

珍しく少し大きめの声が出てしまった。その食い付くような反応に、軍司が驚いたように澪を見た。

「そうだけど、なに、なんかあんの」

「あ、いや、そういうわけじゃないんですが」

オーバー気味だったリアクションを誤魔化すように笑う。特に何かあるというわけでは本当になかった。ただ、澪にとってちょっとした憧れがある場所だったのだ。

駅前が拓けていて店がたくさんあるので買い物に困らなそうな上に、そこからはずれて住宅街に入っても、瀟洒《しょうしゃ》な造りの家やこぎれいなマンションが立ち並んでいて、とにかく街並みがおしゃれで独特な雰囲気がある。

一回何かの用事でその駅で降りたことがあって、それ以来、素敵な街だと思っていた。けれど、やはりその分地価が高いのか、気になって周辺の賃貸住宅の相場を調べたものの、自分の給料ではとても無理だと諦めた経緯があった。澪の周りでそこに住んでいる人もいなかった。だから、軍司がそこに住んでいると知って妙に興奮してしまったのだ。

「一回降りたことがあるんですけど、なんかおしゃれな街だなぁと思ってて……住むのによさそうですよね」

「おしゃれ？」

思ったことを素直に口に出してみたが、軍司はあまりぴんとこなかったようだった。一瞬、怪訝な表情で眉を寄せた。

「ああ、まあ確かにやたらと洒落た店とかあるな。俺にはあんまり関係ないけど」

どうやら、軍司は街の雰囲気で住むことを決めたわけではなさそうだ。会社の最寄駅と同じ沿線だから通勤に便利とかそんなところだろうか。

「駅から近いんですか？」

「十分……いや、そこまでかからないかな」

かなりいい立地だ。澪は感心したように軍司を見た。

「家賃高そう……」

呟いてからはっとして口を押さえた。しまった。思わず心の声が口から出てしまっている。

「まあ、そこそこかな」

軍司は気を悪くした様子もなくははっと笑って言った。それが嫌みのない笑い方で釣られて澪の口にも笑みが浮かぶ。

「もしかしてデザイナーズマンションとかですか？」

「いや、いたって普通のマンション」

でもきっと、ワンルームではないだろう。軍司みたいな男はどんなところに住んでいるのだろうか。今まで個人的な会話をしたことがなかっただけに、澪にとって軍司はあまり、プライベートを想像するような要素がなかった。そのせいもあってか、急激にむくむくと心の中にもたげてくる好奇心が抑えられなかった。

それに、軍司と気楽なムードで話ができていることに、どこか浮き立つような気持ちになり始めていることもまた事実だった。普段の会社では、もちろんこんな風にプライベートな話に答えてくれるような雰囲気ではない。こういった飲みの場だからこそだろうが、こんな私的なことを話す流れになるとは、澪にとっては思ってもなかった展開だった。そのことに、心がどこか高ぶってきている。しかし、酔いの回った頭では、その自分の気持ちの状態をはっきりと自覚することはできていなかった。

「でも、ワンルームじゃないですよね」

またしても、するりと心の声が出ていた。しかし前の発言があっさりと受け入れられた今では、もうそれをまずいとは思わなかった。

「あー、もうちょい広いかな」

そこで軍司は口の端を上げてうっすら笑った。

「なに、俺の家にそんな興味あんの？　来る？」

普段からは考えられないほど軽い口調で投げられた問いかけに、澪は流れでうっかり頷きそうになった。しかし、遅ればせながらその言葉の意味を噛み砕き、驚いたように目を見開いた。

「え？」

（ぐんじさ、え？　いま……なんて言った？）

そんなことを軍司が言うとは露《つゆ》ほども考えていなかった澪にとって、その言葉はあまりに不意打ちでリアクションが取りきれなかった。どういう意味？　と頭の中で疑問符が飛び交い、忙《せわ》しなく目を瞬かせながら一瞬、呆然としてしまう。

「え？」

咄嗟に言葉が出てこず、壊れた人形のように同じリアクションを繰り返した。軍司はそんな澪を笑みを浮かべたまま見返し、軽く首を傾けた。

（あ……冗談？）

これは酒の席での冗談か。唐突に思い至る。すると、そうだ、そうに違いない、と酔いの回った頭が普段では考えられないぐらいのスピードでぐるぐると思考を始めた。だって、彼がそんなことを本気で言うわけがない。

半ば自分に言い聞かせるように強引にそう結論付けた澪は、場を取り繕うように、あはは っと不自然なまでに弾けたように笑った。

「ほんとですか？　ぐ、軍司さんがどんなお家に住んでるのかすごく興味あるんで、そんなこと言われたら本気にしちゃいますよ」

冗談を少しでも真に受けたと思われたくなくて、焦った澪は明らかに早口になった。しかも若干噛んだような気もする。しかし、とりあえず強引に言いきると、返答を待たずにグレープフルーツサワーを口に運びゴクゴクと喉に流し込んだ。反応をまともに窺うことが怖かったのだ。

「おー、全然いいよ。菅原なら大歓迎」

またもや軽い口調で言われて、今度は口に含んでいた液体を吹き出しそうになった。すんでのところで堪えたが、冗談がすぎる。仕事を離れた普段のノリは案外こんなものなのかもしれないが、澪は職場以外での軍司の人となりを知らない。飲み会では確かにいつもとは比べようもないほど気さくではあるが、それだってこんなに軽い感じではなかった。少なくとも澪はこの手の冗談を言っている軍司を見たことはなかったし、悪ノリするところなんてもってのほかだ。

それでもあくまでも冗談なのだろうと判断して、グラスを置くと、またまたあ、などと言いながら大げさに笑って有耶無耶《うやむや》にした。多少顔が赤くなっているとは思うが、酒の席だし、不自然ではないだろう。もう何か色々リアクションを間違ってしまったような気がして、今はいっそ酔っていると思われたいぐらいだった。だから澪はそのまま顔に笑みを貼り付け続けた。言葉ではもう何と言っていいかわからなかった。

「あ、何か飲みますか？」

そこで軍司のグラスが残り少ないことに気付く。ここぞとばかりにそれを持ち出し、グラスを手で示すと、軍司が釣られたようにそちらに視線を動かした。

「復活しましたー！」

その時、一際《ひときわ》大きな声が突然上から降ってきて、澪は少しだけ肩を揺らした。ぱっと顔を向けると、じゃーんとベタな効果音を口で言いながら柴田が橋口と共に席に戻ってきたところだった。妙にすっきりとした顔をしていて心なしか顔色も平常に近いものに戻っている。軍司に抜けちゃってすみませんと謝りながら席に座る柴田を見ながら、澪は気付かれないようにこっそり息を吐いた。

その後、さっきの悪ノリのような冗談などまるでなかったかのような顔で軍司が場を締めて、その店での会はお開きとなった。半分近くは二次会に行くらしい。復活したという柴田にしぶしぶといった感じで軍司も参加を承諾していた。澪は元よりそこに行くつもりはなかった。さすがに二次会は女一人で参加しても逆に気を遣わせるだけだろうと思い、いつも大体参加は一次会までにしていた。

ぞろぞろと店を出る。見れば二次会組は既に固まっていた。帰る組は澪の他に二人いたので何となくそちらに寄る。挨拶をして帰ろうとすると、その輪から抜け出た軍司がこちらに歩み寄ってくるのが見えて、澪は足を止めた。

「菅原、ちょっと待って。けっこう飲んでただろ。大丈夫か」

「あ、はい、大丈夫です」

さっきは酔っていると思われたいなんて考えていたが、そう改めて聞かれると、余計な気を遣わせたくなくて、澪は意識して声に力を入れて返事をした。実際、酩酊《めいてい》状態かと言えばそこまででもなく、普通に電車で帰れるぐらいの思考回路はまだ残っているような気がする。

「きつかったら、タクシーで」

「いえ、そこまでではないので！」

薄給の身分では、タクシー代を出す方がつらい。そんなに自分は酔っているように見えたのだろうか。そう考えると失態を晒《さら》してしまった後のような気恥ずかしさが込み上げたが、それを押し留めて澪は笑顔を浮かべた。

「お気遣いありがとうございます。でも、大丈夫です」

「そう」

軍司はそれでも澪の状態を探るような視線を解かなかったが、不意に、スーツのポケットに手を入れて自身のスマホを取り出した。

「心配だから、一応家に着いたら連絡入れて」

言いながら画面に目を落として指をスマホの上で滑らせる。それを唖然としたように見ていた澪は、軍司が番号を聞く声にはっと我に返った。

慌てて、十一桁の自身の番号を口にする。それを無言で聞いていた軍司は画面の上で何やら操作をしてからスマホを耳に当てた。

「コールした。これで履歴に残ると思うから」

その声と同時に、バッグの中からスマホの振動音が聞こえてくることに気付いた。それはすぐにやんだがそちらに気を取られている内に、軍司はまたスマホを操作していたようだった。

続けて、大体の人が使っている名の知れたメッセージアプリの名前をあげて使っているか問われて、また慌てて頷く。どうやらそのメッセージアプリの連絡先まで送ってくれたらしい。これは相手の番号がわかればメッセージを送信できるのだ。

そのてきぱきとした手際に、澪は内心、ひどく感心した。さすが、イケメンは何をやるにもスマートだ。

「店に入ったら周りが煩《うるさ》いかもしれないから電話に出なかったらメッセージに送って。じゃあ、気を付けて帰れよ」

「あ……色々すみません。お疲れ様でした」

後ろから軍司を呼ぶ柴田の声がする。そちらに応えるために身を翻《ひるがえ》しかけた軍司に、それだけ言うのが精一杯だった。気付けば、帰る組の二人は何かを話しながら既に歩き始めている。彼の大きな背中を見送ると澪は慌てて、そちらを追うように歩き出した。

その後、澪は多少の億劫さを感じながらも何とか電車に乗り、家路についた。玄関を開けて靴を脱ぎ、キッチンも兼ねた短い廊下を通り抜けると、部屋に入る。途端にどっと疲労感が押し寄せて、ラグの上に腰を下ろしながらふうと息を吐いた。

ちら、と脇に置いたバッグを視界に入れる。もう一度息を吐いて、その中からスマホを取り出した。

(……連絡先を交換したってことだよね)

その時の情景を思い出して、また妙にソワソワした気持ちになった。この気持ちは、電車の中や最寄り駅から家に歩いている途中にも何度か陥っている。

特に意味がないことはわかっていた。澪は職場の飲み会で今までこんなに飲んでしまったことはない。普段よりも酔っているように見えたから心配してくれたのだろう。澪も一応女だ。職場の飲み会の帰りに、万が一にでも何かあったら上司である軍司は責任を感じるはずだ。その確認のため。そんなことはわかっている。

澪はソワソワした気持ちを抑え、自分を戒《いまし》めながらスマホの画面ロックを解除した。まだ電話帳には入れていないので履歴からその番号を表示する。勘違いするなと言い聞かせながら、えいっとその番号に指で触れた。

耳に当てると、コール音が鳴った。その音を聞きながら息を詰める。緊張する必要はない。帰ったら電話するように言われただけ。そうだ、だからこれは単なる業務報告の一種みたいなものだ。懸命に自分に言い聞かせたが、速くなった鼓動は収まらない。

七回目のコール音まで聞くと、スマホを耳から離し、素早く通話を打ち切った。詰めていた息を吐き出し、身体の力を抜く。軍司が電話に出なくて、澪はどこか安堵していた。

(だって、緊張して絶対噛む)

あんなに仕事ができて収入もそれなりにあって、そしてイケメンで。澪にとっては住む世界が違うと感じていた人だ。メッセージアプリの連絡先まで教えてくれたということは、この番号は社用携帯ではなく、おそらくプライベート携帯の番号なのだろう。あの軍司がそこまでサービスして心配してくれるなんて、恐れ多い気持ちでいっぱいだった。そんなプレッシャーの中電話したら、絶対に上手く喋れない自信がある。

澪は軍司の連絡先をメッセージアプリに追加すると、無事家に着いた旨と、心配をかけたことへのお詫《わ》びとお礼を丁重に述べるメッセージを手早く送った。そしてそのままスマホをローテーブルに置くと、よしと気合を入れて立ち上がり、ジャケットを脱いで、シャワーを浴びに向かった。

十五分後、シャワーを浴びて部屋に戻ると、スマホに軍司から了解と一言だけのメッセージが入っていた。

週が明けた月曜日、澪は休みを引きずったややぼんやりした頭で出社した。土日は電車で一時間ほど離れたところにある実家にちょっと顔を出したのと、洗濯や掃除をしたぐらいであとは特に用事もなく、ダラダラと過ごした。それで気持ちが怠《なま》けてしまったのだろう。仕事は特別嫌ではないが、月曜はやはりあまりやる気が出ない。それでも何とか気持ちを切り替えて、いつものように業務をこなした。

今日は梨花が電話当番ということで昼休憩のタイミングがずれていたので、たまたま弁当を持参していなかった三課の事務の坂井と一緒に、社内にあるカフェテリアでお昼ご飯を食べた。坂井は既婚者だが三十歳と澪とそこまで年が離れていないこともあって話しやすい。自然と金曜日の飲み会が話題になり、澪は柴田の彼女話に散々付き合わされたことを話した。

柴田の酒癖は三課では周知の事実なので、坂井が訳知り顔であ～と苦笑いを浮かべながら相槌をうってくれる。澪は飲み会の話はそれだけに留め、軍司のことはペラペラ話すことでもないだろうと黙っておいた。

それに、正直に言うと、あの時の軍司とのことは自分でもあんまり思い出したいものではなかった。帰りがけのことはさておき、飲み会中の自分は今思い出しても色々と「やってしまっていた」ような気がしていたからだ。

軍司の言葉にいちいち、馬鹿みたいに動揺し、あたふたして碌《ろく》なリアクションがとれなかった。それに加え、一番まずかったのは、やっぱり「あの冗談」を一瞬、思いっきり真に受けてしまったことだろう。あそこはすぐに、やったー行きます！　などとでも言って、こちらも冗談でさらりと返すべきだったのだ。普段の軍司からは想像もつかない冗談だったが、あれは飲みの場だ。おそらく、彼なりの場を盛り上げるための、リップサービスのつもりだったのではないだろうか。あんなに驚いて言葉にも詰まって黙り込んだら、いくら後から誤魔化しても真に受けたのが丸わかりではないか。

（何回思い出しても……死ねる）

どう見ても意識しまくりの言動だったことに、思い出す度に恥ずかしさのあまり、穴にでも入りたいぐらいの気持ちだった。澪はこの土日の間も、ふとした瞬間にそのことが頭の中にフラッシュバックして何回も人知れず悶絶《もんぜつ》していた。

そんな感じだったので、本当は今日、澪的には何となく軍司とも顔を合わせづらかったところがあった。もちろん彼がそんなことは気にしていないだろうことはわかっている。向こうは大人だし、いちいち飲み会の時の一部下の言動なんか週を跨《また》いでまで覚えていないだろう。実際、普段と同じイケメンぶりでデスクに座ってパソコンの画面を見ている軍司は、当然のごとく、いつもと何一つ変わりはなかった。

と言っても、澪の受け持つ業務は普段から軍司と頻繁に会話が発生する類のものではないので、何か仕事を頼まれない限り、言葉を交わすのはせいぜい挨拶ぐらいなものだ。軍司は澪の出社時に席にいなかったので、それだって今日は機会がなく、時折戻ってくる姿をたまに視界に入れるぐらいであっという間に昼時になった。坂井とのランチから戻ってもそれは同じで、どうやら今日は忙しいらしい。タイミングがあれば、帰り道の心配をかけてしまったお詫びを、何か一言くらいは直接言った方がいいだろうと思っていた澪は、どこか気構えながらもその機を窺っていたのだが、チャンスなく終業の時間を迎えてしまった。

（まあ、忙しそうだから仕方ないよね）

心の中で言い訳をしながら、でもどこかでそのことにほっとした気持ちでパソコンの電源を落として席を立つ。今日は特にやらなくてはいけない仕事は残らなかったので、定時をちょっとだけ過ぎたところで席にいる人たちに挨拶をして三課のフロアを後にした。

エレベーターに向かう廊下を歩いていると、誰かが向こうから歩いてくるのが見えた。その姿を目に入れた途端に鼓動が跳ねた。

（……軍司さんだ）

最後の最後にここで会うとは予想してなかった。どうしよう、と逡巡《しゅんじゅん》するような気持ちが一瞬にして湧き上がる。けれど、軍司が電話をしながら歩いていることに気付いた途端、澪はほっとした。

そのまま足を進めて、すれ違う瞬間、止まりはしなかったがぺこりとお辞儀した。軍司は何かを言いたそうに視線を寄越したが、頭を下げていた澪はそれには気付かなかった。

「菅原」

そこから四、五歩進んで、澪にとっては不意に、呼び止められた。完全に油断をしていた澪は小さく肩を揺らして半ば条件反射的に足を止めた。

振り返ると、電話を切ったのだろう。すれ違った場所で止まったままでいた軍司がこちらに歩み寄ってくるところだった。

「あ、お疲れ様です。金曜はありがとうございました。ちょっと飲みすぎてしまったようでご心配をおかけしましてすみませんでした」

いざとなれば、用意していた言葉が意外なほどスラスラと出てきた。しかし、焦る気持ちが出てしまったのか、軍司に喋る隙を与えず捲し立てるような感じになってしまう。

けれどそれを言ったことで、とりあえずでも言えたという開放感を覚えたのか、澪の心は少しだけ緩んだ。

そんな澪の様子を気にする風でもなく、近くまで来て立ち止まった軍司が少しだけ口の端を上げた。

「お疲れ、無事に帰れてよかった。二日酔いとかは大丈夫だったか」

「はい、平気でした」

「そう、それはよかった。悪い、菅原。ちょっと急いでる。用件だけいいか」

「あ、はい。何でしょうか」

急いだ様子で、しかもいつもより少しだけ早口になっている軍司の言葉に途端に表情を引き締めた澪は頷いた。その口調から、仕事に関わる話だと思ったからだった。

「飲みの時に話してた件だけど、いつにする？　俺は今週は金曜だったら割と早めに上がれると思う。何か用事あるか？」

ちらっと腕時計に目を落としながら、軍司は普段、仕事を頼む時と変わりない表情とトーンでそれを言った。しかし澪は、自分が思っていたことと話の内容が違いすぎて、軍司が何を言っているのか、一瞬、本当に理解できなかった。

「は……？」

後から思い返せば、おそらく鳩《はと》が豆鉄砲を食ったような顔をしていたのだろうと思う。ぽかんと口を開けたまま、得体の知れないものを見るような目付きで軍司を見上げた。

「だから、家に来るって話。飲みの時に、話してただろ」

その言葉に黙ったまま目を見開く。それからぱちぱちと瞬くと、狼狽えたように視線を左右に泳がせてから、おそるおそる口を開いた。

「……あれって、冗談……じゃ」

「え。冗談だと思ったの」

「え！　本気……だったんですか⁉」

最後はひっくり返ったような声になってしまって、思わずぱっと手で口を押さえた。そんな澪を見て、軍司が困ったような苦笑いを浮かべた。

「あー、そっか。わかった。菅原が冗談にした方がいいって言うなら、冗談ってことにする。嫌がってるところ無理矢理誘ったら、俺の立場じゃセクハラになるからな」

「あ、嫌ってわけじゃないです！」

軍司がセクハラなんてとんでもない！

反射的にそう思ってしまった澪は、何も考えずに咄嗟にそう言っていた。それを聞いた軍司は一瞬驚いた顔をして、それからふっと笑った。

「じゃあ金曜でいい？」

「…………はい」

金曜は特に用事は入っていなかった。今のところ、仕事が終われば家に帰るだけだ。だからもう頷くほかなかった。嘘をついてまで、軍司を断れるわけがない。この時の澪は予想していなかった事態に思考回路がショート寸前で、その誘いの深いところの意味まで考える余裕など、微塵《みじん》もなかったのだ。だからイエスかノーか以外の選択肢が頭に思い浮かばなかった。

「了解。じゃあ、細かいことは後で連絡入れるから。お疲れ」

そのタイミングで軍司の電話が鳴った。軍司は画面に目を落とすと、澪に気を付けて帰れよと言ってから踵《きびす》を返す。

澪はその後ろ姿を魂が抜けたような顔で見送った。


「はあ？　イケメン上司に家に誘われた？　なにそれ、自慢？」

水曜日の夜、澪は仕事が終わった後、友人の藤本彩《ふじもとあや》と待ち合わせをして肉料理を売りにしているバルに来ていた。彩は大学時代に一番仲のよかった友人で、卒業してからも変わらぬ付き合いを続けている。サバサバした性格で言い方がややきついのと顔立ちもはっきりしているので、人によっては敬遠されてしまう節もあるが、裏表がないところが澪にとっては付き合いやすく、何でも話せるような間柄だった。

彩は今、アパレル系の会社の企画部で働いている。お互いに忙しくてどうしても予定が合わない時以外は、月に一回か二回ぐらい会って、仕事の愚痴や近況を話しながら飲むのが恒例となっていたが、今日は急遽《きゅうきょ》、澪が彩を呼び出していた。

彩は目の前に置かれているローストビーフをぱくっと口に入れると、飲み込むのを待ってから黒ビールのグラスを傾けた。

「このローストビーフ、美味《おい》しい」

満足そうに息を吐いた彩を見ながら澪は眉根を寄せた。

「自慢じゃなくて相談なんだけど」

「イケメン上司ってあれでしょ。裏で鬼軍曹とか呼ばれてるっていう。前に言ってたよね。なに、そんな関係だったっけ」

「そんな関係じゃなかったから戸惑ってんの。この前の飲みの時にたまたま二人で話す機会があって、そっから急展開だよ」

そこに至るまでの軍司との会話の流れをかいつまんで説明しながら澪もローストビーフを口に入れた。確かに肉が柔らかくて美味しい。けれど、澪はそれを呑気《のんき》に味わう気分にはなれていなかった。

「あんた、その上司のこと好きだったんでしょ？　何を迷うことあんの」

「え」

澪は動きを止めて、彩の顔を驚いたように見た。

「私、そんなこと言った?」

「言ってないけど。なんかやたらと褒めてたから。イケメンでめっちゃできる男だって。最初怖かったけど、意外と優しいとか、もてそうとか。澪が特定の男をそこまで言うの珍しいから、気があるんだろうなあって思ってたよ。違うの?」

ずばりと言われて、澪は正直、何も言い返せなかった。思い当たる節はある。確かに澪は何度か軍司のことを話題にあげたことがあった。

「気があるっていうか……なんだろ。……憧れ？　すごいなあとか、かっこいいなとは思ってた。でもそれが恋愛感情かって言うと」

「全然アリだし、何なら付き合いたいんだけど、相手のスペックに怖気《おじけ》づいてハナから無理だと諦めてたんでしょ。だから育たない内に自分の気持ちにフタをして、近付かないようにした。どう？」

鋭い指摘に澪は目を丸くした。違うと口から出かかったが、それは言葉にならなかった。

違わない。本当は薄々わかっている。飲み会の時に軍司の言葉にあんなに翻弄《ほんろう》されたのも、連絡先を交換して自分に戒めが必要なぐらい浮かれたのも、そして今、こんなに動揺しているのも、すべての理由はそこにあるからだ。

言葉に詰まった澪を見て、彩がしみじみと言う。

「澪も久々の彼氏かぁ～。ほんと、いない期間長すぎて、正直心配しかなかったわ。いっつも友達止まりだもんね」

その言葉に澪は眉を寄せた。

「たぶん、彼氏にはならない」

言いながら、彩に合わせるように、頼んでいたビールをくびぐびと飲む。それから息を吐いた。

「どういうつもりで誘われたと思う？　家に」

「はあ？」

何を言っているんだと言わんばかりに目を見開いた彩が呆れたような顔になった。

「どういう、てそりゃ」

「わかってる！　普通に考えたらそういう意味ってことは。男の人の家に行って部屋に二人きりになったらさ、普通は何かあってもおかしくないよね。彩が言ったことは大体当たってるよ。誘われた時は頭回ってなかったけど、全然嫌じゃなかった。私、軍司さんのこと、気付かない振りして実は内心好きだったんだと思う」

そこで、澪はまたふっと息を吐いた。

「でも、でもさ、逆を考えると軍司さんが、私をそういう相手に見てるとはどうしても思えない」

「ふーん、軍司さんって言うんだ」

彩が頷きながら言葉を漏らしたが、澪はそれには構わず、話を続けた。

「だってさ、ほんとスペックがすごいんだよ。顔がよくて仕事ができたら相手なんて選びたい放題じゃん。なんで私？　しかもさ、社内恋愛はしないって言って会社の女の子の誘いも断りまくってるって話なんだよ。ってことはさ、職場にそういうの持ち込みたくないタイプってことでしょ？仕事に支障をきたすかもしれないからとかで。直属の部下なんて普通だったら一番避けるだろうし、ちょっと遊ぶとかだって後腐れありまくりで面倒じゃん。そういうの、もろもろ考えたら私は軍司さんが一番敬遠するポジションにいると思う」

一度言い出したら止まらなくなった。思いの丈を捲し立てるように喋ると、はぁと三度目のため息をつく。軍司に誘われたことが単純に嬉しかったのは事実だ。だから流されるままに頷いてしまったのだ。でも、その後一人になってよく考えてみると、澪はわからなくなった。

「家に誘われる」ことの意味。軍司の誘い方があんまりにも自然で、まるで仕事でも頼むような口調であったため、しばらくはそこまで深くは考えなかった。

でも、軍司の家に二人でいるところを想像してみたら、急に恥ずかしくなった。あれ？　これってもしかして？　いや、でもでもを繰り返し、あんなにあっさり頷いて、軽い女と思われなかっただろうか、と不安に襲われたりもした。

そして、一人でひたすら悶々《もんもん》としていたら、今度はふと急に冷静になった。あの軍司が自分をそんな風に見ているなんてことがあるのだろうか。一度《ひとたび》そう思ったら、一瞬でも勘違いをしてしまった自分がものすごく恥ずかしくなった。考えれば考えるほど、あり得ないような気がした。

でもだからと言って、自分の家に興味を示した澪に対して、親切心から誘ってくれたと考えるのも、なんだかぴんと来なかった。澪もしかけたように、こんな誘い方じゃ誤解されても仕方がない。社内恋愛を避けている軍司だったら、その手の勘違いはされないように気を付けているのではないか。

じゃあ、結局、一体これはどういうことなのか。澪の思考はそこから、いくら考えても出口のない迷宮に入り込んでしまった。それから延々と悩んでいるが、やっぱりわからない。もしかしてドッキリ？　それとも他にも声をかけているメンバーがいて、グループで家にお呼ばれされているのだろうか。金曜に軍司と会えばわかるのだろうが、そこから、先の読めないことから来る、うっすらとした不安感のようなものが心に停滞して、澪は心ここにあらずの状態になってしまった。気付くと、そのことばかり考えてしまう。

しかし、次の日会社で顔を合わせた軍司はいたっていつも通りで、更にはその夜、集合場所と時間を確認する、用件のみのごくシンプルなメッセージまで来てしまった。刻々と近付いてくるその日に向かって、どういう心構えで臨んでいいのか皆目わからなくなった澪はそこで耐えきれなくなり、彩に話を聞いてもらうことにしたのだ。

「普通に考えたら、それでもあんたのことが気になったから誘ったとしか思えない。つまり、本気。社内恋愛しないってのは、中途半端に付き合って社内でごちゃごちゃ揉めたりするのが嫌だってことで、本気だったらアリってことでしょ」

「……それは一番、あり得ないと思う」

頬杖をついて下を見ながら澪はボソボソと言った。今までそんな素振りなど微塵もなかったのだ。そんな何もない状態から、一体どういう経緯でそこまで好きになってもらえるというのだろうか。正直、何もせずに好きになってもらえるほど、自分が魅力のある人間だとは思えなかった。

はあ、とため息をつく彩の声が聞こえた。呆れているのがわかる。しかし澪だってどうしようもない。自分ではどうしようもできないから助けを求めているのだ。軍司の心理を少しでも読み解くために、全くの第三者から見た客観的な意見が欲しかった。

「……わかった」

その声にぱっと顔を上げると、彩ははっきりとした二重瞼《まぶた》の目をきらっと光らせて、こちらを見据えていた。

「その軍司さんとやらが何を思ってあんたを誘ったのか、私にはわからない。というか、会ったこともない男の心理なんかわかるわけがない。でもそこで何が起こるか、大体は推測できる。パターンは大きく三つに分けられると思う。あんたはそのどれが来ても対応できるように心構えをしなさい。それができないのなら、行くのはやめな」

その言葉を真剣な表情で聞いていた澪は、ごくりと喉を鳴らした。目を瞬いてから、ゆっくりと口を開く。

「三つって、何」

彩は立てた人差し指を揺らすように軽く動かして澪に示した。

「一つ目、下心のあるお誘い。ただし、本気パターン。前から気になってて誘うタイミングを待ってた。このチャンスに家に呼んでさり気なく告白、んでその流れでそのままする」

澪が眉を顰めると、彩は黙って話を聞けとばかりに二本に増やした指をずいと突き出した。

「二つ目、ちょっと遊びたくなったパターン。なんか話の流れでいけそうだから家に呼んでみた。ちょうどいいから手を出してしまおう。適当なムード作りの後、流れでする。でもその日限り」

眉間《みけん》の皺《しわ》が更に深くなる。そんな澪を手で制すようにして、彩は言葉を続けた。

「三つ目、本当にただ家を見せたかっただけ。お宅訪問して適当に喋って解散パターン」

「……どれも違う気がする」

眉を寄せたまま、ぼそりと言葉を漏らすと、彩は心外そうに眉を上げた。

「じゃあ、何よ」

「家を見せてくれるっていうのは口実で、実は誰にも聞かれたくないような話があるとか」

「却下。それじゃあ、家に呼ぶ前提がおかしい。普通に店で飲むとかで事足りる。家で、なんて言ったら警戒されて断られることもあり得るじゃない。向こうはあんたの恋心なんて知らないわけだし。態度には出してないんでしょ？　仮に本当にそんな話があるんだったら、もっと上手いアプローチで、場を設けるために話を持っていくやり方がある」

確かにそうだ。難しい顔のまま頷いて同意すると、澪は何かを考えるように視線を彷徨わせた。

「じゃあ、ドッキリとか」

「非現実的。テレビじゃあるまいし、本当にそんなことする人いないでしょ」

「本当は、他にも誘われてる人がいる……？　実は宅飲みのお誘いだった」

「じゃあ、普通そう言うわ。なんなのよ。その変化球の誘い方は。そんな面倒くさいことする人なの？」

澪は黙って首を振った。確かにあまり回りくどいことをするタイプには思えない。

「ほらね。結局その三つしかないんだってば。どれかだよ。その前提で行きな」

妙な自信が溢れる顔をした彩は確信に満ちた声で言いきった。黒ビールをぐいっと呷ると、続けて口を開く。

「つまり一線を越える準備もしていかなくちゃいけないってことだよ。ムダ毛処理とか下着とか。まあ、あと、お泊まりの準備も軽く」

「え。お泊まりも」

澪は驚いて動きをピタリと止めた。

「そりゃそうだよ。二つ目の線だったら、終わったら解散になるかもだけど、一つ目ならそのまま泊めてくれるでしょ」

「うーん」

澪は思わず唸《うな》った。軍司の家にお泊まり。今の状態ではあまりに非現実的すぎて、さすがにそこまでは想像できない。

「でも、気を付けなきゃだよ。無傷でいられるのは一つ目だけ。二つ目と三つ目はダメージ食らうからね。その心構えも必要だよ」

そこで澪は彩の言葉の意味を考えて、軽く首を捻った。二つ目は何となくわかるが、なんで三つ目も。何もなければ、取り越し苦労だった、とんだ恥ずかしい勘違いだったぐらいで終わりそうなものだが。

「少なからず手を出される前提で行くわけじゃん。お泊まりの準備までして。そこで何もなかったら逆に落ち込むでしょ。家にまで誘われて部屋で二人きりになったのに何も手を出されなかったなんて、私って女の魅力ないんだ、みたいな」

「ああ……」

そう言われてみると、確かにそんな風に思いそうな気もした。いや、手を出されるかもしれないと考えるのがおこがましいのかもしれないが、こんな状況にならなければ、軍司を意識せずに済んだのは事実だ。今までの距離感でいれば、自分の気持ちに気付かない振りをしていられただろう。軍司は遠い存在であり続けた。

そう考えると、澪は急に不安になった。では、意識してしまった今、この先、自分はどういうスタンスで接していけばいいのだろう。

彼女にしてほしい？

それとも一晩だけの関係でもいいからお近付きになりたい？

もし、何もなければ彩の言う通り落ち込むだろうか。その後は？

「今でも十分振り回されてるけどさ、これ以上振り回されたくなかったら、行くのやめたら？」

気持ちが表情に出てしまっていたのだろう。彩がこちらをじっと見ながら首を傾けた。

澪は困った顔をして彩を見返す。

「そう思う？」

「決めるのは澪でしょ。無理めな線いくと自分がキツくなることは確か。余裕を持って恋愛したいなら、そういう相手を選ばなくちゃね。そういう風に恋愛してる子もいっぱいいるけど、どれがいいかなんてその人によるでしょ」

「でも、今更断れないよ」

「まあ、上司だからね。下手に断って気まずくなるのを避けるのに一番手っ取り早いのは、体調不良かな。ズル休みするぐらいしないと通用しなさそうだけど」

「うーん」

眉間の皺はこれ以上ないほど深くなった。澪は下を向いて、片手で無意識に髪を触りながら、呻《うめ》くように呟いた。

「どうしよう……」

「まあ、結局行きそうな気はするけど。行くんだったら準備と覚悟は忘れずにね。報告もよろしく」

最後ににやっと笑った彩の顔を澪は恨めしそうに睨《にら》んだ。


金曜の夜七時。

澪は、待ち合わせ場所として決まった、軍司の最寄り駅の改札前に立っていた。

軍司に誘われてから、彩まで巻き込んでだいぶ迷走したのは自覚していた。澪のお世辞にも多いとは言えない恋愛経験の中で、軍司からのお誘いは、間違いなく今までで一番の衝撃だった。恋愛ブランクの長い澪はそれを受け止めきれず、色々考えすぎるあまり深みにはまってしまった。要は傷付きたくなかったのだ。軍司相手では本気になった分、受けるダメージが大きすぎるような気がして、怯《ひる》んだ。

しかし、あまりに考えすぎて途中からなんだか面倒になってしまった。そして、考えても仕方がないことだと気付いた。行きたいか行きたくないかで言えば、完全に行きたい。だって「好き」を自覚してしまった。この気持ちをもう元に戻すことはできない。だったら万に一つでも可能性があるなら、このチャンスにも乗ってみるしかないだろう。

ついに、この時が来てしまった。澪の鼓動は過度の緊張で煩いぐらい高鳴っている。結局、これといった覚悟をしてきたわけではないが、彩のアドバイスに従って、ムダ毛の処理と、下着を上下セットで揃えるという最低限の準備だけはしてきていた。

今日は、朝からフルパワーで仕事をこなし、六時ぐらいにはすべての業務を終わらせた。軍司は外出していて直帰となっていたので、出先から直接来るのではないかと予想している。澪は、ここに来るまでに駅ビルのトイレにあるパウダースペースに寄って、一日働いて落ちかけたメイクを念入りに直してきていた。

元々、目元が垂れ目がちなので澪はいわゆるタヌキ顔である。優しげと言ったら聞こえはいいが、ややぼんやりした印象を与える顔立ちがコンプレックスで、ここぞという時はアイラインをきつめに入れるようにしている。今日はそれに加えてビューラーを使ってまつ毛もきっちりとカールし、そこにマスカラを塗って更に長さも伸ばした。グロスも塗り直し、朝、いつもより早起きして緩く巻いてきたセミロングの髪にスタイリング剤を付けて髪型も改めて整えた。

（……ちょっと、気合い入りすぎ？）

いつもよりメイクが濃いと思われないだろうか。さすがに短い丈を穿くのはやりすぎだと思い、服装は膝下丈のスカートとトップスに柔らかな素材のシャツを合わせ、上には薄手のトレンチコートを羽織っている。シンプルな組み合わせなので、そこまで違和感は感じられないはずだったが、実はシャツは持っている中でも一番いい値段のもので、スカートはデザインが今一番気に入っている一押しのものだった。パンプスも背の高い軍司に合わせてヒールが高いものを選んで履いてきていて、実はかなり気合の入ったコーディネートであることは間違いない。

ネイルは昨日塗りたてだし、ピアスも替えた。香水は……と心の中で最終チェックを行っていると、菅原、と不意に名前を呼ばれて澪は慌てて顔を上げた。

見ると、ちょうど改札を通り抜けた軍司が足早にこちらに向かってくるところだった。今日も変わらず、一日の疲れを微塵も感じさせない、安定のイケメンぶりだ。少し紺っぽい色のスーツに同系色でまとめたネクタイという格好がとてもよく似合っている。長い脚であっという間に近くまで近付いてきた軍司は澪を見て少し笑った。

「悪い、ギリギリだった。待った？」

「いいえ、さっき着いたところです」

別にすっぽかされると思っていたわけでもないのだが、軍司を前にして、ほんとに来た！　とただでさえ並みではない緊張がマックスまで跳ね上がる。さすがにそれを悟られるのは恥ずかしく、何とか平常心を装って笑い返した。

「腹減ったよな。まずメシ行く？」

「あ、そうですね」

本当は緊張で空腹を感じる余裕も澪にはなかった。しかし、もちろんそれを素直に言うわけにはいかないので、笑いを顔に貼り付けたまま、頷いた。

「何か食べたいものある？」

「え？　そうですね……えーと」

まずい。何も考えていなかった。この状況の対処にいっぱいいっぱいで今食べたいものなどすんなり出てくるはずもない。困って目を泳がせていると、軍司が助け舟を出してくれた。

「何でもいいなら俺の知ってる店でいい？　一応、最寄り駅だし、何軒かあるけど」

「は、はい。もちろん。全然大丈夫です」

「あー、じゃああっち」

すっと、さり気なく背中に触れて、行く方向を示してくれる。その手の感触にどくんと跳ねた心臓を思わず手で押さえながら、軍司に釣られるようにして歩き出した。

駅前の華やかな通りを少し歩き、軍司が案内してくれたのは、個人経営っぽい居酒屋だった。外装の雰囲気からこぢんまりしているかと思えば、中は意外にゆったりとした広さがある。シックな色合いの内装の店内は、柔らかな光で満たされていた。

「あ、軍司さんだ。いらっしゃいー」

緩くウエーブがかかった髪をフワフワと揺らしながら、温和な笑みの優しげな雰囲気の男性店員が店に入ってきた軍司を見て笑った。

それに短く言葉を返した軍司が後ろにいた澪を振り返った。

「あれが店長なんだけど、入ってみたら偶然昔の知り合いで。そっからたまに来るようになったんだ」

「えー！　軍司さん、彼女連れ？　珍しい……ていうか、初めてじゃん」

軍司が振り返ったことで連れがいると気付いたのか、店長と紹介された男性が軍司の後方を覗《のぞ》き込むように首を伸ばしながら驚いたような声を出した。

「奥、座っていい？」

澪は彼女という言葉に驚いて思わず軍司の顔を見たが、軍司はまるで聞こえなかったかのようにそれをスルーして、店長に店の奥を指し示すような仕草を見せている。

（……ていうか、否定しないの）

はいはい、とその素っ気ない態度もまるで気にする様子もなく、店長は奥のテーブルに軍司と澪を通してくれる。席につくと、軍司は澪にメニューを渡しながら口を開いた。

「好きなもの頼んで。今日はおごる」

「え、そんな。払いますよ」

「いや俺が誘ったし。そんな高い店じゃないから」

笑いながら言われて、澪はちょっと口ごもった。

「……ありがとうございます。じゃあ」

お言葉に甘えます、と言うと、おーと頷いた軍司は澪が持っているメニューを覗き込みながら、これとこれがうまいよ、とお勧めのメニューなどを教えてくれる。おかげで澪も迷うことなく、注文する品を決めることができた。

おしぼりを持ってきた店長に、軍司がてきぱきと注文する。それを聞き終えると店長はエプロンのポケットに手を突っ込んでにやっと笑った。

「こんなイケメンなのに女っ気がないの、おかしいと思ったんだよ。なーんだやっぱ彼女いたんじゃん」

ゆうちゃんががっかりするだろうなあと続けて発せられた言葉に軍司が苦笑いを浮かべた。

「誰だよ、ゆうちゃんって」

「え。うちのバイトの子。いっつも軍司さん来るとキャーキャー言ってたの。ほら、髪の長い」

「それだけで、わかるか」

ここでもやっぱりもててる。そんなことを考えながら、控えめな笑みで存在感を消した澪は二人の会話を黙って聞いていた。軍司が否定しないのに、自分が否定するのはおかしい気がして、そこには突っ込めない。おかげで店長はすっかり澪を軍司の彼女だと思っているだろう。そう思うとどのような態度をとっていいかわからなかった。

(ほんと、どうして否定しないんだろ)

こんな勘違いはしょっちゅうだから、面倒になっていちいち言わないのだろうか。なんて思いつつぼんやりと軍司の顔を見る。いつもよりリラックスした笑みを見せて、くだけた口調で店長と話す軍司は会社での彼とは完全に違う。澪はその姿を見ながら、これはまずいでしょ、と心の内で呟いた。

家に誘われて。今まで女の子を連れてきたことはないという行きつけの店に連れてきて。そんな気を許したような態度を見せられると、勘違いしてしまう。実際澪は自分の心が弾んできていることを自覚していた。

勘違いは、すればするほど落ちた時の落差が激しい。楽観的に浮かれる自分と、落ちた時に受けるダメージの大きさを危惧して逃げ道を用意したい自分がせめぎ合っていた。

心の中で葛藤《かっとう》を繰り広げている間に、にこにこ笑いながら去っていった店長がすぐに生ビールを持って戻ってきた。そしてそれを二人の目の前にそれぞれ置くと、ごゆっくり～と言って今度こそ本当に去っていった。

「じゃあ、乾杯」

二人でグラスを合わせ、苦みの混じった液体を口に運ぶ。澪は軍司に合わせてビールを頼んでいたが、今日は飲みすぎないようにしようと心に決めていた。こんな緊張状態で杯を重ねたら、アルコールはあっという間に身体に回りそうだ。量に気を付けてグラスを傾け、先ほどから気になっていたことを口にした。

「どういう知り合いなんですか？　あの、店長さんと」

「ん？　ああ、地元の後輩。よく家に遊びに行ってた友達の、弟」

「地元って、お近くですか？」

「そこまで近くないけど、遠くもない」

そこで軍司が地名をあげる。その場所が意外と澪の実家からそう遠く離れていなかったため、そこからはお互いの地元の話で何となく会話が続き、懸念していた会話が続かなくて気まずい状態になることもなく、また、緊張も適度に解《ほぐ》れつつ、店での時間は過ぎていった。

「ありがとうございましたー！」

柔和《にゅうわ》な笑みの店長に見送られて店を出た軍司と澪は、一旦、店の前で立ち止まった。

「あの、ご馳走《ちそう》になってしまってすみません。ありがとうございました」

外に出たことで、店にいる間は少し緩和していた緊張がにわかに舞い戻ってきた。否が応でも、この先を考えてしまうからだ。少しぎくしゃくした態度で食事のお礼を言うと、ぺこりと頭を下げた。

「いや俺が誘ったから払わせるわけにいかないし。あんま気にしないで」

軽い口調で応じた軍司は少しだけ口元を引き上げると、自然な動作で澪を促しつつ、歩き出した。そうされると、合わせて歩き出さないわけにはいかず、まるで前から決まっていたかのような、ごく当たり前な流れで二人は並んで道を歩く。

（……このまま、家に行くってことかな）

その疑問はとてもじゃないが口に出すことはできなくて、通りに並ぶ店を眺めながらそのまま軍司の横を歩いた。住んでみたいと思っていた街ではあったが、その街並みをじっくり楽しむ余裕など今の澪にはない。これからの展開を想像するだけで心はいっぱいいっぱいだった。

時刻は八時半をちょっと過ぎたところだ。まだそこまで遅い時間ではない。駅前からまだ程近いこともあって、通りにはそれなりに人影があった。

軍司は駅の方とは明らかに逆方向に歩いている。聞かずとも、家に向かっているであろうことは窺うことができた。

「まだ飲めるよな？　家に飲み物何もなかったと思うからコンビニ寄っていっていい？　ついでに

つまみも買いたい」

歩きながら腕時計に目を落とした軍司がこちらの方に顔を向ける。少しぼうっとしていた澪は慌てて視線を合わせた。

「あ、はい」

反射的に返事をしてしまってから、はっとして急いで口を開く。

「や、でも。今日はそんなに飲むわけには……ご迷惑かけても、ですし」

先ほどの店では、ビール二杯に抑えている。まだ全然アルコールの影響はないが、これ以上飲むことは想定していなかった。

「いや全然、そういう遠慮とかいいから。好きに飲んで」

笑いながら言った軍司が、あ、そこのコンビニ寄ると言って方向を変えたので、澪は言葉を返すタイミングを失ったまま、その後に続いた。

「ここ」

結局、コンビニで言われるままにお酒を選んだ澪は、ぽんぽんと他の食べ物もカゴに入れた軍司に、そこでの会計も支払ってもらって、恐縮しながら店を出た。軍司のマンションはそこからまた少しだけ先に行ったところで、濃い茶色と白を組み合わせた、なかなかおしゃれな外観だった。エントランスに入っていく軍司の後を追いながら、澪はきょろきょろとあたりを見回した。

(家賃……やっぱそれなりにしそうだな)

とうとう軍司の家まで来てしまったという現実に、緊張はこれ以上ないほど高まり、なんだか足まで震えそうだ。澪はマンションのエントランスや中廊下を観察することで何とか気を紛らわそうとした。

「ちょっと待ってて」

ビジネスバッグから鍵を取り出した軍司がオートロックを開錠する。途中、ポストに寄って郵便物を手に持った軍司とエレベーターに乗り込み、五階で降りた。

（ああ、もう口から心臓が飛び出そう）

「入って」

開かれたドアから室内に入ると、ふわっと洗剤のような香りが漂ったような気がした。澪の部屋より全然余裕のある三和土《たたき》には男物の白いスニーカーが一足、脇に並べられている。こんな靴も履くんだなと妙なところで感心しながら、お邪魔します、とパンプスを抜いでそうっと廊下のフローリングに足を下ろす。薄いストッキングに包まれた足には、夜の空気に冷えたフローリングはひやりと冷たかった。

「ごめん、スリッパとかないんだよな」

後ろから入ってきた軍司が革靴を脱いで、壁に張り付くように脇に避《よ》けた澪を追い越した。その瞬間、腕が触れるほど距離が近くなり、鼓動がこれ以上ないほど跳ねる。自分のあまりに過剰な反応に澪はこの先が心配になった。ちょっと近くを通っただけでこれでは、これから心臓がもたないのではないだろうか。

「いえ、全然大丈夫です」

「適当に、どこでも見ていいよ。あんま片付いてないけど」

振り返ってふっと笑った軍司がそう言い置いてから、スタスタと廊下を歩いていく。奥に伸びる廊下には、左右に二つずつとそれから突き当たりに扉があり、軍司はその突き当たりの扉を開けて、中に入っていく。澪はきょろきょろと周りを見回してから、おそるおそるその背中を追った。

入っていった部屋は、予想通りリビングだった。入ると左手にカウンターキッチンがあり、奥の開けたスペースには、モスグリーンのソファとローテーブル、壁際にテレビ、ラックが置かれている。あまり余計なものがなくスッキリとした印象で、ローテーブルの上には、本や何かのアダプター、ティッシュボックスなどで多少ごちゃごちゃとはしているものの、軍司が言ったほど、片付いていないようにはあまり思えなかった。

「ここがリビング。そこがキッチンだろ。あとは、ここの隣に寝室、廊下を出たところにサービスルームがある。だから1LDKS」

「エス……ですか?」

1LDKまではわかる。しかし、その先のアルファベットが耳慣れなくて、澪は首を傾《かし》げた。

「サービスルームって言うんだって。平たく言えば広めの納戸。何もないけど、見てみる?」

カウンターにビジネスバッグを置いた軍司がネクタイを緩めながら、澪の近くまで歩いてきた。

その仕草にもいちいち鼓動が速まってしまう。傍まで来た軍司は、カバンその辺に置いて、と言いながら澪の手からバッグをするっと取ると、ごく自然にソファの横に置いた。それから、家の中を一通り案内してくれた。

サービスルーム、洗面所、バスルーム。それからまたリビングルームに戻って寝室まで見せてくれた軍司は、これで終わりと言って澪にソファを勧めた。そこで羽織っていたトレンチコートを脱いだ澪は横に置いたバッグの上にそれをのせてから、躊躇《ためら》いがちにソファに腰を下ろす。その間にキッチンに行っていた軍司は、グラスを二つ手に持って戻ってくると、隣に座り、ローテーブルの脇に置かれていたコンビニの袋からお酒やつまみを取り出して、テーブルの上を片付けながら並べていった。

「そんな見ても面白いもんじゃなかっただろ」

二人で飲もうと話し合って買ったスパークリングワインの栓を抜いて、流れるような仕草でグラスに注ぐ。その筋張った手に目が行っていた澪は声をかけられて、さり気なさを装いつつ視線を戻した。

「いえ……何と言うか、あの、すごく好奇心が満たされました」

「好奇心？　あれ、この辺に住みたい、とかじゃなかったんだ」

緊張を誤魔化すために笑いながら言った澪に、スパークリングワインが入ったグラスを渡しながら、軍司は軽く首を傾けた。

「え？　あ、すみません。いただきます」

「いや、このあたりのことにすごく興味を持ってたみたいだったから、それで俺の家も気になったのかと思ってて」

澪のグラスにかちんと軽くぶつけてから、軍司はスパークリングワインをぐいっと飲んだ。ちょっと甘いなと呟いて、グラスをテーブルに戻す。それを見て同じように澪もグラスを口に持っていった。

「いや、住みたいなと思ったんですけど、家賃的にちょっと無理そうで」

そんなことを答えながら澪はあれ？　と会話にどこか違和感を覚えつつ、数日前の彩との会話を思い出していた。

『三つ目、本当にただ家を見せたかっただけ。お宅訪問して適当に喋って解散パターン』

彩の言葉がふっと頭に蘇《よみがえ》る。そこで唐突に思い当たって軽い動揺を覚えた。今の状況は、まさしくこれではないか。

（………なんだ）

そう思えば、身体から力が抜けるような気がした。少しだけ頬が熱を持つ。ぎゅ、と胸が縮んだような心地を覚えた。勘違いしかけていた自分を自覚すれば、恥ずかしさが込み上げて、なぜだか瞬間的に泣きたいような気持ちになった。

「菅原？」

横から呼ばれて、澪は素早く目を瞬いた。軍司が覗き込むようにこちらを見ている。いつの間にかスーツの上着を脱いだ軍司はネクタイも外していて、ボタンを開けて鎖骨を覗かせている姿がなんだか新鮮だった。こんなイケメンが自分を相手にすることなんてあるわけない。わかっていたのに勘違いした自分が滑稽《こっけい》でなんだかすごく惨めになった。

取り繕うように笑うと、グラスに手を伸ばして、中の液体を呷った。それから軍司の気を逸らすために、おつまみとして並べられていたチーズを指して、いただいてもいいですかと言った。

「ああ。なんかちゃんとしたもんじゃなくて悪いな」

「いえ、チーズ好きなんで、全然十分です」

言いながら、チーズの包装を指で丁寧に開ける。グラスに手を伸ばす軍司を横目で見ながら、澪はそれに集中している振りをした。

「俺、料理とかあんましないから、冷蔵庫空っぽで」

「お忙しいですもんね。時間ないと難しいですよ」

「菅原は？　料理する？」

「まあ、それなりには。でも必要に迫られてって感じですよ。自炊しないでずっと外食ってわけにもいかないですし」

馬鹿みたいに時間をかけて包装を取り除いた。その間、澪はチーズに視線を向けながら、うっすら笑みだけ浮かべて感じが悪くならないように気を付けつつ、軍司の会話に応じた。

「へえ、菅原って料理するんだ。俺、外食か買ってくるもんばっかだし。手料理に飢えてるからよかったら今度作りに来てよ」

「え？」

その言葉にはさすがにチーズに集中している振りもできなくて、澪は驚いたように軍司の方を見た。

軍司は、そんな反応を面白がるように口の端を上げた。

「嫌？」

「え、嫌っていうか」

どういうつもりで突然そんなことを言い出したのか、意図が読めなくて、一瞬で激しく困惑する。狼狽えて視線を泳がせた澪は何と言っていいかわからず、困ったように眉を下げた。

「本当は、今日来るのも、嫌だった？」

「あ、いえ、そんなことは」

「でも、男の家に二人きりって警戒するだろ。なんかされるんじゃないかって」

今までそれなりに距離を空けて座っていたのに、そこで軍司が身体を傾けて澪との距離を詰めてきた。突然の展開に身体が固まる。何も反応ができなくて、目を見開いて軍司を見つめている澪を捕捉《ほそく》するかのように、その目が一瞬、鋭さを帯びた。

その目付きとは裏腹に優しげな笑みを浮かべた顔が近付いてきて、息を詰めた瞬間、ちゅ、と柔らかい唇が押し付けられた。

（……キスされた！）

本当に驚いた時、人は何もできなくなることを澪はその時、知った。思考停止状態で離れていくその整った顔を呆然と眺める。

「例えばこんな風なこととか」

そう言いながら、太ももの上に手をのせる。びくっと身体が震えたが、驚きすぎている澪はその手に対してリアクションすることができなかった。

「……え？　冗談……」

やっとのことで絞り出した言葉が口から漏れる。何とか脳が状況を処理しようと努めた結果吐き出された言葉ではあったが、澪は自分が何を言っているのかもうあまりわかっていなかった。

「なわけないだろ」

もう一回近付いてきた軍司が今度は澪を引き寄せながら唇を重ねてくる。柔らかく押し付けられた唇は今度は擦り合わせるようにゆっくりと動いて何度か角度を変えた。

「ん」

（うそ、うそ、うそ……！）

急展開に心はパニック状態であったが、その感触の柔らかさに身体の力が抜けそうになる。久しぶりのキスに頭の中が痺れそうになって、キスってこんなものだったんだと、澪は軽く感動さえ覚えた。

しばらく唇を重ね合わせた後、軍司はゆっくり顔を離した。その顔をぼんやりと目に映しながら、魂の抜けた顔で目を瞬いた。

「なんで……」

「なんでって」

あまりに呆然とした体だったからだろうか、軍司が困ったように笑った。

「何とも思っていないのに普通、家に呼んだりするわけないだろ。こうしたいと思ってて菅原を家に誘ったし、菅原もその意図をわかった上で、来てくれたのかと思ってた」

違うの？　と言いながら軍司がまた顔を近付けてくる。触れるギリギリの距離で、まあ違うって言われてももう無理だけどな、と発した唇がまた、ちゅと押し付けられた。

唇の合わせ目をぬるりとしたものが撫でた。そのまま割って入ってきた舌が、口内を這《は》い回る。

（なんなの、めっちゃ上手い……）

絡む舌の動きが頭の中を溶かしていく。しかし、そのままキスに溺れかけた澪は、自分の胸元をまさぐる手の動きに、一瞬ではっとなった。

「ふ、ちょ……と」

まって、と言いながら必死に顔を背《そむ》けて、胸を押し返す。体勢を戻された軍司は眉を寄せて澪を見た。そんな顔、しないでほしい。でも、流される前に、澪には最低限確認しておきたいことがあった。

「あの、それって、どういう」

意味で、と動かした唇は少しだけ震えていた。そんな澪を見ながら、軍司は寄せた眉はそのままに、口元だけで薄く笑った。

「前から気になってた。菅原のこと、ずっといいなと思ってた」

「え」

肩に伸びた手にゆっくりと力がかかり澪はソファに押し倒された。すぐに上から軍司がのしかかってくる。至近距離から見る軍司はやっぱりイケメンで、頭の中は霞《かすみ》がかかったようにぼうっとなった。これは本当のことなのかと、現実を思わず疑ってしまう。

しかし、首筋に押し付けられた唇ははっきりと熱を帯びていた。かかる吐息が肌をくすぐり、身体からふっと力が抜けていった。

首筋の薄い皮膚のところに唇が触れている。ちゅ、ちゅと啄《ついば》むように肌をくすぐられて、肩がぴくりと動いた。軍司が動く度に、整髪料か何かの香りをほのかに感じる。のしかかる硬い身体の重みとその香りに胸がぎゅっとなるような感覚を覚えた。

また唇が触れ合って、今度はあっさりと入り込んだ舌が澪のものに絡む。躊躇いがちにその動きに応えると、軍司は更に濃密に舌を絡ませてきた。それがちょっと苦しいぐらいでそちらに意識を持っていかれている間に、軍司の手が下から這う。

いつの間にか、骨ばった大きな手が洋服越しに胸の膨らみを包み込んでいた。ゆっくりと形を確かめるように揉み込まれてそこがじんと熱を帯びていくのがわかる。

(軍司さんが……胸を……)

なんてことだろう。胸を触ってる。いや、そういう流れなんだから胸ぐらい触るだろうが、仕事でのイメージが強すぎて、自分の中で軍司と性的なことがあまり結び付いてなかったことに澪は気付いた。軍司が自分の身体に興奮したり、性的な衝動を覚えたりするなんて、なんだかちょっと信じられなかった。

しかし、澪の考えとは裏腹に軍司は既に澪のボタンに手をかけていた。キスを続けながら、器用にぷちぷちとボタンを外されて、はだけたシャツの合わせ目から下に着ているキャミソールが見えたところで、はっとなった。

(は、はやい……!)

キャミソールを下から捲り上げようとしている手を慌てて押さえる。

「ま、まって。シャワーとか……」

一日働いた身体で事に及ぶのにはちょっと抵抗があった。匂いとかで幻滅されたら困る。しかし軍司は眉を顰めて困ったような顔で澪を見た。

「無理。もう全然待てる気がしないんだけど」

「え……でも、匂いとか……」

気になるし、と小さい声で言うと、軍司はそれなら大丈夫とあっさり言った。

「全然気にならない。何ならすげえいい匂いだったし」

興奮しているせいなのか、言葉遣いが普段よりぞんざいになっている。シャワーが浴びられないのは困ったが、軍司のその、少し冷静さを失っている感じは澪を妙に煽《あお》った。ゾクゾクとしたものを下腹に感じる。

「じゃ、じゃあ……せめて……」

電気を、とまた小さめの声で訴えると、ちらっとこちらを見た軍司が息を吐きながら身を起こした。

「わかった、じゃあベッドへ行こう」

澪の手を引きながら軍司が立ち上がる。口を挟む余地もないまま、手を繋がれて澪はすぐ隣の部屋へと連れてこられた。先ほども少しだけこの部屋は覗かせてもらったが、ベッドがどんと置いてあるいかにも寝室という感じの部屋だ。中は電気が消えていて薄暗い。軍司が扉を全部閉めなかったので、少しだけ開いた扉の間から点《つ》けっぱなしのリビングの明かりが差し込んでいる。そのぼんやりした薄闇の中で、澪はベッドの端に座らされた。

自分よりもひと回り大きく、筋張った手の感触にドキドキする。先ほどはもっとすごいこともしたというのに、繋がれた手が妙に恥ずかしい。そんな状態で、軍司が普段寝ているというベッドまで来たものだから、緊張はピークに達した。

「脱がしていい？」

「え、あ」

聞いてきたくせに、返事など全然待たずに、隣に座った軍司がシャツを脱がしにかかる。碌なリアクションがとれない内にそれはあっという間に取り払われた。キャミソール姿にされ、剥《む》き出しの肩が外気に触れてぴくりと揺れる。

軍司はそんな澪を宥《なだ》めるかのように抱き寄せると、顔を寄せて唇を啄みながら、ウエストの方からキャミソールの下に手を差し込んできた。

（あ……うそ）

直接肌を触られてびくりと身体が盛大に揺れる。その感触は想像以上の衝撃を澪にもたらした。自分が暴かれるような気分になってなんだか居ても立ってても居られなくなりそうだった。期待外れだと思われたらどうしよう。落ち着かない気持ちにさせる不安感。しかし、長らく忘れかけていた、肌の柔らかな部分をなぞる男の手の感触にどうにも鼓動が速くなる。

這い上がった手が、下着越しに胸を包んだ。ゆっくりと揉み込むように手を動かされて、内側の布に擦られた先端があっという間に勃《た》ち上がってくる。

軍司に触られていると意識しているせいだろうか、感覚がすごく敏感になっているようだった。少しの刺激に驚くほど身体が反応する。

「あ」

後ろに回った手がぷつんとブラのホックを外す。締め付けが緩んだところに、押し上げるようにして手が割り込んできた。

「ん」

柔らかな膨らみを直接揉み込まれて思わず声が出る。やわやわとその感触を楽しむように揉みしだかれた後、指の間に先端を挟み込まれた。

「けっこう着痩せするタイプだったんだな」

「え？　……んっ」

ぽそりと軍司が呟いたが、指が動く度に間に挟まれている尖《とが》りに刺激が加わり、快楽を拾ってしまってそれどころではない。耐えきれず、澪は縋《すが》るように軍司の肩あたりをぎゅっと掴んだ。

今度はきゅっと指先で乳首を摘まれる。摘まんだ先をそのままくりくりと指先で捏ねくり回されて、耐えようと思っても我慢できず閉じた唇の間から声が零れてしまう。

頭が沸騰しそうだった。恥ずかしさと気持ちよさ。吐息が絡まるぐらい軍司の顔が近くにあって、感じている姿を見られているかと思うと視線が上げられない。

「あ」

ふっと軍司が息を吐いた気配があった。不意にぐらりと身体が後ろに傾く。軍司が澪を抱きしめてベッドに押し倒したのだ。背中が柔らかいものに触れ、ぎしりとベッドが音を立てる。倒れた澪を追うようにして、軍司が身体の上に覆いかぶさった。

「名前で呼んでいい？」

軍司はすぐに再開はせずに顔にかかった乱れた髪の毛を指で優しく除《よ》けながら薄く笑って言った。

それを聞いた澪は驚いたように軍司を見た。直後、顔がかっと熱を帯びる。

その問いに答えようと口を開きかけたが、その前に耐えきれず澪は手で顔を覆った。

「え、どうした。なに、だめなの」

自分の手で視界が遮られて軍司の顔は見えなかったが、笑いを含んだ声が上から降ってくる。澪は逡巡した後、顔を覆っていた手を少しだけ下げた。

「…………いや……あの、恥ずかしくなって。その……軍司さんが、あまりに……いつもと違う、ものでで」

ぼそぼそと言っておそるおそる視線を合わせると、軍司は呆れたように笑っていた。

「いや、俺だってさすがにこんな時まで仕事の調子ではないだろ」

「まあ……それは、そうなんですけど」

「どんな風だと思ったわけ？　あ、わかった。菅原って案外Ｍ？　Ｓっぽく攻められたい？　まあお望みとあらばそういうのも嫌いではないけど」

「い、いいえ、そういうわけでは……」

ＳかＭかと問われればＭのような気もするが、最初はさすがにスタンダードでお願いしたい。慌てて否定しようとすると、軍司は笑いながら、ずり上がったままになっているブラとキャミソールに手をかけた。

「じゃ、とりあえず脱ごっか」

「え？」

「うそうそ。いきなりＳっぽく攻めたりしないから。ただおっぱい触りたいだけ」

さらっとおっぱいとか言われて、ぎょっとして軍司を見る。

「軍司さんがおっぱい……」

意外すぎて、思わず口から本音が漏れる。軍司は苦笑いを浮かべた。

「あ、おっぱいとか言っちゃだめ？　いやでもおっぱいはおっぱいだろ。なんて言えばいいわけ？」

言いながら軍司はスルスルとキャミソールとブラを脱がす。そして、露《あら》わになった胸に顔を寄せた。

まさかとその動きに息を呑んだ澪が見守る中で、軍司は赤い舌を出して澪の胸の先を舐めた。

「んん」

途端に甘い痺れのような感覚が走り、肩がぴくんと揺れる。すると軍司は先端を口内に入れてじゅっと吸った。

「菅原って敏感だよな。いちいちビクビクしてなんかかわいい」

「ん、あ、んん」

反対側の胸を手で揉みしだきながら、口に含んだ乳首を押し潰すように舌が動く。それがとても気持ちよくて胸の先がじんじんと痺れていく。お腹の奥に何かが溜まっていくような心地を覚えた。それはあっという間に膨らんでいく。

「澪」

両方の乳首を代わる代わる舐めしゃぶられて何度か耐えきれず声を漏らした澪が顔を横にして短く息を吐いていると、伸び上がってきた軍司が澪にキスを落とした。

（……名前）

先ほどは有耶無耶になっていたのに、不意打ちで呼ばれて恥ずかしさと嬉しさがない交ぜになって押し寄せてくる。どういう反応を返していいかわからなくて、返事の代わりに口内に入ってきた舌を絡め返した。

澪にとっては男性とこういった行為に及ぶこと自体がものすごく久しぶりのことだ。正直、上手くできるか、ものすごく不安はあった。

しかし、実際始まってみると、その不安を思い出さないくらい、不思議なほどのめり込んでいる。これは軍司のリードが上手いせいなのだろうと澪は思った。澪が最後に致した時、相手はまだ学生だった。対して軍司は三十歳。こんなにイケメンなのだから、それなりに経験は積んでいるであろうことは窺えた。

そのことを考えると少し複雑な心境にならないこともなかったが、それ以上に、澪はちょっとした衝撃を受けていた。そんなにブランクがあったのか、と。それと同時に、大人の男のセックスのやり方に感心を覚えつつもあった。名前を呼ぶタイミングなんて絶妙ではないか。これでは自分は到底太刀《たち》打ちできそうもない。

そんなことをぼんやり考えていると、胸を触っていた軍司の手が下に這っていった。膝まで下りると軽く捲れ上がっているスカートの裾から手を差し込んで太ももの内側を撫でてくる。その感触に身体が意図せずびくっと震えた。薄いストッキング越しの肌を辿られて一気に緊張が舞い戻ってくる。何を呑気にしていたのか。ここからが本番ではないかと、じりじりと上がってくる手の感触に鼓動がバクバクと速まった。

とうとう、脚の付け根に辿り着いた軍司の指が澪の秘裂を布越しに撫で上げた。形を確かめるように何度も指が行き来をする。たまらず目をぎゅっと瞑《つむ》った。もう既にそこが濡れているであろうことは何となくわかっていた。軍司はそれに気付いただろうか。そう考えるだけで顔がカッと熱を持つ。恥ずかしくて、衝動的に足を閉じてしまいたくなったが、何とかそれを耐えてぎゅっとシーツを握る。

「んんっ」

かりっと指先が引っ搔くような動きである一点を刺激した。思わず一際大きな声が出て、澪の腰がびくっと動く。すると、軍司はその反応した花芯のあたりをカリカリと何度も立て続けに引っ搔いた。布越しであるにもかかわらず、それは絶妙な力加減で、驚くほど気持ちがよい。じくじくとお腹の奥が疼き、染み出した蜜が下着を濡らしていくのをはっきりと感じた。

（……だめだ。上手すぎる）

ちょっとそこを触られたぐらいでこれでは、終わる頃には骨抜きになっているのではないだろうか。ちょっとした不安を覚えたところで軍司が不意に指を離して、身体を起こした。

ぎゅっと閉じていた目を開けてその姿を見ると、ボタンを外してワイシャツを脱いでいるところだった。それをベッドの下に放ると、続いて下に着ていたTシャツも脱いだ。すると、澪が初めて見る、軍司の裸が下から現れた。

（……うわ）

服の上からでは、引き締まった体躯《たいく》であろうことは窺えたが、スポーツ選手ではないのだから、少しぐらいは弛《たる》んでいるところもあるのではないかと澪は密かに想像していた。しかし意外にもしっかりとした筋肉が付いている。がっしりとした肩、弛みが一切なく、ほどよい厚みがある胸板と下に続くうっすら割れた腹筋。

「見すぎ」

薄暗い室内でもその暗さにすっかり慣れた目では軍司の姿をしっかりと捉えることができた。言葉もなくじっとその上半身を見ていると、さすがにその視線に気付いた軍司が口元に笑みを浮かべながら澪の上に戻ってきた。

素肌を晒した上半身が近付いてきて、鼓動がにわかに跳ねる。

「なに、もしかしてバキバキのシックスパックとか期待されてた？」

さすがにそこまでは無理だからなと言いながら軍司は澪のスカートに手をかけた。すると、今までウエストに感じていた締め付けがふっとなくなる。

「……十分引き締まってると思いますが」

「俺、割と筋肉が付きやすいタイプなんだよね。そんなに鍛《きた》えてるわけではないんだけど」

「何かスポーツやってたんですか？」

「学生の頃はバスケやってた。今は時間ある時にジム行くぐらいかな」

話しながらも軍司は手を休めずに、スカートがあっという間に取り払われる。次いで、ストッキングとパンツに手がかかったところで、思わずその手を止めるように軍司の腕を掴んでしまった。これを脱がされたら軍司にすべてが見られてしまう。絶対濡れてるし、想像しただけで叫び出したくなるぐらいの恥ずかしさだ。そう思ったら勝手に身体が動いたのだ。それを見た軍司がふっと笑う。

「なに、最後の抵抗？　心にもないことすんなよな」

割とぴちょぴちょじゃんと軽い口調で言われて、カッと一瞬にして顔が真っ赤になった。信じられないとでも言うかのように目を見開いて軍司を見る。しかし軍司は悪びれもせずにやっと笑った。

「そ、そんなこと……」

思わず言葉が口をついて出る。信じらんない、と視線を逸らして呟くと、それは恥ずかしさと戸惑いのあまり、なんだか怒ったような響きになってしまった。すると、軍司は腕を伸ばして澪の髪を宥めるように触った。

「怒っちゃった？」

ごめん、澪、怒んないでと言いながら軍司は澪の頬や耳にちゅ、ちゅと唇を落とした。そのやり方がまるで長年の彼女にするみたいで、実際別に本気で怒ったわけでもない澪は思わず口元が緩んでしまう。すると、あ、笑ったと軍司が嬉しそうに言って、唇を重ねてきた。そのまま舌が入ってきて深いキスを交わす。そのちょっとしたやり取りがなんだかくすぐったい。澪は舌を絡めながらその背中に手をそっと伸ばした。触れた身体は少しひんやりしていた。指の先にあたる、スベスベした肌の感触になんだか感動を覚える。自分は今、軍司と裸で抱き合っているのだ。それまでは展開が急すぎて、いまいち現実感が乏《とぼ》しかったが、それが妙な実感を持っていきなり胸に迫った。

「別にこのままでもいいんだけどさ」

宥めるようなキスの後、澪が大人しく流されていると軍司はおもむろに顔を離した。そして身体を下げて、今度はストッキング姿のまま、澪の足を左右に押し開いた。

「ぎゃ」

急にあられもない格好をさせられて、驚きのあまり、澪の口から色気のない言葉が漏れる。

「俺的には逆にこっちの方がエロいと思うんだけど。濡れてるところも目立つし」

言いながら、軍司は下着の中心部分を指で擦るように触った。そのまま花芯のあたりを摘まむような動きを見せる。

「や、いや」

慌てた澪が足を閉じようとすると、それを許さないとばかりに身体を割り込ませてきた。そして覗き込むようにして下から澪を見た。

「やっぱり脱ぐ?」

いたずらっぽく笑われて釣られたようについ頷いてしまう。すると軍司は了解と言いながらするりとストッキングをパンツごと引き下ろした。あっという間に足から取り払い、それをベッドの端に放る。そして間髪を容れずに澪の足を先ほどと同じように左右に押し開いた。

さっきもあられもない姿だったが、下着とストッキングではあってもそこを覆い隠すものがあった。しかし、今はなにもない。一糸纏《まと》わぬ姿だ。その状態で足を開いたら丸見えなんてものじゃない。なぜ脱ぐことを承知してしまったのだろうと澪は声にならない叫びを上げた。

「えっうそっ」

しかもその状態で信じられないものを見た。軍司が開かれた脚の間に、身体を倒して顔を近付けていっているのだ。太ももに吐息がかかり、軍司が何をしようとしているのか、澪はさすがに察した。まずい、シャワーを浴びてない。それに問題はそれだけではない。慌てて身体を起こしながら止めようと手を伸ばす。

「うそ、なめ、え、ちょ、やだっ」

焦るあまり、まとまりのない言葉が口から飛び出す。あまりの狼狽《ろうばい》ぶりに気を引かれたのか、軍司が目線を上げて澪を見た。

「慌てすぎ。なに、舐められるの嫌い?」

「や、いや、嫌いっていうか。そ、そんなこと」

「え、初めて?」

顔を引き攣《つ》らせた澪がコクコクと頷くと、軍司はなぜか嬉しそうに笑った。

「うそ。やばい、なんか嬉しい」

言いながらぐっと頭を下げた。

「大丈夫、気持ちいいと思うから」

「だっ、だめ、きたない……っ」

伸ばした澪の手が軍司の頭に触れた直後、吐息が恥丘にかかり、ぬるついたものが秘裂を舐め上げた。

「あっ」

口から甲高い声が漏れる。すると、最も敏感な部分を舌先が押した。

（なにこれ、なにこれ……！）

下腹部が痺れるような強い快楽が澪を襲う。軍司は恥丘の下あたりに指を置いて、持ち上げるようにして秘所を左右に割り開き、花芯を露出させた。そして伸ばした舌先で既にぷっくりと膨らみ始めているそこをクニクニとくすぐった。

（軍司さんが……舐めてる……！）

「あっ、あん、だめっ……んっ、んんんっ」

自分の脚の間にあの軍司が顔を埋めている。その絵面のインパクトに慄《おのの》きながらも、腰がびくびくと跳ねるのが止まらない。あまりの気持ちよさに驚いて、澪は軍司を止めようと、懸命にその頭を押したが、快楽に翻弄されている身体では大した力は入っていなかった。

「なにこれっ……ほんと、だめだってっ……あんっ」

何とかその刺激から逃れようとばたつかせた足先が、勃ち上がった粒にちゅっと吸い付かれると、ぴんと張った。そのまま吸ったり舌先で強めに押し潰されたりして、快楽が身体を駆け上がる。そ

れは自分でもどうにもできないほど、急激に大きく膨れ上がり、身体の中でぐるぐると蠢《うごめ》いた。

「あっ、なん……かっ、へんっ、んんっ、だ……め、だめだめっ」

逃れようとする腰を押さえ付けて、軍司は執拗《しつよう》に花芯を攻め立てた。舌先でぐりぐりされる度に、何も考えられなくなってしまう。

何かが来る、と思った。太ももの内側が細かく震え出す。その初めての感覚に怖くなって、最後の力を振り絞って軍司の頭を押そうと試みたが、その前に大きな波が澪を貫いた。

「んんんんっ」

身体がびくびくと打ち震える。頭の奥が痺れるような感覚。恍惚《こうこつ》感さえある快楽が身体を浸し、思わず目を閉じてその感覚を追った。ひくひくと秘所がひくついている。あまりの気持ちよさに頭がぼうっとして、波が落ち着いても澪はそのまま動けなかった。

「イッた？」

声がする方にぼんやりと視線を向けると、ベッドに手をついて軽く身体を起こした軍司が澪を見ていた。

「……た、ぶん」

そんなこと聞かないでほしい。醜態《しゅうたい》を晒した後のような恥ずかしさが込み上げて小さな声で答える。実際訳がわからなくなってだいぶ乱れてしまったような自覚もあった。舐められるのも初めてだった澪は今までのセックスでイッたことなどはなかった。何なら、セックスがこんなに気持ちいいものだなんて知ったのも今初めてぐらいだ。だからイクという感覚がどういうものなのか、あまりよくわかっていなかったが、そんな澪でも今のがそうだというのは、さすがに察した。

「んっ」

その時、口元に笑みを浮かべながら、軍司が力が入らなくなって投げ出されていた澪の足をぐいっと左右に開いた。そして指先で陰唇の縁をなぞるように指を動かした。

溢れた蜜で濡れていたそこはぬるりと滑る。軍司は蜜を纏った指先を膣口へと沈めた。

「えっ……ちょ、ま……」

達したばかりの熱の残る秘所に新たな刺激を与えられて、身体がびくんと跳ねる。置かれている状況も忘れてこれ以上はと焦る澪を尻目に軍司は浅い場所で指をぐちぐちと掻き回すように動かした。

「きつそうだな。もしかして久しぶり？」

言いながら軍司は指をゆっくりと奥まで押し込んだ。

「あっ……あっ」

久しぶりに侵入を許した膣内が中に入ってきたものを締め付けながらひくひくと打ち震える。その質問に答えている余裕はなかった。その前の花芯への刺激で十分に中が濡れていたせいか、思ったより違和感は少なかったが、根本まで押し込まれた指を細かく震わせられると下腹部が引き攣るような感覚を覚えた。

入っている。軍司の指が。あの、いつも流れるような動きでキーボードを叩いている指が。軍司の指は、男らしさを感じさせるゴツゴツと骨ばったところがありながらも、すらっとしていて長い。目に入ると、澪もじっと見てしまうことがあった。その指が今、自分の中に埋め込まれているのかと思うと、お腹の奥がきゅうっと収縮するような感覚を覚えた。

「あ、締まった」

どこか楽しそうな声で言った軍司が中に押し込んだ指を回すような仕草を見せる。それは中を探るように動いて襞《ひだ》を擦った。

「……っ、ん！　あ……あっ」

馴染んだところでお腹側の膣壁を折り曲げた指で執拗に探られた。すると、びくりと身体が反応し背中が反る。

「ここ、気持ちいい？」

「あっ……わかんな……いっ」

指が動く度に下腹部がぞわぞわと蠢いて居ても立っても居られないような衝動が込み上げる。たまらず漏れてしまう声を押さえるように口に手を当ててそれに耐えていると、やがてその違和感の中にほのかに快楽のようなものが混じるようになった。そこですかさず指が増やされ、軍司は澪の表情を窺いながら、ギリギリまで指を引き抜き、また押し込むを繰り返し始めた。

段々と速くなっていく動きに合わせてじゅぶじゅぶと卑猥《ひわい》な水音が部屋に響く。とめどなく蜜が溢れてきているのは見なくてもわかった。奥を突かれる度に鼻にかかった声が漏れるのが恥ずかしかったがどうにもできず、澪は顔を横に傾けてぎゅっと目を瞑った。

「あー、その顔やばい。エロい」

その時、不意に軍司が動きを止めて指を引き抜いた。濡れた指をぺろりと舐めてベッドから下りるような仕草を見せる。

「もういい加減我慢の限界。ちょっとゴム持ってくるから待ってて」

え？　と虚を衝かれたように視線を向けた澪の頭をさらりと撫でて、軍司が部屋を出ていく。与えられていたものが急になくなって脚の間がじんじんと痺れる。熱が溜まっていくのに気を取られるあまりその姿をぼんやりと追うしかなかった澪が平静さを取り戻す前に、上半身が裸のままの軍司が何かを手に持って戻ってきた。

軍司はそれをポンとベッドの足元に投げると、カチャカチャとスラックスのベルトを外し始めた。ベッドの端に腰掛けながらぞんざいに穿いているものを脱ぎ捨てる。

「ごめん。ちょっと余裕ないかも。こんなガチガチなの久しぶりだわ。勃ちすぎて痛い」

おそらくゴムの装着を行っているのだろう。背を向けているため、澪からは何をしているのかはよくわからなかったが、発せられた言葉に顔が熱くなる。この間をどうしていいかわからず、疼く秘所も全裸で待っているのも恥ずかしくなって、起き上がって何か身体を覆えるものがないか視線を彷徨わせたところで、軍司がこちらを振り返った。

「お待たせ」

ぎしりとベッドが音を立てる。澪の表情を見てどうした？　と声をかけながらベッドに乗り上がった軍司の下半身が視界に入り、澪は動きを止める。

「え、うそ」

（……こんな、大きいものだっけ）

記憶を探ったが、残念ながら覚えていなかった。そもそも、記憶に残しておけるほど、男の人のそこを凝視した経験もあまりない。軍司の脚の間にある屹立《きつりつ》は本人が申告した通り、腹に付くかと思うほど、血管を浮き上がらせてそそり立っていた。それを見た澪の中ににわかに不安が込み上げる。行為が久しぶりの自分がそれを受け入れることができるのか心配になったのだ。

「何が」

足元まで身体を寄せた軍司が、顔を覗き込みながら、くっついた状態になっている膝に手をかけた。

「……あ……いや、なんか大きくないかなあって……」

依然として秘所はズクズクとした熱を持っている。澪は自分の身体を持て余しながら困ったように視線を彷徨わせた。

「いや。普通。こんなもんでしょ」

あっさりと言いながらぐいっと脚を割り開く。そこで軍司は固まったようになって動かない澪に唇を寄せた。

「やっぱり、久しぶり?」

ちゅっと宥めるような優しさで軽く唇が触れ合う。キスの合間に澪はコクコクと頷いた。

本当は久しぶりなんてものではないのだ。でも具体的な年数を言って引かれるのが嫌で、それ以上は言わなかった。

「まあ、俺もだけど」

軍司がキスしながら澪を優しくベッドに押し倒した。角度を変えて深いキスをした後、ちゅ、ちゅ、と肌を啄みながら唇を下げていく。それが臍《へそ》のあたりまで来たところでふっと途切れた。そのすぐ後で何か硬いものが秘裂を下から上へと擦り上げた。

「んっ」

「できるだけ、優しくするから」

大きな手が脚を更に大きく左右に開かせた。直後、入り口にぐっと切っ先が入り込むのを感じる。来る、と身体が無意識に強張った。それを感じ取ったのか、軍司はそこから強引に押し込むようなことはせず、馴染ませるように浅く出し入れしながらゆっくりと腰を進めていった。

（軍司さんのが、入ってる……！）

「あーやっぱ、きつい」

半分ほど入ったところで軍司がはっと息を吐いた。その前に指で慣らしてくれていたおかげか思った以上に痛みはなかったが、閉じていたところを割り開かれる違和感がすごい。軍司のものが埋まっているところから引き攣れたような感覚が走り、無意識に脚に力が入ってしまっていた。太ももがぷるぷると震え、身体の強張りが解けない。澪は浅い呼吸を繰り返した。

「澪、もうちょい力抜いて」

優しく言われたが、入れたくて入れているわけではないからどうにもできない。澪は困ったように軍司を見た。軍司はその口調とは裏腹に、軽く眉を寄せて何かを堪えるような表情をしていた。その顔が意外なほど色気を孕《はら》んでいて、状況も忘れて思いがけずどきりとしてしまう。すると軍司の口の端が少し上がった。澪が気を取られたその瞬間を見逃さず、ぐぐっと中に押し込む。

「あっ、ん、んん……っ」

けれどその後は決して強引に進めることなく、反応を窺いながら軍司はゆっくりと澪の中に自身を埋め込んでいった。途中、胸の先と花芯を一緒に弄《いじ》られて、じわっと蜜が奥から染み出す。それが滑りをよくしたのか、最後の数センチは一気に根元まで押し込まれた。

腰がぶつかり、ぴったりとくっついた状態で軽く揺さぶられる。そのまま焦《じ》れったくなるぐらいの動きでギリギリまで引き抜かれ、襞を擦るように中に戻された。それを何回か繰り返されるとあっという間に違和感が消えて、馴染んだところが快楽を拾い始める。鼻にかかった声が口から漏れ、視界がぼんやりと滲《にじ》んだ。頭の中が痺れて、思考が溶けていく。

「澪」

軍司が身体を倒してぎゅっと抱きしめてきた。腕の中に捕らえられて唇を塞がれながら腰を揺らされると、おかしくなるかと思うほど、気持ちがよかった。軍司はその状態で反応がいいポイントを何度も軽く突き上げる。腰が砕けてしまうかのような感覚に襲われて、澪は思わず軍司に縋り付くようにぎゅっと抱き着いた。

「あっ！　んんっ……はぁっ、ああっ……そこ、だめっ」

「何言ってんの、ここ、大好きじゃん。指でもすごい反応だったし」

ほら、と言いながらまた硬いもので擦り上げられて、澪はうそ、だめと言いながら、びくびくと身体を震わした。敏感に反応した中も誤魔化しようがないくらいぎゅうぎゅうと軍司のものを締め付けている。

「あーやばいくらい気持ちいい」

息を乱しながら掠れた声で言われるとものすごくゾクゾクした。少し眇《すが》められた切れ長の目ははっきりと欲を灯《とも》している。軍司が自分で気持ちよくなっている。その事実に身体はもちろん感情も一気に高ぶった。反応してもらえるのも、優しくされるのも、激しくされるのも全部嬉しかった。軍司と繋がって、これ以上ないほど近付けたような感覚に、感情が揺さぶられて感極まったのか突然目の奥がじんと熱くなった。堪えきれず涙が浮かぶ。

「なんなの、俺ので気持ちよくなってるの、ほんとかわいい」

ぺろりと軍司が澪の目尻を舐めた。くそ、と言いながら繋がったままで澪の腕を引っ張って身体を起こし、膝の上にのせて今度は下から突き上げ始めた。

「あっ、これ……ふかっ……、あー！　だめ……んっ、んん」

その体勢で貫かれると、自分の身体の重みでより深いところまで軍司のものが届いた。奥を突かれる感覚に、澪は一際大きな声を上げながら、軍司の身体に腕を回して縋り付く。こんなに行為に没頭したのは初めてで、澪自身、自分がどんな反応しているのか、もうよくわかっていなかった。

胸の先を口に含まれてまた声が漏れる。

「あっ、きす、キスしてほし……っ」

深く考えることができなくて、願望がするりと口から零れる。軍司がすぐに顔を上げて澪の唇を塞いだ。少し性急な動きで、舌が口内に割って入り、舌先が擦れ合う。澪は軍司の頭に手を回して、髪に手を差し込んだ。短く整えられた髪は硬くてスベスベしていて、なんだか気持ちがよかった。

キスを交わしながら揺さぶられていると、しばらくして動きが激しさを増した。イキそうと小さく零した軍司が腰の動きを速めてがつがつと膣奥を下から突き上げながら、澪の身体をぎゅっと強く抱きしめた。

シャワーヘッドから飛び出た無数の水の粒が髪や肌の表面で跳ねて上から下へと伝い落ちる。澪は上から降り注ぐシャワーの中に佇《たたず》んで、身体に擦り付けた泡を洗い流していた。

ここは軍司の家の浴室だ。澪はそこでシャワーを浴びている。ボディソープの柑橘系の爽やかな香りに包まれながら、シャワーに入る前の軍司とのやり取りを思い出していた。

軍司が吐精してセックスが終わった後、軍司は澪をベッドの上に横たわらせ、その後少し傍から離れた。おそらく後始末などをしていたのだろうと今になっては思うが、余韻から抜け出せずにぼんやりとしてしまった澪はそのあたりはあまり把握していない。そして戻ってきた軍司は澪を抱き寄せながら、今日泊まっていくだろ、とまるで決定事項とでも言わんばかりの口調で言ったのだ。

「え?」

「え、じゃなくて。もしかして今日帰るつもりだった? なんか明日予定ある?」

「いいえ、特には……ない……ですが」

「じゃあ別に悩むことないだろ。泊まっていきなよ」

あっさりと言われて澪は少し逡巡してしまった。一気に思考が現実に戻る。別に泊まるのが嫌だったわけではない。何のことはない、泊まりの用意を何もしていなかったからだ。その時、澪は、彩がお泊まりの準備をしていった方がいいと言っていたことを思い出して少し後悔した。けれど、ここで万全の準備をしているというのも、なんかものすごく張り切っていて、いかにもやる気満々だったみたいではないかとすぐに思い直した。

その後、澪は少し迷ったが、軍司にそのことを言った。黙って泊まっても後で困るのは自分だと思ったからだ。化粧は落とさないと、ドロドロになって起きる頃には悲惨なことになっているかもしれないし、歯磨きをしないで寝たら、翌朝、口の匂いに引かれる事態になるかもしれないし、それに下着の問題もある。

すると、なんと軍司は必要なものを自分がコンビニで買ってくると言ったのだ。当然、驚いた澪は自分で買いに行くから大丈夫だと、慌ててその提案を断った。けれど軍司は、夜に一人で行かせるのは心配だから自分もついていく。だったら自分が一人で行ってきた方が早いと、半ば強引に言い置いて、てきぱきと服を着て、出ていってしまったのだ。シャワーでも浴びて待っててと言い残して。

（ラフな姿の軍司さんもかっこよかったな……）

澪は出かけの軍司をぼうっと思い出した。スウェットにパーカーでも格好いいなんてずるい。まさか軍司のそんな姿が見られるなんて。というか、本当に一線を越えてしまうなんて。澪にとっては怒涛《どとう》の急展開に、いつまで経っても頭が付いていきそうもない。

（それにしても、すごかった……）

色々と考えている内に、芋づる式に先ほどまでの行為を思い出してしまう。未だ余韻の残る身体ははっきりと軍司の温もりを覚えていた。がっしりした腕に抱きしめられた感覚や肌に触れた大きな手の感覚を思い出せば、お腹の奥がきゅんと疼くような気がした。脚の間も熱が再燃したかのようにじくりと蠢く。身体がまた反応を取り戻す感覚にまずいと思った澪は慌ててシャワーを頭から被った。

（これって、付き合うってことで、いいのかな？）

落ちてくる水の粒に打たれながら、気付けば自然とセックスに流される前のやり取りを反芻《はんすう》していた。軍司は最初から一線を越えるつもりで澪を誘ったと言った。そして、前から気になっていたと。いいなと思っていたとも言った。

それは、好意的にとれば、告白のようにも聞こえる。

けれど。

(ああ！　もう！　なんであの時ちゃんと聞かなかったの！)

やり過ごそうと思ったが、やっぱり無理だ。気になって仕方がない。

澪の中に激しい後悔の念が渦巻いた。さすがに口には出せないので、心の中で自分に向かってバカ！　と叫ぶ。

あの時、セックスに入る前に聞くのがたぶん一番確認しやすいタイミングだったのだ。そうできていたら、後になってモヤモヤせずに済んだのに。けれど、澪はあの時既にもういっぱいいっぱいで、足りない言葉に思い至れる余裕がなかった。いくら好きな人に求められて舞い上がっていたからとは言え、大失敗だ。

(また蒸し返して聞く?)

想像しただけでため息が出そうになる。会話の流れで聞くと言っても、そこに持っていくまでが大変なのだ。自分で切り出さなければならない。なんと言ったらいいんだろうか。

(私たちって付き合うってことでいいんですか、とか?　いや、直球すぎるな。じゃあ、彼女だと思ってもいいですか、とか?)

澪は心の中でブツブツ呟いた。

よしんば勇気を振り絞って聞けたとして、もし軍司にそんな気が一切なくて、「一回やったぐらいで勘違いするなよ」的なリアクションだったらものすごく気まずい空気になりそうだ。そうしたら、確実にめちゃくちゃ落ち込む自信がある。

(ここまできて遊びだったとか、セフレ枠だったとか、あるかなあ)

澪の口から重いため息が漏れる。軍司が何かもうちょっと決定的なことを言ってくれればいいのに。それが無理だったら、安心できるような態度でも。

そんな風に考えたら急になんだかやるせないような気持ちが込み上げた。

(相手にばっか期待するのも……やめといた方がいいか)

期待通りにならないと、その分、がっくりくる。経験上、それはわかっていた。

澪はもう一度ため息をつくと、シャワーを止めて、顔に付いた滴《しずく》を拭った。

脱衣室に出て、事前に出しておいたタオルで髪や身体を拭いていると、玄関の方から扉の開閉音がした。

慌ててタオルを身体に巻き付ける。するとほどなくして足音が近付き、脱衣室の扉が開いた。

そこからコンビニの袋を手に持った軍司が現れる。

「お、シャワーちゃんと浴びれた?」

「はい。……おかえりなさい。すみません、買ってきてもらっちゃって」

「そんな気を遣わなくていいから」

タオル一枚の姿が心もとなくて、何となく所在なさげに佇んでいると、コンビニの袋を床に置いた軍司がすっと寄ってきた。

「髪の毛、ちゃんと拭けてない」

棚からもう一枚タオルを取り出した軍司が、笑いながらそれをふわりと頭に被せる。そのくだけた笑みとタオル越しに感じる軍司の大きな手の感触に、にわかに鼓動が速まった。

セックス中は半ば理性が飛んでいる状態だったので、どんなに激しい行為だって受け入れられた。むしろもっともっとと自分からせがんだ節さえある。しかし、その熱が冷めた今、明らかに上司と部下以上の関係性になった中で、どういった態度で軍司に接すればいいのか、澪は測りかねていた。

付き合うことになったのか、いまいち確信が持てていない以上、彼女面することはできない。もし違っていたら痛すぎる。だからと言って、今までと同じように接するのも無理だろう。ただの上司と部下はセックスなどしないし、風呂上がりに髪の毛を拭いてもらう状況になんてなるわけがない。

手の動きが止まり、頭の上にあったタオルが肩まで移動したあたりで、じっとされるがままになっていた澪は目線を上げた。すると、思ったよりも軍司の顔が近くにあり、至近距離でばちっと目線が合った。

「軍司……さん?」

そのまま黙ったままでまじまじと顔を見つめられて、気まずくなった澪はおずおずと名前を呼んだ。すると軍司はくいっと口の端を引き上げた。

「化粧落とすと、思ったより幼くなるんだな」

「……そうですか? すみません、化粧で盛ってて」

化粧の落ちかけた顔をそんなに見ないでほしいとは思っていたが、まさかすっぴんのことを言われると思っていなかったので、澪は内心少し動揺した。返しに一瞬詰まったが、何とか冗談っぽい口調で切り返す。自分が垂れ目がちのタヌキ顔であることを気にしている澪にとっては、正直、ややコンプレックスが刺激される言葉ではあった。

「違う違う。そういう意味じゃない。すっぴんもかわいいってこと」

「え」

驚いたように目を見開いた澪の目の前には、気付けば軍司の顔が吐息がかかる距離まで迫っていた。ちゅっと柔らかい感触が唇に落ちる。不意打ちのキスに目が閉じられなくて離れていくその整った顔を目で追っていると、軍司は仕事中では考えられないぐらい優しく澪に笑いかけた。

その後澪は、軍司が買ってきてくれたトラベルセットを使って中途半端に水で流れた化粧を完全に落とした。それから、きちんとスキンケアをして歯磨きもする。借りたドライヤーで髪の毛も乾かした。そのあたりで軍司が洗面所に入ってきて、俺もシャワー浴びてくると言って浴室に入っていくのを見送った。

すべてを終えるとリビングに戻って何となくソファに座った。下着は買ってきてもらった新しいパンツを身に着け、ブラはしないでキャミソールだけを着ている。その上からとりあえずと言って貸してもらった軍司のパーカーを羽織っていた。パーカーのサイズは大きく、立っていれば太ももを覆うぐらいにはあったが、座ると丈が上がってうっかりするとパンツが見えてしまいそうだった。

軍司がいつ浴室から戻ってくるかわからないので、澪は裾を気にしながら、ソファの横に置いていたバッグからスマホを取り出した。

ロックを解除すると、画面には新しいメッセージが来ていることを告げる文字が表示されていた。彩だった。今日のことを相談したから気にしていたのだろう。アプリを開くと、案の定、どうなったのかと好奇心丸出しのメッセージが来ている。

澪はふっと息を吐いてソファの背もたれに背中を倒した。そのメッセージを見たらなんだかちょっと気が抜けたのだ。唐突に時間が気になってもう一度画面を見て確認すると、十二時を過ぎている。

（もう、そんな時間なのか……）

そう思うと、どっと疲労感が押し寄せた。考えてみれば、今日は準備のために早起きをしていた。それに、本当に色々ありすぎて、緊張しっぱなしで体力的にも精神的にもだいぶ消耗した一日だった。何年振りかのセックスはけっこうきた。特に下半身の倦怠感《けんたいかん》はかなりのものだった。

一度気を抜いてしまったら最後、身体を起こすのさえもかなり億劫になってしまう。軍司がそろそろ出てくる頃だろう。こんなだらっとした姿ではだめだ。そう思いながらも澪は段々と瞼が重くなっていくのを感じた。抗えないような睡魔が襲いくる。そこで、意識が途切れた。


次に目を開けた時、澪は一瞬、自分がどこにいるのかわからなかった。見慣れない天井、自分の部屋のものではない色のシーツ。ほんのりと明るい室内は見慣れた自室とは明らかに違っていて、まだ覚醒しきっていないぼうっとした頭で何とか事態を把握しようと昨日の記憶を探る。しばらくして軍司との顛末《てんまつ》を思い出した澪は慌ててぱっと弾かれたように隣を見た。

（いる……！）

軍司は隣でごく普通に寝息を立てて眠っていた。イケメンは寝ていても当たり前のように格好がいい。しかも、目が閉じている分、少しあどけなくなってかわいさまでプラスされている。澪はその寝顔をまじまじ見つめた。無防備な軍司がひどく新鮮でなんだかとても不思議な心地に陥った。

(あれ、そういえば)

そこでふと、気が付いた。考えてみれば昨夜、自分でベッドに横になった記憶がない。ソファでスマホを見ていたところで昨夜の記憶は途切れている。もしかしてあのままソファで寝てしまったのではないだろうか。と、すると、どうやってベッドまで移動したのだろう。

不思議に思った澪はとりあえず自分の格好を確認してみた。布団を持ち上げて見てみると、上は昨日のままで軍司から借りたグレーのパーカーを着ていた。下はよくわからなかったが、布団の感触をダイレクトに感じている気がするので、たぶん、何も着ていない。

そんなことをやっているとすっかり頭が覚醒し、ついでに尿意を覚えた澪は軍司を起こさないようにそっとベッドから出て足音を忍ばせながらトイレに向かった。

用を足すとトイレから静かに出る。リビングを通ってとりあえず寝室に戻った。途中、リビングのテーブルに自分のスマホが置きっぱなしになっているのが見えて時間を確認すると、驚くことに、十時近かった。軍司が何時に寝たのかは知らないが、二人揃ってだいぶ寝てしまったようだ。

「……菅原?」

部屋に入ると、名前を呼ばれて澪はぴくっと肩を揺らした。

慌ててそろりとベッドに近付くと、軍司がちょうど軽く上半身を起こしたところだった。

「どこ行ってた?」

「えっと、トイレに……」

「あー、なんだ」

言いながらガシガシと頭を掻いた軍司が起き上がる。

「起きたらいなかったからちょっと焦った」

「……すみません」

「トイレ行ってただけなのに、なんで謝んだよ」

苦笑いをした軍司が完全に身体を起こす。そのままベッドから下りると隣に立って澪の頭の上にぽんと手をのせた。

「ごめん、寝すぎた。腹減ったよな。とりあえず、朝メシ食べよ」

昨夜コンビニに行った際に、朝ご飯の材料も色々と調達してくれていたらしい。軍司が料理をしないと言っていたことを思い出した澪は支度を買って出て、キッチンを借りることになった。

冷蔵庫を開けると、卵とハムがあった。あとは食パン。そのパンをトーストして、ハムエッグを作る。材料が材料なだけに、本当に簡単なものしか作れなかったが、それをテーブルに並べると、軍司はうまそうと嬉しそうに言った。

軍司の家にはダイニングテーブルがなかった。カウンターキッチンのカウンターの前にスツールが置いてあり、普段簡単に済ませる時などはそこで食べたりもしているらしい。けれど二人で食べるにはさすがに窮屈なので、ローテーブルにお皿を置いて、ソファに座って食べることになった。

ソファに座ろうとしたところで、澪は自分が起きたばかりの格好のままでいたことに気付いた。キャミソールとパンツの上から軍司に借りたパーカーを着ているだけの格好だ。パーカーの丈が長いので立っている時は気にならなかったが、座るとパンツが見えそうで、このままではまずいと思った澪はそわそわとあたりを見回した。

「どうした？　座らないの？」

声をかけられて、二人分のコーヒーを手に持った軍司が背後に来ていることに気付いた。軍司は座ろうとしない澪を見て首を傾けている。

「あ……と、その前にちょっと着替えてこようかと」

「なんで？　そのままでいいじゃん」

あっさりと言った軍司は澪の横を通ってテーブルにコーヒーを置きながらソファに座った。

「いや、ちょっと……心もと、ないかなあって」

意識すると何となく、足元がすーすーしてくるような気がして、澪は無意識にパーカーを摘まんで下に引っ張るような仕草を見せた。

「ふーん、ま、いいけど。あ、あっちの部屋に昨日の服置いてある」

ちらっと澪を見上げて寝室の方を指差す。お礼を言って寝室に足を向けると、軍司がついでのように言った。

「着替えるなら下だけ穿いてきて。上はそのままでいいよ」

寝室に入ると、昨日着ていたシャツとスカートがハンガーで壁にかかっているのが見えた。昨日の自分は服のことまで気にする余裕がなかったので、きっと軍司がしてくれたのだろう。こんなこともしてくれるんだと意外な一面に驚きながらも、ハンガーからスカートだけを取って穿く。これで下半身の頼りなさはほとんど軽減される。澪はほっと息を吐きながらも、内心首を傾げた。

（スカートだけって……なんで？　全部着替えると時間がかかるから？　ご飯を早く食べたいのかな？）

とりあえず早く戻った方がよさそうだと思った澪は足早にリビングへと引き返した。

それから、軍司と並んでパンとハムエッグを食べた。近すぎず遠すぎずの距離で並んで座り、自然な流れで会話をしながらの食事は、二人の関係性が変わったことをはっきりと自覚させてなんだかくすぐったい。澪はまだ軍司との距離を測りかねていてどこかぎこちなさが出てしまっていたが、軍司の態度は、男性と付き合うことが久しぶりの澪でもそれとはっきりわかるぐらいの変わりようだった。優しい眼差し、気を許したような態度。一線を越える前とは明らかに違っていて、恋人になったのかいまいち自信が持てない澪を幾分か安心させた。

朝ご飯を食べ終わると、澪は自分から申し出て使った食器を洗う。すると軍司が傍に来て台に手をつき、横から澪を覗き込んだ。

「今日、どうする？」

その言葉に手を動かしながら目線だけ軍司に移した。

「昨日は予定ないって言ってたけど。空いてるならどっか行く？」

澪は何度か瞬きした後、困ったような笑みを浮かべた。

漠然とこの後、どうするのだろうと考えてはいたが、自分にその決定権が委《ゆだ》ねられるとは思っていなかった。突然聞かれて、答えに窮《きゅう》してしまったのだ。

「えっと……どっちでも……」

せっかく誘ってもらってるのにどっちでもってなんだ。発した言葉のそばから軽い後悔と自己嫌悪を覚えつつ軍司を窺い見た。しかし軍司は返答に気を悪くした様子もなく笑顔を向けた。

「俺もどっちでもいいけど。まあ急だし出かけるとしても映画とか買い物ぐらい？　あーでも、昨日の服で出かけるのは嫌か」

その言葉を聞いて、澪は軍司を改めて見た。Tシャツにスウェット。普段はセットしているのだろう。起き抜けのままの髪は多少のハネもあってかなりラフな感じだ。でもそれでもイケメンぶりに変わりはない。別にそれをしたからと言って釣り合いがとれるようになるというわけでもないが、デートみたいに出かけるんだったら、しっかりと選んだ服にばっちりメイクじゃないと、並んで歩くのに気が引けてしまいそうだ。昨日の服も、勝負服に違いはないけど、一日着てけっこう皺が付いてしまっている。

そんな気持ちが顔に出ていたのだろう。軍司は澪の顔を見て何かを察したようにわかったと言った。

結局、外には出かけなかった。家でゆっくりしようという話になり、軍司が加入している動画配信サービスで映画でも観ようということになった。また並んでソファに座り、二人で映画を選ぶ。好みを聞くと、軍司はホラーかサスペンスと言った。澪も別に嫌いではないのだが、さすがにどぎついホラーは付いていけるか自信がなかったので、結局、公開当時、話題になっていたサスペンス映画にしてもらった。衝撃のラストや大どんでん返しの煽り文句で宣伝されていて気になっていたのだが、一緒に観に行く相手もいなくて、そのままになっていたものだった。

ストーリーは孤島に遊びに来た若者グループが次々と不可解な現象に襲われ、一人一人と姿を消していくという、割とありふれたストーリーなのだが、最後、主人公が一人残された後に明かされる事実がかなり意外なものらしい。謎解き的な要素もあり、澪は思いのほかワクワクしながらリモコンを操る軍司の隣で画面に視線を向けた。

映画が始まって三十分以上は経ったかという頃、食い入るように画面を見つめていた澪は、いきなり端からにゅっとでてきた影に驚いて、肩をびくっと震わせた。

「ひっ」

実はこれは、さっきから数えてもう何度目かの反応だった。

ホラーやサスペンスも決して嫌いではないのだが、映画やドラマの、観ている人を驚かすような演出に澪は極端に弱い。絶対に何か出るだろうというういかにもなシーンで、派手な効果音や演出があると思いっきり引っかかってしまう性質なのだ。わかっていて心構えをしていてもまんまと驚かされてしまう。けれど、驚く割にそのドキドキが嫌というわけではなかった。こういうものが耐えられないという人もいるのだろうが、そのスリルは意外と病みつきになる。この映画は一人一人消えていく過程で、そういった演出をふんだんに盛り込んできていた。ここまででもかなり驚かされてはいるが、澪なりに楽しんでいる。けれど、そうやっていちいち反応してしまうことが、軍司にどう思われているか、少し恥ずかしくはあった。

出てしまった声を恥じるかのように、口に手を当てていると、隣から笑いを噛み殺すような音が聞こえた。

「大丈夫？　怖いならやめるけど」

優しく言われて、慌てて口を開いた。

「いえ、やめたいってほど、怖いわけでは……」

「そう？」

「ごめんなさい。気が散りますよね」

「いや、全然。なんかかわいいなとは思ってるけど」

言いながら軍司は後ろから肩に手を回し、突然、ぐいっと澪を自分の方へ引き寄せた。

「え」

突然の行動に驚いている澪を尻目に、その整った顔が近付いてくる。間近まで迫った時、澪は半ば反射的に瞼を閉じていた。次の瞬間、柔らかい感触が唇に落ちる。ぐっと身体の体温が上がった気がした。押し付けられたり引いたりしながら、そのまま何度か啄まれると、段々と口元の力が緩んでしまう。うっすら開いた唇の隙間から舌が入り込んできた。

「ん」

口の中を舌で掻き回されて甘い息が鼻から漏れてしまう。軍司のキスはやっぱり気持ちがよくて、気付けば彼の服を握りしめて映画そっちのけでキスを受け入れていた。

ぴったりとくっついていた唇が離れた時には、澪の息は軽く上がっていた。軍司の指が髪を梳《す》く。

「……やばい、話進んでた。続きは終わった後でな」

画面に視線を戻した軍司に耳元で低めの声で言われてなんだがゾクゾクした。言葉もなく頷いたが、その後、抱き寄せられたままの距離で映画を観ることになった澪はあまり映画に集中できなくなった。

結局、最後の方は後ろから抱きかかえられるような体勢にまでなった。軍司がこんなにくっついてくるタイプだったとはちょっと意外だったが、不思議なことに、匂いや体温を近くに感じる距離に長くいるにつれ、どういう態度で接したらいいのかといった戸惑いや、どこか構えていた気持ちが段々となくなっていく。甘やかされ、大切にされているような感覚は、色々なことが許されるような自信を澪に与えてくれるようだった。

やがて、エンドロールが流れる頃にはかなり気安い雰囲気が二人の中に流れていた。

「衝撃のラストって言うほどでもなかったな」

「うそ！　けっこう驚いた……」

くるっと振り返りながら答えた澪は、自分が自然に敬語を使わなかったことに気付いて、あっと口を押さえた。

「ごめんなさい。驚き、ました」

「会社じゃないんだし、敬語とか別にいいから」

笑いながら言った軍司が顔を寄せて唇を重ねてくる。元々二人の距離は近かったのでキスされるまではあっという間だった。先ほどのこともあって澪はすぐにキスを受け入れたが、服の上から胸を触られると、展開の早さに驚いた身体がびくっと震えた。ちゅ、ちゅと唇を啄まれながら、意外なほど強い力で胸を揉んだ手がファスナーを下げてパーカーの下に入り込んでくる。

（あ……うそ）

「お、ノーブラ」

下にキャミソールは着ていたが、起きたままの格好だったのでブラをつけていなかった。布一枚だけの上から膨らみを探った手がすぐに先端を見つけ出し、スリスリと擦った。

「ん」

そこは何度か刺激されただけで、あっさりと勃ち上がった。ぷくっと膨らんだ尖りを今度は二本の指先の間に挟んでクリクリと刺激される。じわっとした快楽が胸の先から身体に広がり、澪は上擦った声を上げた。

日中の明るいところでこういった行為に及ぶのは多少の抵抗感はあったが、だからと言って、軍司の手を拒むほど嫌というわけでもない。それに、求められることが素直に嬉しいという気持ちもあった。澪はおずおずとながらも身体に入っていた力を抜いた。

すると、ソファの深いところに座り直した軍司が澪を更に自分の近くに来るように抱き寄せた。脚の間に座った澪の首筋に顔を埋めて肌の薄い部分を啄む。ファスナーはいつの間にか最後まで下がりきっていて、パーカーは前が大きく開かれていた。軍司は片方の手で胸の先を弄りながら、もう片方の手をスカートの下に滑り込ませる。太ももの柔らかいところを撫でながら上がってくる大きな手の感触に、ゾクゾクとしたものがみぞおちのあたりからせり上がった。

たった一度、身体を繋げただけなのに、その手がもたらす快楽をしっかりと覚えているらしい。決定的なところに触れられる前から秘所がじんと熱を帯び、身体が勝手に期待していることがありありとわかってしまった澪は恥ずかしさからぎゅっと目を瞑った。

「あっ」

不意に下着の上から秘裂を押されて思わず声が出た。ぐっと沈んだ指が入り口を探るかのようにグリグリと押し上げてくる。熱くなった秘所を絶妙な力加減で押されて、痺れるような感覚が湧き上がった。

「濡れてきた」

首元から顔を上げた軍司が耳の外側を舐めながらすぐ近くで喋る。恥ずかしさと、ぬるりとした感触と息がくすぐったくて澪は顔を赤くしながら身を捩《よじ》った。

「このままだと汚れちゃいそうだから、これ、脱いどく？」

そう言いながら示すように軍司がパンツをくいっと引っ張った。もちろんこのまま進むのであればその方がよいだろうが、それをそのまま言うのは気が引けて、澪は赤い顔のまま困ったように視線を彷徨わせる。

しばらく言葉を選ぶかのように時間をかけていたが、やがて意を決したように口を開いた。

「あの……今更ですが、ここで？」

後ろにいる軍司の方へ顔を傾けると、すぐに言葉の意味を理解したらしい軍司は口の端を上げて笑った。

「そのつもりだけど。なに、だめ？」

もしこのままということであれば、何となくせめてベッドの方がいいなと思っていた澪は、軍司のその笑みを見て、自分の考えは通りそうにないことを悟った。

そんな顔で笑うのはやめてほしい。全然太刀打ちできそうにない。澪は軍司のこの種の笑みに自分が弱いことを既に自覚していた。

「だめというわけでは……脱ぎ、ます」

諦めて小さい声で言って、腰を浮かしかける。すると、ちょっと待ってと言った軍司が腰回りをごそごそと探った。何をしているのかを把握する前に、いいよと言われて促されて半ば反射的に腰を浮かす。すると、あろうことか軍司はスカートごとパンツをぐいっと引き下げた。

「え。ぎゃ」

澪は慌てたが、もう後の祭りだった。膝まで引き下げられたスカートは軍司によってあっという間に取り払われる。少し前傾になった軍司が逃がさないとでも言うかのように後ろから澪をぎゅっと抱きしめてきた。

「ちょ、ちょっと待ってこんなの、丸見えじゃ」

パーカーの前を開いているため、パンツごとスカートを脱いでしまえば、下半身を覆うものは何もなかった。実際、視線を向ければ、少しふわふわとした茂みが思いっきり視界に入ってくる。明るい室内で何も隠すものもなく、そこを晒しているのが恥ずかしくて、澪は顔を真っ赤にして身を捩った。

「いいじゃん。俺のパーカーだけ着てる姿とかほんとエロくてかわいい。たまんない」

あーやばい、興奮すると言いながら軍司は後ろから澪の腰に何かをぐりぐりと押し付けてくる。それは洋服越しでもはっきりとわかるほど硬くなっていて、その正体に察しがついた澪の体温は更に上昇した。

その時、澪ははっと気付いたことがあった。

(もしかして……あの時、下だけ着替えて上はそのままって言ったのは……)

軍司がどうしてそう言ったのか、理由に思い当たれば、頬がかあっと熱を持った。

このパーカーを澪に着ていてほしかったとか、そんなことってあるだろうか。

軍司がまた首筋に顔を寄せてそこをちゅ、ちゅと啄んだ。同時にキャミソールをたくし上げて素肌を這った手が直接胸の膨らみをやわやわと揉みしだく。もう片方の手が太ももの上を通り脚の付け根に伸びた。ふわふわとした茂みを撫でる。

「あ、や、あっ」

そうこうしている内に脚の間の隙間に長い指が沈んでいく。そうして進んだ指先は手前にある花芯の上で止まった。ぴたりと指の腹が密着させられ、捏ねるようにして揉み込まれた。

「んっ、く」

びくんと身体が大きく反応する。そこを弄られれば気持ちよくなってしまうのはわかりきったことだった。途端に量を増した蜜を纏い、軍司はぬるついた指先で扱くように花芯を擦る。あっという間に気持ちよさに頭が支配されていくのがわかった。

ぬるぬると指が動く度に下腹部にどんどん熱が溜まっていく。それと共に身体の力が抜けて、気付けば上半身はほとんど軍司にもたれかかっている状態になっていた。頑張って閉じていた膝も段々、間に隙間ができてくる。

「ほら、もっと足開いて」

軍司が片方の太ももに手を置いて、ぐいっと外側へ押し開いた。あっと思う間もなく、花芯を弄っている手はそのまま、もう片方の手が伸ばされる。長い指が陰唇を割って入り口を浅く掻き回してから、ぐぐっと中に潜《もぐ》り込んできた。その刺激に顎《あご》が上がってのけぞるような体勢になってしまう。

「あっ、んんっ」

「ぐちょぐちょ。解さなくてもすぐに入りそう」

笑いを含んだ声が耳元で聞こえると、快楽と羞恥で頭が沸騰したようにぐちゃぐちゃになった。

けれど、身体は一段と高ぶって、同時にじわっと蜜が染み出す。

音を立てながら軍司は指を出入りさせた。その度に中が擦られて、花芯への刺激と相まっておかしくなるほど気持ちがいい。もう何も考えられなくなった。

「澪はここが好きなんだよな」

そう言いながら、ある一点を指で押された。すると、頭が白くなるような、抗いがたい快楽が身体を走り抜けた。

「あっ、だめっ、んん……んっ、はぁっ」

「だめじゃないだろ、嘘つき」

指を小刻みに動かしながらしつこくそこを刺激してくる。同時に、花芯を強めにグリグリと押されて澪の身体はビクビクと跳ねる。

「あ、あっ……もう、だめっ」

「うん。イッて」

そのまま、軍司の言葉に導かれるようにして迫りくる波に澪は身を任せた。気持ちよさに身体中が満たされる。澪は身体を震わせながら軍司の腕の中で果てた。

「はぁ……」

その後、澪はしばらくは軍司に身体を預けたまま、動けなかった。短く息を吐きながらぼうっと宙を見つめていると、後ろで軍司が何やら身じろぎした。

「そろそろ、いい？」

「え？」

軍司はお腹のあたりに手を回してその身体を支えながら、スウェットのポケットを探っているようだった。

そこから何やら小さなパッケージを取り出す。説明もなく目の前に出されたそれを澪はまじまじと見つめた。

「……ゴム？」

「そ。本当は昨日もう一回ぐらいしたかったのに、澪寝ちゃうし」

指で摘まんでいる避妊具のパッケージをひらひらと揺らしながら、後ろから笑いを含んだ声が聞こえた。けれど、澪はそれとは別のことが気になって思わず声を漏らした。

「あっ……私、やっぱりあのまま寝ちゃって……？」

「うん。俺が運んだ」

「うそっ、やだ。すみません……」

寝てしまったのだから意識はないし、だいぶ重かったのではないだろうかと微妙な顔をしていると、軍司は澪の腰に手をやって、一旦ソファから下りるように促しながら言った。

「気にしなくていいよ。お礼はこれからたっぷり付き合ってもらってチャラにするから」

「え？」

ソファから下りて振り返った澪の視界の先では、軍司が含みのある笑みを浮かべていた。

「あっ……あっ、んっ、ん」

澪は軍司の上で揺さぶられていた。避妊具をつけた軍司は澪を向かい合わせで自分の膝に跨がらせて、下から入ってきた。昨日、軍司の形に慣れさせられた澪の中はあっさりと入ってきたものを受け入れ、澪はすぐにその首に縋り付いて甘い声を出すことしかできなくなった。首筋に顔を埋めると、この一日ですっかり慣れ親しんだ軍司の匂いが濃く感じられる。男性的な筋張った首や鎖骨の感触も澪の気持ちを妙に高ぶらせた。

腰を掴まれて奥を突かれ、身体がのけぞる。そこを狙ったように、何度も何度も勢いよく突かれて、澪はただ声を上げることしかできない。

「はあっ、あっ、んっ、んっ」

揺さぶられている内にバランスを崩しそうになり、しがみ付いたその身体は熱くて大きかった。軍司はTシャツを着たままだったが、布越しでも、広い背中に滑らせた手の平から硬い筋肉の感触が伝わってくる。それは澪をなんだかたまらないような気持ちにさせた。

そうしている内に、どちらともなく唇が重なった。舌を絡ませたまま腰を揺さぶられると、奥を突かれるのとはまた違った感じの気持ちよさが繋がっている箇所から広がって、澪は鼻から甘い息を漏らす。

しばらくそうやってゆったりと広がるような快楽に身を任せていたが、不意に軍司が澪をぎゅっと抱きしめた。そのまま身体が斜めに傾く。ずるりと中に入っていたものが抜けた。軍司は澪をソファに横たえると、体勢を変えて今度は正面から入ってきた。折り畳んだ脚を押し開き、その上からのしかかるようにして澪の身体に覆いかぶさる。それはちょっと苦しいぐらいの体勢だったが、中に入っている硬いものが奥を揺さぶると、甘く痺れるような快楽をもたらした。

「あっ　それだめ……っ、あん、んっ」

たまらず出た声にふっと笑うような音が重なった。

「だめ？　ほんと嘘つきだよな」

言いながら軍司は何度も奥を突いてくる。その度に半開きになった口から甘えるような声が漏れた。

「大好きなくせに。ま、でもまだ中だけじゃイケないか」

口角を上げた軍司が体勢を少し戻した。脚の間に手を伸ばして、花芯を指で撫でる。ぐちゅぐちゅと掻き回すように腰を揺さぶりながら、ぐりぐりと花芯を捏ねるように指先を動かした。

「えっ、あっ……いっぺん、は、だめ……っ」

それまでの快楽に加えて、訳がわからなくなるような鋭い快感が身体を駆け上る。一際高い声が口から漏れた。

「澪が気持ちよくなるように手伝ってるんだけど」

ほら、といいながら指と腰の動きを同時に激しくする。背中がぐっとのけぞった。あまりの気持ちよさに瞳が潤んで視界が滲む。

それでも陽が差し込む明るい室内では、すべてのものがはっきりと見えた。少し眉を顰め、何とも言えない色気を放ちながらのしかかる軍司と、組み伏せられたあられもない姿の自分。こんな明るいうちからセックスに溺れているなんて今までの澪からすると到底信じられないような光景だったが、そんなことはどうでもよくなるぐらいには澪の頭の中は熱に浮かされていた。

「あっ、ん、はっ……だめ、それだめ……ああっ」

今が昼だということも忘れて、大きく喘《あえ》ぐ。それぐらい澪の身体は限界まで高められていた。軍司が腰を奥に押し付けながら花芯を強く押し潰すと、中に埋め込まれている軍司のものを締め付けながら、呆気《あっけ》なく身体をびくびくと震わせた。

「イッた？　イク時の顔すげえエロかった。その内、中だけでもイケるようにしような」

途中から動きを止めて、澪の顔に視線を注いでいた軍司が満足したように笑った。そして、澪の待っての声も聞かず、また腰を動かし始めた。


――カタカタッ。カタカタカタ。

何かを叩くような乾いた音を耳に捉えて澪の意識は唐突に浮上した。はっとして目を開くと、何度か瞬きをする。

「あれ……」

「あ、起きた？」

頭の上から声がする。澪はゆっくりと身体を起こした。どうやら自分はソファの上に横たわっていたらしい。同じソファのすぐ近くに軍司が座っていた。膝の上にノートパソコンを置いている。さっきの音はこれだったのかと澪は起き抜けの顔でぼんやりと軍司を見た。

「私、寝ちゃって……？」

「うん。気持ちよさそうだった」

「それは……」

すみませんと口元をさり気なく指で触りながら小さく謝った。セックスが終わった後、またもや余韻からなかなか抜け出せなかった澪は最低限の後処理だけを何とかして、その後はソファでぼんやりとしてしまったことは覚えている。ちょっと休んだらもっときちんとしようと思ってはいたのだ。けれどどうやらそのままうっかり寝てしまったらしい。よく確認したら、服も結局脱がなかったキャミソールとパーカーはそのままで、下はパンツしか穿いてなかった。けれど、軍司が持ってきてくれたのか、下半身に毛布がかけられている。

「いや別に、寝るぐらいいいよ。いちいち気遣いすぎ」

言いながら軍司は首の筋を伸ばすような仕草を見せた。そしてパタンとノートパソコンを閉じる。

「……お仕事ですか？」

「あーまあそうだけど。ちょっと気になったの見てただけだから」

ノートパソコンをローテーブルに置いた軍司はさてと、と言いながら澪を見た。

「澪も起きたし。腹減ったから、メシ行く？」

続けて何か食べたいのある？　と聞かれて、澪は自分の身体も空腹を訴えていることに気付いた。

その後、澪は着替えて軽く化粧をした。軍司はすぐに支度が済んだみたいだが、何も言わず待っていてくれ、二人揃って外に出た。軍司の家には食材がほとんどなかったので外で食べようということになったのだ。車を出してくれるというのでちょっとドキドキしながらその助手席に座って、出る前に相談して決めたカジュアルな感じのイタリアンレストランに行く。

遅めの朝食をとってから何も食べていなかったので、お腹が空くのも当然だった。時刻は既に六時に近い。夕食にしてはまだ少し時間の早い店内は空いていて、オーダー後ほどなくして出てきたサラダとパスタとピザをシェアしながら食べ、車なのでアルコールは飲まなかった。すっかり一緒にいることにも慣れた澪は軍司への態度も自然になり、楽しく会話をしながらお腹を満たした。会計の後にせめて自分の分ぐらいは払おうと、タイミングを見て財布を出した澪を軍司が押し留め、少しだけ揉めたが、結局はおごってもらった。そして、車に戻った後は澪から聞いた自宅の住所をカーナビに入れ、その指示にそって軍司は車を出発させた。

さすがに二日は泊まれないと思っていた。店にいる時に既に軍司にどうするか聞かれていたが、洋服のこともあって澪は一旦家に帰ることにした。電車で帰ると言ったが軍司はこのまま送ると言ってくれた。

運転している軍司はやっぱり格好よかった。運転するのは好きらしく、澪にしたら難しそうだと感じる駐車場にも難なく停めていた。注意深く前方を見る横顔や、ハンドルを握る骨ばった手に妙にドキドキしてしまう。

あたりはすっかり暗くなっている。道は空いていてそこまで時間のかかる距離ではなさそうだ。軍司がカーナビの音声を聞き漏らさないように、車内ではなるべく口数を減らしていた。少し手持ち無沙汰《ぶさた》になり、窓の外に流れる街灯やお店、家々から漏れる灯りを見るともなしに眺める。その内に澪の思考はふっと物思いに沈んだ。

（あーやばい。今日が終わる……どうしよ）

今日一日軍司と過ごして、澪の気持ちは、「彼女になったのかどうかはわからない、もしかしたらセフレの可能性も捨てきれない」から、「これはほとんど彼女になったと思ってもいいのでは」にまで傾いていた。それは、仕事以外でのプライベートの軍司を知って、急速に膨らんでいく彼への気持ちがそうさせていることも否定はできなかったが、セフレ程度の関係の相手にここまでの扱いはしないだろうという、軍司の仕草や態度を見て得た一種の実感値のようなものが、その考えを多大に後押ししていた。

極めてプライベートな領域まで踏み込むことを許されているような気がする。そこである程度好き勝手振る舞うことも。大切にされているような感じがする。通常、身内以外の異性にそんなことを許すとしたら、それは恋人だけなのではないだろうか。

自分に当てはめてみれば、そうだ。

――カチカチ。

ウインカー音が車内に響いている。軍司がハンドルを切った。その、これといった感情の浮かんでいない横顔を盗み見ながら、気付かれないように軽く息を吐いた。

少しだけでもいいから、相手の気持ちを覗けたらいいのに。

馬鹿みたいに真剣に、こんなことを思うなんて、澪にとっては初めてだった。

こんなこと、彼女以外にはしないだろう。

こう言ってくれるのは自分が特別だから?

一緒にいる時はずっとそんなことばかり考えていた。ちょっとした言葉や態度から、その真意を測ろうとして。彼の家にいる時は、さり気なく他の女の痕跡がどこかにありはしないか、気付くと無意識に見てしまっていた。そして、どこからもそんなものは見つからなくて安心した。そうやって少しずつ安心材料を積み重ねて。顔には出さないがちょっとした浮き沈みを繰り返して、気持ちはいい方へ変わっていった。

けれど。

どれだけ安心材料を見つけても心のどこかに残るモヤモヤ。何かが引っかかっている。どこかで納得できていない部分があることを、澪は自覚していた。

(あーあ、あの時、なんで寝ちゃったんだろ)

どんなにそれっぽい雰囲気が漂っていたとしても、後々の自分のために、本当のところはどうなのかを、澪はやっぱり聞いといた方がいいと思っていた。

二人でいる時はいい。けれど、一人になれば、せっかく傾いた心はまた揺らぐのではないのかと思った。だから、余計に悩まないように言質《げんち》を取りたかった。安心したかったのだ。

そうすれば、このモヤモヤもきっと晴れる。

そのためのタイミングとして、最も聞きやすいのではないかと思っていたのが、セックスが終わった後だ。向こうも普通よりは無防備な状態だろうし、何よりセックスの熱がある内だと、自分に勢いがある。

そう思っていたのに、せっかくチャンスがあったのに、なんと寝てしまった。これは大失敗だったと後になっても思う。起きた時は愕然とした。

けれど、過ぎてしまったものは仕方がない。澪は何とか気持ちを立て直し、まだどこかでチャンスはあるはずだとタイミングを窺って、けれどとうとうここまで何もしないで来てしまった。

カーナビで示される目的地までの残りの距離が減っていくにつれて、気分が落ち込んでいくのを感じていた。

あと少しで、終わってしまう。

別に誰に急《せ》かされているわけでもないのに、妙な焦りを感じていた。たまにポツポツと喋るだけだった会話は途切れていて、車の中にはカーオーディオから聞こえる音楽だけが流れていた。とてもじゃないがこの雰囲気でいきなり切り出すことなんてできそうにない。

(最後、別れ際にしよう。普通は、また連絡するとか、次はいつ会おうとかそんな話になるはず。ならなかったら自分から振って……)

澪はその時に備えて、頭の中でシミュレーションをし始めた。ちゃんと考えておかないと、いざという時に頭が回りそうにないと思ったのだ。

(それで、その流れで、これからも彼女として会ってくれますか? うん、これぐらいなら言えるかも)

何となくでも頭の中でまとまれば、幾分か気持ちは落ち着いた。またカーナビを見る。だめだ、もうほとんど近くまで来ている。見覚えのある風景は別れの時間が近付いていることを澪の胸にありありと実感させせた。

まだ、離れたくない。

急に寂しさが込み上げた。最初は緊張もしたが二人で過ごす時間はすごく楽しかった。軍司は仕事の時とはもちろん違っていたが、何でもないような態度でちょっとした優しさを出したり、やたらと細かいところを見てくれていたり、澪がつい惹かれずにいられなかった部分は、プライベートでも変わらなかった。こうやって違うシチュエーションで会うことで、イメージと違ったと幻滅することも人によってはあるだろうが、軍司に関してはそれが全くなかったので、逆に驚いたぐらいだ。むしろ、新たな一面を知ることで、もっと好きになって、その気持ちがあまりにも急激に膨らんだせいで怖いぐらいだった。

だから、軍司も自分に対して、同じ気持ちを持っていてほしい。

今のところそんな素振りは見えていないが、彼は大人だからあからさまに表面には出さないのだろう。どうか、幻滅なんてされてませんように。澪は心の中で祈った。

——目的地周辺です。

カーナビからの音声に、視線を前に向けると、ぼんやりとした街灯に照らされた見慣れたアパートが少し先に見えていた。左のクリーム色の建物が家です、と声をかけると、わかったと言ってバックミラーを確認した軍司がハザードを出して車を路肩に寄せた。

向き直って送ってもらったお礼を言おうと口を開きかける。すると一瞬早く、軍司が口を開いた。

「明日は何か用事あるんだっけ？」

「明日ですか？　えっと、妹とちょっとご飯を食べようということになってて……」

記憶を探るように目線を上に向けながら答える。妹は、実家からも澪の家からも少し離れたところで一人暮らしをしているが、明日はたまたまこちらの近くに来る用事があって、それが終わった後、ご飯でも食べようということになっていたはずだった。

「妹いんの？　二人姉妹？」

「姉もいて、三人姉妹の真ん中です」

「え、三姉妹なんだ」

軍司が少し驚いたように目を瞠った。そんなに意外だっただろうかと澪は少し首を傾ける。

「軍司さんは、兄弟は」

「もう結婚してるけど兄がいる。二人兄弟」

「へーお兄さんがいるんですね」

「そう」

頷いた軍司はシートベルトを外しながら、そっかと言った。

「明日用事あるんだったら、さすがにこれで解散した方がいいか。また連絡する」

その言葉に敏感に反応した澪の肩がぴくんと揺れた。

(うそ、ここだ)

ぱっと頭の中に先ほどシミュレーションした流れが思い浮かぶ。どくんと心臓が強く波打った。

「あ、あの……」

変に意識してしまったせいか、言葉が上擦る。かっと頭に血が上ったようになって一瞬、真っ白になった。

(あ……え、と、なんだっけ。彼女って思って……うそうそ、なんか違う。こんな直球じゃなくて……)

思った以上に早く本番になったせいか、澪は内心慌てた。

おろおろと視線が彷徨う。焦れば焦るほど、何と言おうとしていたのか、用意していた言葉が思い出せない。

明らかにあたふたしながら、思考が飛んでしまった澪は軽くパニックに陥った。

その時、だった。どうしてなのかはわからない。なぜ、そんなことを思い出したのか、自分でも理解不能だったが、頭の中に急にぱっと浮かび上がったことがあった。

「あ！　パンツ！」

まさに口から飛び出るというのはこのことで、あまりにも唐突なひらめきに、咄嗟にそれを口に出してしまう。澪が昨日穿いていたパンツは断ったのに軍司が朝ご飯を食べ終わった後、乾燥まで自動でやってくれるからとタオルなどと一緒に洗濯機に入れてしまった。あろうことか、それを回収してくるのを忘れてきてしまったことを、このタイミングで思い出したのだ。

その少し大きめの声で発せられた言葉を聞いて、軍司が噴き出すようにして笑った。

「あーそういや、そのままで来ちゃったな。いいじゃん、そのまま置いておけば。またどうせ泊まりに来るだろ」

さも当然かのように軍司は笑いながら言った。そしてその笑みのまま、手を伸ばして澪の耳の近くの髪に触れた。

それがあまりに屈託のない笑い方で、澪は軍司から目を逸らせなくなってしまった。だめだ、と思う。そんな風に笑われたら、何も言えなくなる。

助手席に覆いかぶさるように軍司が上から近付いてきて、首を傾けてキスを受け入れた。最初はちゅ、ちゅと優しく唇を啄むようなキスだったが、思いのほか深くなる。舌が何度か絡んで軽く息が上がった。甘ったるいキスだった。

澪の願望がそう思わせたのかもしれないが、名残惜しそうに軍司が唇を離した。そのまま体勢を戻す姿をぼんやりと見つめる。

その後はまた少しだけ言葉を交わして車を降りた。雰囲気に負けた澪は結局何も聞かずじまいだった。

「久しぶりの彼氏！　おめでとー！」

大げさなトーンとは裏腹に、控えめにカチンとグラスを当てながら、ニヤニヤ笑って彩は言った。

「ありがと」

対して澪はいたって普通のトーンだ。それを見た彩が眉を顰めた。

「なに？　あんま浮かれてないね？　久方ぶりの彼氏、しかも前から好きだったイケメン上司、もっとはしゃいでよくない？」

うっすら笑いを浮かべて目を眇める彩に澪は苦笑いで返す。

「もう十分はしゃいだ……」

「付き合おうって言われてないこと、やっぱ気にしてんだ？　馬鹿だねー、言葉が欲しいならする前に確認しないと」

痛いところを突かれて、澪はうんざりしたように眉を顰める。

「わかってる、そのことは後悔してるって言ったじゃん」

「言葉が欲しいっていうか、恋愛ブランク長すぎて相手の雰囲気で察せないんでしょ。高校生じゃないんだし、付き合う時にいちいち言ったりしない場合だってそりゃあるよ。聞いた限りではもう付き合ってるってことでいいと思うけど。逆にいちいち聞いたら相手は今更？　って思うかもね。澪ってさあ、普段は割と空気読むの得意っぽいのに、なんで恋愛だとそんなにだめなの？」

流れるように喋る彩の言葉を遮ることもしないで黙って聞いていた澪は、投げかけられた質問には答えずに微妙な顔でグラスに入ったワインを飲んだ。

金曜、夜八時。軍司と一緒に過ごしたのは先週の土曜のことだったから、あれから一週間近く経っている。澪は彩に誘われて、仕事終わりに待ち合わせ、彩が行ってみたいと言っていたお店で向かい合っていた。

彩が会いたいと言ってきた目的はわかっている。報告を入れるまで、軍司とどうなったんだとけっこうしつこく聞かれていた。相談した以上、それなりの報告はするべきだろうと思っていた澪は既にその返信で簡単に事の顛末を伝えていたが、もっと詳しく経緯が聞きたいのだろう。二人の予定が合う日に約束を取り付けられた。

今日はワインの種類が豊富だという、ダイニングバーに来ている。彩はワインが好きなのだ。澪はワインはそこまで得意ではなかったが、せっかくそれが売りの店に入ったのだからと思って飲みやすそうな甘口の白ワインを選んでグラスで頼んでいた。

「今日は彼氏は？　金曜なのに会わなくてよかった？」

反応の薄い澪を一向に気にする様子もなく彩は言葉を続ける。澪は表情を変えないままそれに答えた。

「飲み会みたい」

「ちゃんと連絡とってんじゃん、その後順調なの？」

その言葉に曖昧に笑った。

軍司と別れた翌日は、午前中は家の掃除や洗濯などをし、午後は妹の渚《なぎさ》と約束通り外でご飯を食べた。軍司には送ってくれたお礼のメッセージを帰ってすぐに送ったので、その後ポツポツとやり取りをして、それは日曜まで続いていた。そして週が明けた月曜、軍司と会社で改めて顔を合わせた。

普段通りにしようと心がけていたものの、やはり軍司の顔を見た瞬間、心臓が跳ねてしまって少し不自然な表情になってしまっていたかもしれない。けれど、その時は軍司と直接話をしていたわけではないから、きっとそのことに気付いた者はいないに違いなかった。

その日、澪は何度となくあの日の軍司を思い出した。笑った顔や無防備だった寝顔、色々な表情、印象的なシーン。時にはセックス中の情熱的な姿まで。仕事中だから、反芻するのはだめだと思って戒めているのに、ふとした拍子に浮かんできてしまう。そして、いつものように自分の席に座ってパソコンを叩く上司の軍司を見て、不思議な心地に陥った。

軍司は驚くぐらい、いつもと変わりなかった。今までと一分も変わらない態度と口調。社内恋愛は禁止されていないとは言え、そんなつい二、三日前に始まったばかりの関係をおいそれと公表することはできないだろう。だからもちろん、周りに気付かれないようにしなければいけないことは、澪だってわかっていた。

わかっている、重々承知しているつもりでいたのだ。だから軍司がそんな態度だったからと言って、最初は特に何とも思わなかった。さすが、とさえ思ったぐらいだ。澪だって態度に出ないように軍司と接する時は気を遣っていた。

けれど、その内何となく気付いてしまった。いつもと変わらないように見えて、その態度がそれまでより必要以上に素っ気なくなっていることを。軍司は今週、本社で定期的に行われている全体の営業会議が控えていたせいもあって、月曜日からいつも以上に忙しくしていた。だから、もしかすると、周囲の接し方にまであまり気が回っていなかったのかもしれない。みんなにそんな態度だったのかもしれない。けれど、澪は軍司のその態度の裏に、「勘違いして社内で変な態度をとるなよ」という遠回しの牽制《けんせい》が含まれているような気がしてしまって、なんだか夢から醒《さ》めたような気持ちになってしまった。

けれども、そう思ってしまったにもかかわらず、澪が決定的に打ちのめされず、今も「付き合ってるかも」という望みは捨てず、彩の「彼氏」という言葉を否定していないのは、軍司がこの一週間、時折メッセージをくれていたからだった。軍司の忙しそうな様子に加えて、素っ気ない態度に恐れをなして、澪は自分から連絡はとれないでいた。軍司は残業が続いて帰りは遅いようだったが、『今帰ってきた』『何してんの？』『これから寝る』など、一言一言は短いが、自分の状況の報告と澪への様子伺いともとれるような内容のメッセージを、毎日ではないが数日おきには送ってきてくれていて、澪がそれに返すと何回かはやり取りが続いた。だから、不安要素はあったが、そこまで悲観的にならないように自分に言い聞かせていたのだ。

今日だって、無事終わったらしい営業会議の後、他の課や、支社から参加していた会議の出席者の何名かと飲みに行くという連絡はあった。澪だって、その返信で友人と飲みに行くことを伝え、『気を付けて』と返事をもらっていた。

「今週は向こうが忙しいから会ってないけど、まあ連絡はしてる」

「ふーん。でもなんだか浮かない顔じゃん。その、付き合おうとか言われてないのがそんなに不安？」

彩らしくズバリとした物言いに澪は一瞬、ぎゅと顔を顰《しか》めた。それからちょっと考えるように視線を上に向けて彷徨わせる。少し迷ったが、やっぱり誰かに聞いてほしい気持ちもあって、あまり考えないようにしていた、自分の気持ちを口に出してみることにした。

「不安……というか、寝たらもっと、すごく……なんだろ」

そこで言い淀《よど》むように言葉を切った。どう言っていいか、言葉を探すように何度か瞬きをする。しばらく間を置いて言葉を選んでから、ゆっくりと口を開いた。

「めちゃくちゃ好きになっちゃって、それが、不安」

「え？」

なにそれと彩が笑う。澪は淡々と言葉を続けた。

「まあ、もちろん元々好きだったんだけど、二人で会ったら嫌なところが全然なくて、普通に優しいし、何となく性格も合う感じで、エッチも上手いし、完全に落とされた感じなの。まずいぐらいに」

澪の言葉を聞いている彩の顔から笑みがふっと消える。真剣な顔付きでうん、と相槌をうった。

「現状は付き合ってる……でいいと思う。彼女扱いしてくれてるし。でも……たぶん、向こうは私みたいには思ってない。トーンというか……テンションが一緒じゃない感じがする。完全に、私だけ、重い」

「あー……」

そういう感じか、と言って納得したような顔付きになった彩を見ながら、澪はぐいっとワインを呷った。固く閉じていたものは一旦開けたら、もう、止められない。心の内を吐き出すように言葉を続けた。

「すっごく慣れてる感じだった。その、エッチの仕方とか、それに持ち込むまでの流れとか。言い方悪いけど、もう百回ぐらいこのやり方で成功してきましたよ、みたいな。彼にとっては、失敗なしの百発百中の鉄板の流れって感じ。経験値が違いすぎて、私なんか瞬殺だよ。それに、次の日もすごく自然で」

「自然？」

「そう。私なんてさ、どういう態度とっていいかすごく戸惑って、恥ずかしかったし、昨日までただの上司でエッチしたからと言っていきなり接し方変えるの無理じゃん。ぎくしゃくしちゃうじゃん。その関係に慣れるまでちょっと時間が必要でしょ？　でも違うの。すっごく普通に彼女扱い。当然って感じで、戸惑いとか照れとか一切なし。長年付き合った彼女みたいに接してくるの。そういう扱いされて、もちろん嫌な気分じゃないよ。ああ私のこと、彼女って思ってくれてるんだなって安心できるし、嬉しかった。でもそれが逆に……何て言うのかな」

そこで澪は、口に手を当てて眉を顰めた。上手い言い方を探して口ごもる。けれど彩は思うところがあったようで、見れば同意するかのように何度も頷いていた。

「……わかる。いるよね、そういう男。相手に特別なんだって思わせるのが上手い男。本当に特別じゃなくても、特別感を演出するのが上手い男。誰といても、自然っていうか。まあ要するに、女の扱いが上手いってことなんだよね。あーそういうタイプか」

ほんとナチュラルにやるから怖いんだよなと呟いた彩を澪は驚いたように見つめた。

自分が抱えていたモヤモヤがはっきりと体を成した気がして、その言葉は、澪にちょっとしたショックを与えた。ずん、と胸が沈むような感覚を覚える。

「なんか……妙に実感こもってんね」

それを誤魔化すようにあえて笑いを浮かべる。すると、彩が案じるような視線を向けた。

「ちょっと、あんたには荷が重いかもね。イケメンでできる男で女の扱いが上手い。この三つ揃ったら難易度、けっこう高いよ。そういう男を彼氏にしたら、常に追いかけてる気分になっちゃうから。安心できる時ないかも」

不安を言い当てられて、ぐっと押し黙る。言ってくれたなという恨みがましい目を向けながら、もう飲むしかなくて、またワインの入ったグラスを口に運んだ。

「自分ばっかり好きとか思っちゃうとしんどいよね。そういう関係をひっくり返してやろうって燃えるタイプとか、そもそも追いかけるのが好きな子ならいいけど、あんた違うし。それか、ライトに付き合えるなら」

「今更無理。後に戻れない。できたら苦労しない」

「ごめん。だよね。でもさ、イケメンでスペックが高くて尻込みしてた時から、難易度高めってのはわかってたわけでしょ？　ある程度覚悟はあったんだから、とりあえず様子見しながら付き合ってくしかないんじゃない？　だってまだ相手があんたをどんだけ好きか、本当のところはわからないんだし。もしかしたら思っている以上に愛されてるかも」

澪の表情が沈んでいくのがわかったのか、彩が急にフォローに転じる。励ますような口調になった。

「様子見かあ……私、そういうの察するスキルもひっくり返すスキルも低いんだけど」

澪は頬杖をつきながらため息をついた。それが憂鬱そうに見えたのか、彩が苦笑いを浮かべる。

「まあでもそういうタイプは、あまり言葉にこだわらない方がいいかもね」

「言葉？　なんで？」

「あんたは好きだとか付き合ってとか、言われてないのを気にしてたけど、それを言われたところであんまり安心できなさそう。だってそんなに手慣れてるんだったら、聞かれてもそれぐらい合わせて答えるでしょ。さらっと言われちゃったりしたら、誰にでもこんなこと言ってるんだろうなとか、余計不安になっちゃったりして」

「あー……」

確かに、そうかもしれない。

はあっと重めのため息をついた澪は、じろりと彩を睨んだ。

「じゃあ、どうやって察するのよ。さっきから不安しかない。そこまで煽ったら具体的な策を授けてほしい」

その思わぬ言葉の強さに驚いたのか彩は申し訳なさそうに顔の前で手を合わせた。

「ごめんって。そうだねえ」

そこで彩はちょっとだけ間を置いた。目の前に置かれているトマトと生ハムのカルパッチョを口に運びながら次の言葉を待つ。無表情でモグモグと口を動かしていると、彩がうーんと悩ましげな声を上げた。

「ベタだけど。やっぱどんだけ尽くしてくれるか、じゃない」

「尽くす？　なにそれ」

何となく不穏な響きを感じて澪は眉を顰めた。

「経験上、そういう男は一般的な彼氏の役割ぐらいのことはしてくれるけど、自分を犠牲にしなくてはいけないようなちょっと面倒な領域のことは絶対してくれない。常にイニシアチブは自分が取ってて相手に振り回されることも絶対しない。楽なスタンスを保てる限りは優しいけど、面倒になったら離れていく。傾向的に上手く扱えそうな女を選んでいる節さえある。だから、ちょっと面倒な女になってどんぐらい許容してくれるか、見るの。けっこう色々やってくれたら本気ってこと」

「えっ」

なんか難易度高そう、と澪の眉に更に皺が寄った。そんなこと自分にできるだろうか。それに、試すみたいで、なんだか気が引ける。

表情を曇《くも》らせると、彩はひらひらと手を振った。

「あ、大丈夫、大丈夫。そんな難しいことやんなくていいから。あくまでも、ちょっとだよ。相手が引くぐらいやったら意味がないからね」

「ちょっと、って？」

首を傾けると、そんな澪を見て、彩はにやりと笑った。

「例えばさ、今日ちょっと酔っ払ってみるっていうのはどう？」

「はあ？」

「澪ってワインにけっこう弱かったよね。次はとりあえずデキャンタで頼も。そしたらさ十一時ぐらいには、いい具合に出来上がるでしょ」

「え」

すいませーんと、間髪を容れず彩は近くにいた店員に声をかけた。それを呆気にとられたように見ていた澪は、彩が注文を終えて店員が去ると、腑《ふ》に落ちない顔でぐっと身体を前に乗り出した。

「なに勝手に注文してんの。説明してよ。どういうこと？」

「相手は今日飲み会だっけ。こっちの予定は伝えてる？」

「うん。友達と飲むって言った」

「返事は何か返ってきた？」

「気を付けてって」

素直に答えると、彩はふーんと頷く。澪は訝《いぶか》しげに彩を見て、返事を急かすように、で、それで？と詰め寄った。

「じゃあ、十一時ぐらいにちょっと酔ったかも、帰れるか心配って冗談っぽく送ってみな。それで反応を見る」

自信ありげに彩の口の端が上がる。けれど澪はその言葉を聞いて何言ってんだと言わんばかりに目を見開いた。

「はあ？　無理無理！　飲み会っていっても、会社関係のだよ？　そんなの送ったら迷惑だよ！」

「だから、十一時って言ってんでしょ。そろそろ解散しててもおかしくない。自分も飲んじゃってもし家に着いちゃってたりでもしてたら、そういうのに対応するの面倒くさいよね。絶賛飲み会中でも同じ。相手にそこまでの気持ちがなかったらスルーしてもおかしくない。何とでも言い訳できるし。まあもちろん、その反応がすべてじゃないよ。連絡入れても本当に気付かないパターンもあると思うし。だからまあ今日は反応を見るためのお試し」

そこに早速頼んだワインのデキャンタがどんと届いて、言葉もなくそれを見つめた。難しい顔で彩とデキャンタの間で視線を行ったり来たりさせた後、彩に視線を合わせる。

「だからって本当に酔う必要なくない？」

「だって、もし万が一何かあってさ、じゃあ迎えに行くよとか言われたらどうすんの。ちょっとあざとい女だったらそこまで折り込み済みで振りぐらいできるけど、あんたには無理でしょ。念のためだよ。ところで、その彼氏は澪の会社の近くで飲んでんの？」

「……そうだと思うけど」

「じゃあ、そんなに遠くないね。よし決定。私もお代わり頼んじゃお。さっ、澪はどんどん飲んで」

心なしか妙なやる気を出し始めたようにも見える彩の勢いに呑まれるように、澪は迷うような表情ながらもグラスを持った。


——約二時間後、澪は机に両肘をのせる体勢で、頑張って上体を支えていた。

はあ、とアルコールが混じる息を吐く。

「けっこうやばいかも。もう、飲めない……」

グルグルと世界が回転し始めるかのような感覚。ちょっとのことで笑い出したくなるような妙なテンション。身体を包む浮遊感。澪は間違いなく酔っ払っていた。

そんな澪と同じぐらい飲んでいるのに、全く酔いを感じさせない彩がしっかりした動きでスマホを持って画面に目を落とす。

「十時五十五分。そろそろいいか。よし、メッセして」

「へ？」

完全に据わり始めている目を澪は億劫そうに動かす。

「だから、彼氏……軍司さんだっけ？　にメッセージ入れて！」

「ああー……はいはい」

「やだ、飲ませすぎた？」

最早あまり頭の回っていない澪は彩の言葉にごく素直に反応した。緩慢な動きでテーブルの上に置いていた自分のスマホに手を伸ばす。何度も瞬きを繰り返して酔いを追い払いながらメッセージアプリを起動させると、軍司とのやり取りが表示されたトーク画面を表示させる。文字入力のカーソルを合わせたところで、ぴたりと指の動きを止めた。

「えー……なんて入れるんだっけ」

「ちょっと酔ったかも」

間髪を容れず彩が口を開いた。アルコールで思考を放棄している頭は、彩の言葉通りに指を動かす。けれどもその動きはどうにも頼りなく、普段の倍以上の時間をかけて一つの文字をやっと入力する有り様だった。しかし、特に何の疑問も抱かず、フワフワとした心地の中で澪は文字を打っていった。

「んで一回送って」

「……うん」

「送った？　そしたら、帰れるか心配。で、最後適当な顔文字」

「ん」

また少し時間をかけてその一言を入力していく。入力したそばから碌に確認もせず、勢いのまま送った澪はゆっくりと顔を上げた。

「送った」

「送った？　よし、頑張った」

なぜか達成感溢れる顔で笑った彩を見て、へらりとした笑いを浮かべる。そしてスマホをぞんざいにテーブルに置くと、肘の間にがくっと頭を落とした。

「……ねむ」

「え？　ちょ、澪、寝ないでよ！　これからじゃん！」

ガクガクと彩に肩を揺さぶられる。やめ……とくぐもった声を発しながらも、それから意識はかなり途切れ途切れのものになっていた。その中でも、澪は無意識ながら辛うじて、何回かスマホの通知を確認していた。

けれどもその日、澪のスマートフォンがメッセージを受け取ることは一度もなかった。


翌日の目覚めは最悪だった。起きた瞬間から身体がずっしりと重く、起き上がる気力が全く湧かない。たまらず目を瞑って体勢を変えれば、胃のあたりから軽い嘔吐感がせり上がってくる。

「頭いた……」

しかも頭痛までする。これは間違いなく二日酔いだと今までの経験から察した澪は薄く目を開けて、やっとここが見慣れた自分の部屋ではないことに気付いた。

こめかみを押さえながら仕方なく起き上がると、敷布団よりはひと回り小さい細長いクッションの上に自分が寝ていたことに気付いた。そのクッションにも、カーテンが開けられた窓から陽が差し込み、明るく満たされている室内にも、見覚えがあった。

「彩？」

何回も来たことがあるし、泊まったこともあるから知っている。ここは彩の部屋だった。澪と同じ1Kの部屋には、少し離れたところにシングルのベッドがあったがそこに彩はいなかった。あまり起き上がりたくはなかったがよろよろと立ち上がり、廊下に繋がる扉を開ける。廊下にはトイレと洗面所の扉があった。耳を澄ますとそちらからかすかに水音が聞こえてくる。シャワーかなと思った澪は廊下と一体化しているキッチンの隅にある冷蔵庫を開けてそこに入っていたミネラルウォーターのペットボトルを取り出した。

これは昨日、タクシーから降りた後、彩の家の近くにあるコンビニで自分で買って、この冷蔵庫に入れさせてもらったものだった。それを手に持ち部屋に戻って自分が寝ていた先ほどのクッションの上に座り、その水を飲んだ。カラカラの身体に水が染みわたって胃のムカムカが少しましになった気がした澪は、ふうと息を吐く。そのまましばらく、何かをする気力も湧かずぼんやりと虚空《こくう》を見つめた。

もういっそ忘れていた方が自分にとってはよかったのかもしれないが、昨夜の記憶はあるようでないようで割とある。元々酔っても記憶がごっそり抜け落ちるようなタイプではなかった。起きてここが彩の部屋だと認識した時から、やや断片的ではあるが、それを繋げてどんな流れでここに来ることになったのか、その経緯がわかるぐらいには思い出していた。

「あー起きたんだ」

不意にがちゃっと扉が開いて、バスタオル一枚で彩が部屋に入ってきた。

澪は彩を見上げた。

「うん。完全に二日酔いだけど」

「ごめん。昨日飲ませすぎたかも」

彩はそのまま澪の前を通り過ぎると、クローゼットのところまで行き、そこから下着を取り出してごく普通に着替え始めた。温泉などに行って一緒に入浴したこともあるので、今更裸などで恥ずかしがる仲ではない。澪は確認するかのように自分の服装に目を向けてから口を開いた。

「いや、ついつい飲んじゃったのは自分だし、彩のせいじゃないよ。それより、泊めてもらっちゃってありがと。服まで借りちゃって。あ、私、ちゃんと飲み代とかタクシー代払った？」

「うん。割り勘でもらったよ」

「割り勘？　私の方が飲んでなかった？」

「いや私もなんか調子乗っちゃって、けっこう飲んだ」

「そうだっけ？」

澪は彩のTシャツとルームパンツを借りて着ていた。昨日着ていた服は隅に畳んで置いてある。それから、簡単にメイクも落としていた。そのあたりの経緯も何となく覚えている。昨夜は軍司にメッセージを送ってから結局は一時間ぐらいはその店にいた。寝そうになったところを彩に叩き起こされ、水を飲まされて少し意識が戻り、また少し経つとぼうっとしだしての繰り返しだったのだと思う。その内澪の限界を悟った彩が、一人で帰るのはちょっと無理そうとタクシーで一緒に自宅に連れてきてくれたのだ。

「昨日はなんか煽っちゃってごめん」

「え？」

見ると彩はキャミソールとショートパンツを身に着けていた。髪の毛を拭きながら近くに座って申し訳なさそうな視線を澪に向ける。

「メッセージのこと？　だったら私が彩に何か策を出せって言ったんじゃん」

「そうだけど。澪に久しぶりに彼氏ができて、私も浮かれてた。でも反省してる」

だって澪ちょっと泣いてたし、とさり気なく言われた言葉に驚いて目を見開いた。

「えっ、私泣いてた？」

「うん。ちょっとだけど。返事来ないから、絶対引かれたとか何とか言って」

うそおと言いながら澪は頭を抱えた。

（泣いたとか……なに入っちゃってるの。恥ずかしすぎる）

酔っていたとは言え普段ではあり得ない自分の行動に澪が悶《もだ》えていると、彩がまた申し訳なさそうにごめんねと言った。

「余計なことしちゃったかなあって。せっかくの彼氏、大事にしたかったよね」

その言葉に慌てて顔を上げた。

「いや、そんなメッセージ一つ送ったぐらいで引かれるんだったら、それはもう仕方ないでしょ。どの道、その内だめになるよ。大事にする方向性が違うっていうか。私もさすがにそこまで相手の機嫌を窺わないと続かないような関係はきつい」

それに、と今度は澪が申し訳なさそうな顔をしてごめんと謝った。

「私、けっこう彩に当たったでしょ。こんなメッセージ送らなきゃよかったとか何とか」

その言葉に彩は意外そうな顔をした。

「あぁ、まあね。それは覚えてるんだ」

「うん、なぜか。それで気にしちゃった？　たぶん酔って感情がおかしくなってた。八つ当たりした、ごめん」

「まあ、そのことは別にいいんだけど」

で、と言いながら今度はスキンケアを始めた彩が澪の周りを、何かを探すようにキョロキョロと見た。

「今日はスマホ見たの？　もしかしたらなんか連絡入ってるかもよ」

「それなんだけど。スマホがないんだよね。バッグに入れっぱなしだったかな。バッグもないんだけど」

「あーそう言えば、手元に置いとくと気になっておかしくなりそうだから、いっそ遠くに置いておこうとか言ってバッグごとどっか持っていってたよ。玄関の方じゃないかな」

「えー……」

それは覚えていなかった。酔っていたとは言え、自分の極端な行動に恥ずかしさを覚えながら、そそくさと立ち上がって玄関まで行ってバッグを探した。そこには本当に澪のバッグが置いてあった。頭を抱えたくなるのを堪え、ため息をつきながらバッグを手に取ると、ゴソゴソと中を探りながら彩のところまで戻った。

「電源切れてる……」

手にしたスマホの真っ暗なまま動きのない画面に視線を落としながら呟くと、彩がぱっと立ち上がった。

「前持ってた充電器、澪のに合うかも。充電する?」

「うん」

「ちょっと待って。探すから。あ、その間にお風呂入ってきなよ。悪いんだけど私ちょっとしたら出なくちゃいけなくて」

「え? そうなの? ごめん」

慌てた澪を振り返りながら彩はにやっと笑った。

「デートなの。何回か二人で飲んで今度は映画観ようってことになったんだけど、その前にランチ」

「あっあのジムで知り合った? うそ。デートの前日なのに泊まっちゃってごめん」

「全然大丈夫。むしろ澪が一生懸命やってんの見たら、なんか私も彼氏欲しくなった。逆に気合入った」

「えー?」

そんな気合が入るような要素なんてあったかな? と思いつつ、澪はお風呂借りるねと言って部屋を出た。

手早くシャワーを浴び、昨日着ていた服を着て部屋に戻ると、彩は化粧を終えて服を選んでいるところだった。

「これ、借りた服ありがと」

畳んだ服を差し出すとその辺に置いといてと言いながら、彩は壁際を指差した。

「そこ、その下のコンセントのところで充電してるよ。さっき差したばかりだから、まだそんなに充電されてないとは思うけど」

「ありがと」

髪を拭きながら早速そこまで歩いていって床に置いてあったスマホを拾い上げた。急いで電源を入れて、ドキドキしながら通知を確認する。澪は小さく声を上げた。

「あっ電話かかってきてる。……メッセも……来てる」

「ほんと？　何だって？」

澪はじっと画面を見つめた。

「……ごめん、気付かなかった。大丈夫？　帰れた？　その後に、連絡が欲しいって」

文面をほぼそのまま読み上げると、へぇと少し興奮しているような声を彩が出した。

「心配はしてる感じだね。何時に来てたの？」

「……一時、四十五分……ん？　そのちょっと前に電話。電話が先だ」

その言葉を聞いた彩が今度は眉を顰めて、うーんと呟いた。

「何か遅くない？　……ずっと飲んでたのかな？」

その顔を見ながら澪も確かに、と思った。昨日軍司が一緒に飲みに行ったのは、営業会議に出席したメンバーで、その面子から考えると、仕事色が強い飲み会だったはずだ。飲んで羽目を外したりすることはあまり考えづらく、そこそこの時間で解散となるのが大方の流れではないかと澪は思っていた。

その疑問が顔に出ていたのか、彩が慌てたように早口で付け加える。

「とりあえず、電話してみたら？　向こうも気にしてるっぽいし」

「……うん」

澪は生返事を返しながら改めて画面をじっと見た。軍司から来たメッセージをもう一回見て、昨日自分が送ったメッセージにも視線を移す。そちらの方はあまり確認したいものではなかった。

漢字であるべきところがひらがなになっていたり、小さい「つ」が大きかったりで、明らかにまともな状態で打ったわけではないことが一目瞭然《いちもくりょうぜん》だった。これを読んで軍司はどう思っただろうか。

澪は軽く息を吐くと今度は画面に軍司の電話番号を表示させる。その番号を目に入れた瞬間、急にドクドクと鼓動が速まった。一気に緊張が高まる。そのままの状態でしばらく固まっていたが、やがて意を決したようにえいと通話ボタンをタップした。

（……出るかな。あー、やばい。緊張する……）

そこまで来ると心臓の音はドッドッドッとまるで耳の傍にでもあるかのように煩くなっていた。充電器に繋いだままのスマホを耳に当てて息を詰めコール音をじっとただ聞く。出てほしいようなほしくないような、複雑な気分だった。

「はい」

緊張で倒れそうになりながら待っていると、コール音が不意にプッと途切れた。聞こえてきた軍司の低い声に心臓が跳ねる。びくっと身体が震え、よくわからない動揺で一瞬にしてかあっと顔に熱が集まった。

「あ！　……あの、き、昨日は、すみません」

とりあえず謝らなくてはいけないと思っていた澪は前置きを飛ばしていきなりその言葉を口にした。こう話そうと決めていたわけではなかったが、とにかくそれだけが頭にあって咄嗟に口をついて出た形だった。けれど、口に出した直後、はたと気付く。いくら何でもいきなりすぎだ。そう思えば急激に焦りが湧き上がった。じわっと額に汗が滲む。

「あの、メッセージを……酔って、送ってしまって……」

電話に出た後の軍司が何も話さないことも焦りを加速させた。慌てて、詰まりながらも言い訳のような言葉を付け足す。

「うん、見た。それで？　昨日はちゃんと帰れた？」

少しの間の後にやっと聞こえてきた軍司の口調は落ち着いていた。仕事の時の、感情を抑制しているような声で淡々と聞かれて、澪は急いで口を開いた。

「はい。あ、違った、帰れてはないです」

は？　と軍司が漏らした声を聞いて、また慌てて付け加える。

「一緒に飲んでた友達が面倒見てくれて……家に泊めてもらいました」

「え？　じゃあ今は友達の家にいるってこと？」

「はい」

「あー……そう」

まじか、と小さく呟く声が聞こえてきて、なんかまずかったのだろうかと小さく不安がよぎる。何と言うべきかわからなくて黙り込んだ澪は、次の軍司の言葉に驚かされた。

「一応聞くけど、その友達って男ではないよな？」

「……え！　ち、違います！　女の子です。大学時代の友達で」

「いやそうだよな。ごめん、変なこと聞いて」

あっさりと謝られて逆にあたふたしてしまう。

「い、いえ……なんかすみません。その、ご心配おかけしたみたいで。電話もらった時は友達の家でもう寝ちゃってて、その間に充電が切れちゃったみたいで、さっき友達に充電器を借りて充電して」

何かに追い立てられるように口早に状況を説明した後、連絡が遅くなってすみません、と澪はもう一度謝った。

起きてから彩と話している間もずっと感じていた、二日酔い特有の胃のムカムカ感や身体の倦怠感は軍司と話していたらすっかりどこかへ飛んでしまっていた。同じ部屋には彩もいて、少なくとも澪が喋っていることは聞こえているはずだが、気を回す余裕がなくてそれも気にならなかった。

「いや俺の方こそごめん。飲んでる最中で充電切れちゃって連絡入ってることに気付かなかった。迎えに行ってあげればよかったよな。気になってはいたんだけど、そんなことになってるとは思わなくて」

そこでふ、と軍司が電話の向こうで息を吐いたような音が聞こえた。

「そこまで飲むイメージがなかったけど、友達とかとだとけっこう飲むんだ？」

「え、いや……そういうわけでも……ないんですけど」

あまり突っ込まれたくなかったところを突っ込まれて、澪は続く言葉に困って言葉を途切れさせた。そのあたりの言い訳は用意してない。慌てて頭を働かせて適当な理由を探した。

「と、もだちが……お酒に強くてペースが速かったから、その、ちょっと釣られちゃって……」

彩のせいにして何とか誤魔化す。まさか「あなたの反応を見るための作戦の一環で飲みました」なんて言えるわけがない。

あまり上手い言い訳ではなかったが、それでもこれだけで軍司がこちらの本当の理由にまで気付ける要素はないだろう。どう思ったのかはわからないが、軍司はそっかと言って少し黙った。

「で、今日この後澪はその友達の家にずっといるの？」

「いえ、彩、あ、友達は、出かける用事があって出るそうなんで一緒に出て家に帰ります」

「そっか。ふーん、じゃあ」

この後家に来ない？　と軍司はやけに軽い口調で言った。


「反応としては意外といいんじゃないかと思った。関係性をひっくり返せる望みもありそう」

「いや、私別にひっくり返したいわけじゃ……」

澪が電話を切った後、思ったよりも彩の待ち合わせまでの時間が迫ってきていて、大慌てで支度をしてとりあえず彩の家を出た。支度に追われてあまり話している余裕がなかったので、彩の家から最寄り駅まで歩く道すがらは自然とさっきの電話の話になる。肩を並べて歩きながら澪は困ったように笑った。

「だって男かどうか聞かれたんでしょ？　ちゃんと心配してるっぽかった。意外と連絡がとれなかった間、モヤモヤして待ってたりして」

「えーいや、そこまではどうかな」

「だってこの後もばっちり会うんだし。なんかすっごい優しくしてくれそうじゃない？　エッチでも」

軍司とはこの後会う約束をして電話を切っていた。軍司は車で彩の家まで迎えに行くと言ってくれたが、それは断っていた。シャワーは借りたものの、服も下着も昨日のままだったから、一旦家に戻りたかったのだ。それに、彩の家で少し充電しただけだったので、スマホの充電も心配だった。そういうわけで結局、澪の家に軍司が迎えに来ることになった。澪は電車で行くと言ったが、軍司に押しきられた格好だった。

彩の明け透けな物言いに苦笑いを浮かべる。けれど軍司の家に行けばそういう展開になることも十分考えられるわけで、澪は急に落ち着かない気持ちになった。

「まあ帰宅時間がちょっと遅いんじゃないかとか、それまで何やってたのかとか、本当に充電が切れてたのかとか、色々と気にかかることはあるけど、まずまずって感じ？」

上げているのか落としているのかわからない彩の言葉に澪は思わず眉を寄せた。しかし彩は特に気にする様子もなくうんうんと頷いた後、何かに気付いたようにそう言えばさ、と付け足した。

「あんたさー、電話でのあの口調、あれはないんじゃない？」

呆れたように投げかけられた言葉にえ？　と彩の顔を見る。

「なんか部下感丸出しっていうか、仕事じゃないんだからさ、もっとくだけてもいいと思う。あれじゃ向こうもその気にならないよ。甘えたりする雰囲気じゃないじゃん」

澪は顔を顰めた。痛いところを突かれた。そのことは自分でもちょっとどうかなと思っていた。

けれど、態度や口調を変えるタイミングがよくわからなかった。いきなりがらっと変えるのもおかしいし、少しずつというのも加減が難しい。会ってる時は相手の雰囲気も直《じか》に感じられるのでまだやりようはあるが、電話となるとなおさらだった。

「わかってるんだけどさ、やっぱり上司だし、会社に行くとなんかリセットされるというか……」

「だからこそじゃん。そのギャップがいいんだよ。会社ではきっちり部下で、二人になると甘えるの。そのギャップにぐっとくるわけ。ほら、この後会ったらちょっと甘えてみな？　意外とデレるかもよ」

「えー……、絶対恥ずかしさでぎこちなくなる自信があるんだけど」

「逆にそういう方が新鮮でいいかもよ？」

そんなことを話している内に駅に着き、ここからは別々、となったところで彩は意味ありげににやっと笑った。

「じゃあ、頑張って。あ、今度その彼氏に会わせてよ。一度イケメン上司見たい」

澪は困ったように肩を竦《すく》めた。

「……ちょっと聞いてみるけど。あんま期待しないで」

「うん。もうちょっとあったまってからでもいいから」

その後も少しだけ軽口を叩き合ってから、じゃあね、と言って彩は自分が向かう方面の電車が来るホームへの階段を上がっていった。

その背中を見送った後は澪も自宅方面へ行く電車に乗った。澪と彩は同じ沿線に住んでいるが少し離れているので多少時間がかかる。休日の日中の車内は空いていて、座席に腰かけた澪は揺られながらおもむろにスマホをバッグから取り出した。

どうしようかな、と先ほどから考えていることがあった。なかなかはっきりと決められないまま、とりあえず画面を表示させる。いくつかの操作をして軍司とのトーク画面を表示させた後も、澪はまた少し考えた。それから思い立ったようにぱぱっとメッセージを打って、簡単に見返した後、勢いのままえいっと送った。

『今電車に乗ってます。今日って泊まりの準備していってもいいですか?』

そのメッセージが入力欄からすぐ上のトーク画面にぱっと移動した瞬間、急に恥ずかしさが込み上げた。やっぱりやめといた方がよかったかな、と心が揺れたが、いやいや、と思い直す。

彩が話にセックスのことまで持ち出してくれたおかげで気付いてしまった。今日は土曜日で明日は日曜だ。軍司とは二時に家に迎えに来てもらうと約束している。そこからなんだかんだ一緒にいて、もしセックスという流れにまでなれば、泊まるという可能性だってあるのではないかと。前回色々と困ったことを考えれば、泊まりの準備が大切だということは嫌というほどわかっていた。けれど、「泊まる」という話になってもいないのに勝手に準備をして色々持っていくのはさすがに気が引けた。

そこまで考えた澪はどうしようかなとしばらく悶々として、結局考えてもどうするべきか決められず、このままこの問題を曖昧にしてグダグダしていても困るのは自分だということに気付き、いっそ軍司に聞いてしまった方がいいんじゃないかという結論に達した。それでどう送ればいいか考えた末にそのメッセージを送ったのだ。

メッセージはすぐに既読になった。そのままスマホを握りしめてぼんやりしていると、ブブッとスマホが軽く震えた。すぐに画面を開く。

『もちろん』

その短い言葉にほっと息を吐いた澪は頰を緩ませた。


「昼メシ食べた？」

「えっと、軽く。あんまり食欲がなくて……」

「ああ、二日酔い？」

軍司が前を見ながらふっと笑った。

澪は自宅まで迎えに来てくれた軍司の車に乗っていた。隣ではデニムにシンプルなカットソーというラフな姿の軍司がハンドルを握っている。リラックスした笑みを浮かべる横顔をちらりと盗み見しながら澪は、はいと言葉を返した。

朝起きた時はかなりムカムカしていた胃の調子も自宅に着いた時にはだいぶ収まっていた。食欲が湧かなかったせいで朝から何も食べていなかった澪はさすがに空腹を感じて、泊まりの準備をしながら家で軽くパンをつまんできた。けれどやはり本調子ではないのか、それだけでお腹は満たされ、その他に何かを食べる気分にはなれていなかった。

「大丈夫？　気持ち悪くなったら言って」

「いえ、もうそこまでは……けっこう落ち着いてるんで」

そっかと言いながら軍司は軽く首を傾けた。

「けっこう、次の日まで酒が残るタイプ？」

「いえ……そこまで飲むのはそんなになくて……二日酔いになるのは……久しぶり、です」

「ふーん、じゃあ昨日は、特別だったってこと？」

ちょうどそのタイミングで車が赤信号で止まり、ハンドルに手をのせたまま背もたれにもたれかかった体勢で軍司がちらりとこちらを見た。

（あれ、なんか疑われてる？）

なんかちょっとまずいかも、と思いながら、そういうわけでもないんですけど、と言って誤魔化すように笑った。

「私、ワインが得意じゃない……というか、他のお酒より酔いやすくて、でも一緒に飲んでた友達はワインが好きで、それで付き合ってたら……その、ちょっとペースを誤って。あ、でも二日酔いもほんとに今はだいぶましになってるんで」

少しばかりしどろもどろながらも、澪は自分に都合の悪いことは省いて昨日の状況を説明する。肝心のところは伏せてあるが、別に間違ってはない。だからそんなにおかしな説明にはなっていないはずだった。

青信号に変わり、車を発進させた軍司は正面を向いて、ちょっと思案しているような顔でそう、と言った。

「メッセージを見た時、実はけっこう焦った。気付くのが遅かったせいで電話しても出ないし、その内、繋がらなくなるし。ちゃんと帰れたのかなって」

かった。

「……すみません」

確かに、結果的に投げっぱなしになってしまったのはまずかったと澪も思っていた。あんなメッセージが送られてきてその後連絡がとれなくなったら、心配するのは当たり前のことだ。酔っ払って思考が極端になってしまっていた澪は、それでももう十分に待ったつもりで、さすがにこんな時間になったらもう返信など来るはずがないと思い込んでしまったのだが、それはあまり言いたくなかった。

澪は小さい声で謝った。

「あーごめん。別に責めてるわけじゃなくて」

そこで軍司が確かめるように澪の表情を一瞬だけ見た。すぐに前方に視線を戻してまた言葉を続ける。

「俺が悪かったと思って。澪が飲んでるのわかってたんだから、連絡がとれるようにしておくべきだった。澪はまずいと思ったからちゃんと連絡くれたわけだし、俺が迎えに行ってれば済んだ話だったと思う。次からはなるべく繋がるようにしておくから、何かあったら頼って」

「……ありがとう、ございます」

ごく当然といった口調で言われて、澪は顔が緩みそうになるのを我慢しながらお礼を言った。昨夜の彩の言葉が頭に浮かぶ。

『一般的な彼氏の役割ぐらいのことはしてくれるけど、自分を犠牲にしなくてはいけないようなちょっと面倒な領域のことは絶対してくれない』

これは、一般的な彼氏の役割の範疇《はんちゅう》なのだろうか。少なからず「面倒な領域のこと」をしてくれようとしている気がするのは自分のいいように捉えすぎだろうか。

単純に嬉しかった。そうやって気遣うようなことを言われて心が浮き立つのがわかる。けれど少し心苦しくもあった。別に軍司が悪いわけではない。昨日は自分から進んで酔っ払ったのだ。なのに軍司に責任を感じさせてしまっていることに、軽い罪悪感のようなものを覚えた。

運転に意識を切り替えたのか、軍司もそのまま黙ってしまったので、そこで少しだけ二人の間に沈黙が落ちた。心苦しくはあったが、これ以上この話は引っ張らない方が得策であることはわかっていた。けれど澪の方はそれが理由で黙ったわけではなかった。他に気にかかっていることがあって、それをどう口にしようかと考えていた。

「あ、あの」

おそるおそる口を開く。今この流れで聞かなければ、後々では聞きづらくなってしまうことは目に見えている。

「軍司さんは、昨日はずっと飲んでて……?」

ストレートに聞くべきか、それとも少しばかりは遠回しの方がいいか。決めかねて、結局はどっちつかずのよくわからない聞き方になってしまった。けれども質問の意図は伝わったようで、ああ、と軍司は何かに思い当たったような声を出した。

「昨日は一課と二課と支社の奴らと七人ぐらいで飲んだんだけど、それは十一時ぐらいに解散した。んで、支社に加賀《かが》って奴がいるんだけど知ってる？　前は二課にいたんだけど、澪は知らないか。同期なんだけどそいつと飲み直してて、ちょっと話が長くなって店を出たのが一時過ぎだったかな。そっからタクシーで帰ってあの時間」

「加賀さん、ですか」

「そう。今は支社に行っちゃったからさすがにそんなに頻繁には行かなくなったけど、こっちにいた頃はよく飲みに行ってた。すごい話しやすい奴だから、一緒に飲んだら楽しいと思うよ。澪も今度来る？」

「え……いいんですか？」

「全然いいよ。さすがに営業飲みの時はだめだけど。仕事抜きのヤツなら」

あまりに自然な話の流れに、釣られて思わず「はい」と答えてしまった澪はさり気なく軍司を窺いながら、会話を頭の中で反芻した。

（きっと同期で一番仲がいい人ってことだよね。こういう風に言うってことは、私とのこと話したってことなのかな？　一緒にってどの立場で？）

知りたかったことに一応の答えをもらえてほっとしたのも束の間、新たに沸いた疑問を頭の中で巡らしながら、ハンドルを操る軍司の横顔を見つめた。

「あ、これかわいい」

「こういうの好きなんだ？　じゃあこれ買おうか」

隣から伸びてきた手が澪の見ていたグラスを手に取る。そのまま持っていたカゴに二つ入れると、驚いた顔をした澪を見て軍司は笑みを浮かべた。

澪たちは軍司の自宅には真っすぐ向かわず、少し遠回りをしてショッピングモールに来ていた。

そうなったきっかけは夕食をどうするかという話からだった。澪が食欲がないのであまり重いものは食べたくないと言ったのだ。それで結局、家で軽く何か作るという話になり、食材を買いにどこかお店に寄ろうと、ショッピングモールまで足を延《の》ばしていた。

どうせ来たなら色々見ようかと、並ぶお店を眺めつつブラブラしていたら、軍司が食器があまり家にないと言い出して、雑貨屋に入った。

「え、私が決めちゃっていいんですか？」

何気ない呟きだったのに、あっさりとそれが採用されてしまったことに澪は慌てた。

「他に誰が決めんの？」

さらりと言って、そのグラスと同じシリーズと思われる皿や小鉢もひょいひょいとカゴに入れた軍司は、買ってくるからちょっと待っててと言ってレジへと向かった。

（自然すぎる……）

イケメンはどんな時でもスマートだな、とレジの前に立つ軍司を感心の目で見つめてしまう。やがて会計が終わって澪の元に戻ってきた軍司は、まるでそうするのが当たり前と言わんばかりに、ごく普通に澪の手を取って歩き出した。

休日の昼間に手を繋いで歩いていることがくすぐったい。ショッピングモールは混み合っていて、時折軍司がぐっと手を引いて、自分の方へ澪を寄せる。いつの間にか、軍司の指が間に入り込んでいて、手の繋ぎ方が変わっていた。大きな手。見上げれば優しい眼差しが向けられて、思わず口元が緩んでしまう。

その後もいくつかの店を見て回った後、軍司がトイレに寄ると言うので、澪は一人で待っていた。

その時、ふと近くにあるアクセサリーショップが目に入った。手持ち無沙汰だった澪は軽い気持ちでそちらへ足を向け、目立つところにディスプレイされているピアスを眺める。

ピアスは好きだが、割とよく失くしてしまうので、あまり高いものは買わないようにしていた。ここのアクセサリーショップはどうやら手頃な価格設定らしく、気軽に買えそうだなと思うとついつい好みのものがないか目で追って探してしまう。その内、一つのピアスが目に留まった澪はそれを手に取った。

ちょうどよく近くにあった鏡で耳に合わせてみる。

「似合ってる」

その瞬間、後ろから声が降ってきて、肩がびくっと跳ねた。

振り返ると、軍司が後ろに立っていた。

「びっ……くりした」

言いながら、澪はピアスを元の場所に戻そうとする。その手に軍司が触れた。

「似合ってるから、買えばいいのに」

ひょい、と澪の手からピアスを取って、ふっと軍司が笑った。

「俺が買っていい？」

「え？」

その瞬間、身体の温度が少しだけ上がったような感覚を覚えた。

「だ、大丈夫です。自分で買います」

咄嗟に言葉が口をついていた。そこまでしてもらうのは悪いと思ったのだ。だって。

「いや、俺が買いたい。そんな高いもんじゃないけど」

彼氏らしいことしたいんだけど、と言ってにやっといたずらっぽく笑った軍司がそのままピアスをレジに持っていってしまう。澪が顔を赤らめている間に、さっさと会計を済ませて戻ってくると、はい、と言って澪の手に袋をのせた。

ああ、もう。ほんとずるい。こんなことされたら嬉しいに決まっている。

「……ありがとうございます」

顔が緩んでしまうのが恥ずかしくて、はにかみながら澪はお礼を言う。

こんなに優しくしてもらっていいのだろうか。実はさっきもパジャマ代わりに何か服があった方がいいんじゃないかと言われて、たまたま目に付いた店でルームウエアとして使えそうなモコモコした素材のパーカーとショートパンツをセットで買ってもらったのだ。

「あの、私、今つけてきてもいいですか？」

いいよと言って軍司が嬉しそうに笑うから、澪はつい小走りになってトイレに向かった。

「この戸棚って開けてもいいですか？」

澪は軍司の家のキッチンに立っていた。今洗ったばかりの皿を拭きながら、軍司に声をかける。これは、つい先ほどショッピングモールで買ってきたものだ。

「ここ？」

リビングにいた軍司がキッチンに歩いてくる。背後に立って澪の頭上にある棚の扉を開けた。

「好きなところにしまっていいよ。俺、あんま料理とかしないし」

言いながら、背の高い軍司はそのまま澪が拭き終わった皿をひょいひょい棚の中に入れていく。

それが終わると背後から囲うように澪の横に手をついた。

思いがけずデートのようになった買い物を楽しんで軍司の家に帰ってくると、澪は早速買った食材を冷蔵庫に入れて、食器をシンクに運んだ。

「ん」

片付けてくれてありがとう、と言いながら背後から回された腕に緩く抱きしめられる。軽く振り向くと軍司は澪の唇に自分のものを重ねてきた。

最初は軽く触れ合わせるだけ。柔らかい感触が澪の唇に強弱を付けて押し付けられる。何度かそれをされるとじわりと体温が上がり、身体の奥が綻《ほころ》んでいくのを感じた。

その時、澪は気付いた。自分がこれをものすごく欲して求めていたことを。この腕にもう一度包まれたかった。けれど、期待して得られなかった時に苦しくなるからと気付かない振りをしていたのだ。

澪は軍司の腕の中で向き合うように身体を反転させた。顔を上げると待っていたかのようにまたキスが下りてくる。唇を触れ合わせながらその首に手を回した。

目を閉じて口腔内に差し入れられた舌を受け入れる。軍司ともう何回ぐらいキスをしただろうか。キッチンで立ったまま、思いのほか深くなったキスに夢中になる。舌を絡ませながらぼんやりと考えた。一線を越えてから会うのはまだ二回目だというのに、こうやって不意にキスされても、ごく当然のように受け入れられる変わりぶりが、自分でも不思議だった。驚くほどに馴染んでいる。そして、急速に離れがたいものになった。

身体が軍司の感触を覚えてしまったのか、それとも軍司が上手いせいか、キスだけで身体の熱が高ぶってくる。鼻から甘い息を漏らした。すると不意に軍司が身体をひょいっと持ち上げた。

「えっ」

そのままキッチンの作業台の上にのせられて目線が高くなる。見下ろすような格好になった澪に軍司は軽く口の端を上げて笑ってみせた。そして下からまたちゅ、と唇を押し付ける。

「なに……」

をするつもりなのかと言いかけた言葉を澪は途中で止めた。軍司が、着ていた薄手のニットを捲り上げたことに驚いたからだった。それとほぼ同時に剥き出しにされた腹部に柔らかい感触が落ちた。

「んっ」

そのまま柔らかい部分をちゅ、ちゅと唇で啄まれる。澪の口から笑い声のようなものが漏れた。

「くすぐったい……あっ」

笑いながら言うと、軍司がぺろりとそこを舐めた。思わず身を捩るとそれを捕まえるようにして腰に回されていた軍司の手が背中を這い上がった。

ふつりとブラのホックが外される。流れるような仕草でブラの下に潜った手が膨らみを包んで、澪は上擦った声を上げた。

「えっ、ここで？」

「そのつもりだけど。移動したい？」

薄く笑う軍司に澪はコクコクと頷いた。キッチンで事に及ぶのは何か色々と大変そうな気がする。

「じゃあどこがいい？　ソファ？　ベッド？」

「……ベッドで」

聞かれるまでもなかった。けれどそんな強く主張することでもないので控えめな声で答えた澪に軍司は意味ありげな顔で笑った。

「了解」

短く言うと、軍司は腕を首に回すように誘導してから、子どもを抱き上げるようにして澪を持ち上げた。


「あっ、ん、んん……んっ、んっ」

ベッドに運ばれた澪はあっという間に軍司に着ているものすべてを脱がされた。軍司は自分もカットソーとデニムを脱ぐと、澪に覆いかぶさって執拗なキスを繰り返しながら胸の尖りを弄り回し、脚の間に顔を埋めて舌を使ってまずは澪を一度達しさせた。それから余韻で動けなくなっている澪の身体をひっくり返し、背中に唇を這わせながらお尻を上げさせて、後ろから指を中に差し入れた。その体勢でぐちゃぐちゃに掻き回されると、澪は枕に顔を押し付けて、悲鳴のような声が漏れてしまうのを必死に押し殺すことしかできなくなった。

「……この体勢、んっ、やっぱり……やだっ……あっ、そこも」

だめ、と声を押し殺しながらも途切れ途切れに言うと、後ろで軍司がふっと笑ったような気配があった。

「なんで？　かわいいお尻の穴まで見えて最高にエロいよ。やばい」

言いながら軍司がその長い指でお腹側の膣壁を引っ掻くような動きを見せる。弱いところを的確に狙われて、枕を握る手に力がこもる。勝手に腰が動いてしまうのを止められなかった。

「だめ……だめっ、また……っ」

「我慢しないでイッたらいいじゃん」

「ああっ」

澪に抗う術《すべ》はなかった。

溶かされてしまう。その気持ちよさに、甘ったるさに。身も心も。

今日の軍司のセックスはそんな感じだった。二回澪をイかせてから入ってきた軍司はその硬くそそり立った屹立で、また散々澪に声を上げさせた。出たり入ったり、腰が打ち付けられる度に思考が奪われる。後ろから責め立てられながら前に回した手で膨らんだ花芯を押し潰されると、やだだめと言いながら澪はまた盛大に達してしまった。繋がった部分から蜜がだらだらと溢れ、自分でも驚くほど濡れた。

そうやって最後の方はほとんど訳がわからなくなるぐらい、軍司とのセックスに夢中になった澪は、事が終わってもしばらくぼんやりしたまま動けなかった。

やがて後始末を終えた軍司がベッドに戻ってきて寝転がっている澪を後ろから抱きしめた。お互い裸のままだったので、素肌が触れ合う感触が心地よい。

会話はなくて、時折軍司が肩や背中の輪郭を宥めるように撫でる。その仕草はどこか甘さを含んでいた。

上がってきた指が耳の輪郭を撫で、そこにぶら下がっているピアスに触れる。

「似合ってる」

同時に低い声が落ちて、後頭部に唇が押し付けられるのを感じた。

その時、澪はぼんやりと思った。

——自分は何がそんなに不安だったのだろう。

会えば情熱的に求められて、甘やかされて。会えない時だって気にかけたり、心配してくれて。軍司ははっきりと態度に出してくれているではないか。

二人の関係が始まった時に決定的な言葉がなかったとか、自分の方が重い気がするとか、面倒になれば離れてしまうかもとか。

急にどうでもよくなった。どれもこれもが自分が傷付きたくなくて、何かあった時のためのクッションを用意したくて、無理矢理引っ張り出して並べた、言い訳だったように思えてくる。

その時、なぜか唐突に先ほどの彩との会話が思い出された。

『なんか部下感丸出しっていうか、仕事じゃないんだからさ、もっとくだけてもいいと思う。あれじゃ向こうもその気にならないよ』

そして、思った。もしかすると、問題はむしろ自分にあるのかもしれない。

澪は寝返りをうつようにして身体の向きを変えた。その動きに気付いた軍司が腕の拘束を緩める。向き合って下から軍司を見上げると、軍司はどうしたの、とでも言うように少し眉を動かして不思議そうに澪を見た。

「キス、したい」

普段の澪だったらけっこう勇気のいる言葉ではあったが、思考が溶かされた後のせいか、それとも、甘さを含んだ、セックスの後の気怠い余韻が漂うこの雰囲気のおかげなのか、その言葉は口からするりと滑り出るように発せられた。

軍司が驚いたように軽く目を見開く。けれどもすぐにその口元は綻んだ。

「いいよ」

言われて澪は緩く笑った。自分から唇を寄せると少し硬めの指先が優しく頬を撫で、それから柔らかく唇を塞がれた。頭の奥の方がじんと痺れて、澪は目を閉じてその感覚に浸る。

この時間さえあれば、他に何もいらないとまで思えるような、甘やかで陶酔的な幸福感。

一度手に入れたら、その味を知ってしまったら、手放したくないと思う自分の気持ちに、もう逆らえない。

澪は初めて、この人を誰にも渡したくないという強い独占欲が自分の中にも存在していることを知った。


それからの二人は特に問題もなく、順調に付き合いを続けていっているように思えた。

澪が二日酔いだった日は、セックスをした以外はかなりのんびりと過ごした。夜は澪が簡単に作ったパスタを軍司は美味しいと言いながら食べてくれた。それから寝る前にまたセックスをして、次の日もまた体を繋げた。さすがにその日は次の日が仕事なので帰ったが、それからも連絡をとり合ってちょくちょく会った。

平日は、軍司の仕事が早く終われば、待ち合わせて一緒に食事をしたり、お酒を飲んだりした。

休日は、お互いの予定が空いてる週は軍司の家に泊まってセックスをし、デートと言えるものも何回かした。

ある週は、話題になっている映画を観に行き、またある週には、軍司の車でドライブがてらちょっと遠くの水族館に行った。

軍司は、いつも優しかった。手を繋いで歩き、ちょっとした会話に笑って、同じものを見て感想を共有する。

一緒にいればすごく楽しくて、時間を忘れた。自分は彼女なのだからと、澪がある意味開き直ったのがよかったのか、最初の頃よりもお互いの空気はかなりくだけてきている。澪も二人の時は常に敬語を使うことはなくなった。

だから、順調そのものに思えた。多少引っかかるところはあっても、その内に解消していくものだと思っていた。

時折感じる違和感。確実に近くなっているはずなのに、軍司は澪に対して、どこか距離を保っているように感じることがたまにあった。踏み込みすぎないようにしている。もしくは、踏み込むラインを決めている。気のせいかもしれないが、そう感じた。

例えば、土日のどちらかに、澪に予定が入っていたとしても、誰と会うのか、どんな用事なのか、軍司は詳しくは聞いてこない。平日であっても同じだ。帰りが遅くなるとか、飲みすぎたりしていないかとか、そういうことは気にかけて心配はしてくれる。けれど、会う相手が女か男かといったことも、聞かれたのはあの、彩の家に泊まった日だけだった。

もしかしたら、あまり干渉しないようにしているのかもしれない。一緒にいる時は甘い時間を過ごしても、会っていない時はこうやって干渉し合わず、適度な距離でいることが社会人同士の付き合いにあっては普通なのかもしれない。確かに、軍司には干渉されることを嫌いそうな雰囲気があって、だから澪もなるべく干渉だと捉えられそうな態度や連絡はしないように気を付けていた。

「菅原」

その日、澪は出勤して自席についてすぐに軍司から声をかけられた。

「はい」

「ちょっといいか」

「はい」

席を立って軍司のデスクまで歩いていく。澪が近付くと、軍司はそれと同時に、橋口、と顔を傾けて、座っている橋口を呼んだ。

呼ばれた橋口が返事と同時に席を立ってこちらに歩いてくる。それを待ちながら澪は何を言われるんだろうと軍司に視線を移した。

仕事の時の軍司はちょっとやりすぎじゃないかと思うぐらい、完璧に他人だ。それは最初の時から変わらなかった。誰も二人が付き合っているなんて絶対に気付かないだろう。廊下などでたまたま二人になっても、その時に誰も周りにいなかったとしたって、その態度を崩したりはしない。その徹底ぶりは、本当に自分が彼女になったのか、今までのことは夢だったのではないかとたまに思ってしまうことがあるぐらいだった。

もちろん、これは周囲に配慮した上での行動だということはわかっている。上司と部下だし、同じ空間にいることが多い課内で付き合ってしまったら、普通はそれをおいそれとは言えないだろう。周りに気を遣わせてしまうし、もし万が一別れでもしたら、目も当てられない。

それに、軍司はおそらくそういうことを懸念して社内恋愛を避けていたのだ。そのことについて軍司から何も聞いてないが、そうであろうと澪は思っていた。揉めてしまった時の仕事や周囲への影響を考えて。

こじれた時に同じ社内で毎日顔を合わせなければいけないというのは、なかなかにきついだろうということは澪にもわかる。

わかってはいるが、あまりにもその態度を徹底されると、この関係がまるで非常に都合の悪いものであるかのように思えて、一抹の寂しさを感じるのもまた事実だった。

澪は軍司をさり気なく見つめた。軍司は橋口が近づいてくるちょっとの間でパソコンの画面に視線を戻していた。忙《せわ》しなくマウスを操作している。今日は全員参加の営業部全体の飲み会があるので定時には仕事を終わらせなければならない。だから朝から忙しいのだろう。

澪の頭の中は日に日に、軍司のことで占められていっているような気がする。

切り替えているつもりの時だって、ふとした表情とか癖とか、指の形とか腕とか背中とか、何気なく視界に入るそういうちょっとしたことで、仕事ではない、二人の時の軍司を思い出してしまうのだ。

「何でしょうか」

橋口が傍まで来て、澪ははっと我に返った。その声に合わせたように軍司が視線を上げる。

「体調不良で田中《たなか》が休むとさっき連絡が入った。菅原、悪いけど今日、田中の代わりに橋口のフォローに入れないか」

軍司の話を聞いた橋口が澪をちらりと見た。

田中というのは三課の事務員で普段は橋口の抱える案件の事務を担当していることが多い。田中が今日休むことによって橋口が回らない業務があるのだろう。

「わかりました」

「悪い。橋口、菅原にどれをやればいいのか指示して」

「わかりました。菅原さん、忙しいのにごめんね。ありがとう」

「いえ、大丈夫です」

澪はにこりと笑ってみせると、軍司に軽くお辞儀をしてから、指示をもらうために橋口と連れ立って軍司の席を後にした。

通常業務に加えて橋口から振られた仕事が入ったため、澪は一気に慌ただしくなった。しかも今日は残業できないため、いつもよりもペースを上げて淡々と与えられた仕事を捌《さば》いていく。

そうこうしている内にあっという間に昼休みの時間になり、いつものように梨花と約束していたが、のんびり外に出る気分ではなかったため、社内にあるカフェテリアで済ませてもらうことにした。カフェテリアは一応社食的な役割として社内に備え付けられたものだが、そこまで大きくはなくこぢんまりとしていてメニューも多くはないため、みんなあまり積極的に利用はしていない。外に出て昼食をとっている人も多かった。

梨花には軍司とのことはまだ言っていなかった。澪が社内で一番親しくしているのは間違いなく梨花ではあるが、梨花であっても社内の人間である以上、軍司とのことを打ち明けるには躊躇うものがあった。

梨花に黙っているのは心苦しいところもあるし、決して梨花のことを信じていないわけではなかったが、何となく話す時期に関してはもう少し様子を見てからと思っていた。

「今日営業全体の飲み会なんだって?」

「そう。総務は?」

「うちは普通に来月。ってかさ、金曜にやればいいのに。明日も仕事じゃイマイチ飲めないじゃん」

「ね。でも毎年そうかも」

今日の営業部全体の飲み会は毎年恒例のもので、課の垣根を越えて親睦を深める目的と忘年会も兼ねて行われている。

十二月に入ると、慌ただしくなるのと、大人数になるため店の予約が取りづらいということで毎年十一月に行われていた。

「私、今日時間ないからこのまま行くね」

「うん、じゃあ頑張って」

いつもは梨花とトイレに寄ってから別れるが、今日はカフェテリアから出たところですぐに手を振り合った。梨花とはフロアが違う。澪が所属している営業部は四階にあって梨花の総務は三階だ。ちなみにカフェテリアも三階にあるので、澪は階段を使って一階分上がり、三課のフロアに戻った。

途中でスマホを出して時間を確認する。すると、軍司からメッセージが入っていて、思わず立ち止まってアプリを開いた。

『橋口の件、振れる人が他にいなかったから振ったけど大丈夫？　飲み会に間に合いそうになかったら言って』

メッセージを読んでふっと頰が緩む。

みんなの前では完全に上司と部下。でも、一つだけ例外があった。

会社であってもメッセージの中でだけは少し違っていた。

おそらく、付き合っていなかったとしても、上司として何かしらのフォローは入れてくれていただろう。軍司は元々、そういう気配りができる上司だった。けれど、やり方はちょっと違っていたはずだ。こうやってプライベートな方法を使ってくるのは、「彼女」だからだ。それがたとえ、忙しい中でその方法が手っ取り早かったからという理由であっても、澪はなんだか嬉しかった。

『大丈夫です』

短く、それだけ送ってからちょっと他人行儀だったかなと思いつつ、澪はまた歩き出した。

（まあ、でも、内容が仕事のことだったしね……）

そんなことを考えながらも自席に戻る前にトイレに寄っておこうと、三課の扉の前を一旦通り過ぎる。

午後からもそれなりの量の仕事が待っているのに、足取りは軽かった。おそらく、浮かれていたのだ。だからこの時澪は特に何も考えずにトイレに向かった。

「なにそれ、やる気じゃん」

「だって、藤田《ふじた》さん、かっこよくない？」

用を足してトイレの個室から出ようとしていた澪は近づいてくる声に動きを止めた。

（あ、やばい、かち合った）

それは明らかに三、四人ぐらいでまとまってトイレに入ってきた感じの声だった。そして、その集団は洗面台のところで固まって化粧直しをし始めたであろうことは見なくてもわかった。一課の女子グループだ。

その中にはおそらく佐藤あかねもいる。彼女たちは昼休憩の終わり頃にこの四階のトイレの鏡の前を陣取って化粧直しを行うことを習慣にしているらしい。何回かその現場に遭遇したことがあった澪はそのことを知っていた。別にだからと言って何か嫌なことをされたわけでも言われたわけでもないのだが、澪は何となくこの時間に四階のトイレに行くのは避けていた。しかし、今日はそのことをすっかり忘れていた。

「でもなかなか接点ないんだよね。だから近くの席に座れるように協力してよ」

「まあ、いいけど」

今日の飲み会のことでも話しているのだろうか。何やら盛り上がっている様子で会話が飛び交っている。営業部全体の飲み会だから、この飲み会には一課所属の彼女たちももちろん参加する。去年は澪は異動してきたばかりということもあって三課の輪の中にずっといたので、彼女たちとの接触はなかった。今年もおそらく、話したりすることはあまりないだろう。けれど同じ空間にいるのだからその動向はわかるわけで、こんなにはっきりと話題に出されてしまうと、今出ていくのはちょっと気まずかった。

澪は個室から出るのを少し躊躇った。

「あかねはどうなの？　やっぱ軍司課長狙いで行く感じ？」

出し抜けにその名前が出てきて、ぎくりと身体が強張ったのを感じた。

こんなの、もう完全に出ていけない。自分がここにいるなんて向こうにはわかるわけもないのに、澪は無意識に息を殺していた。身体も不用意に動かしてはいけない気がして、じっと佇んだまま聞こえてくる声に耳を傾ける。

「んー、や、私もう軍司課長はいいや」

「えっ」

（え）

予想外の答えに周りが驚いた声を上げたのと同時に澪も驚いた。佐藤あかねが軍司を狙っていたことは正直、今の今まで忘れかけていた。軍司とのことでいっぱいいっぱいで佐藤あかねのことまで考えが及んでいなかったのだ。けれど、軍司と一緒にいて佐藤あかねの影を感じたことは全くなかったから、そのアプローチが上手くいっていなかったことは想像がついた。

おそらく、連絡先交換までにも至っていないのではないだろうか。仕事でも特に接点はないし、攻めあぐねたといったところだろうか。

「なんで？　諦めたの？」

「いや、なんか思ってたの違ったっていうか」

佐藤あかねはそこで一旦言葉を切って、不自然に間を置いた。

「……聞いちゃったんだけど、軍司課長って、害がなさそうなタイプにしか手を出さないんだって」

「は？　害がなさそう？　なにそれ」

「んー、清楚系？　おっとり系？　大人しめ？　っていうのかな？　手を出しても絶対に周りに言ったりしないいし、何かあっても丸め込めそうなタイプの安全な子しか社内では手を出さないらしいよ。前に言われた社内恋愛しないっていうのは、お前みたいなタイプとはしないってことみたい」

「えーなにそれ」

そりゃあかねとは真逆だわと言ってあははとけたたましく笑う声が聞こえる。その笑い声が妙に耳に付いて澪は無意識に眉を顰めていた。

わずかだか心臓がドクドクと嫌な音を立て始めている。澪は心に生まれつつある胸騒ぎのようなものを敏感に感じ取っていた。もうここにはいない方がいい。自分の精神衛生上、こんな誰が言ったかわからないような真偽不明の話、聞かない方がいいに決まっている。けれど同じぐらい、この後、佐藤あかねが何を言うのか気になってしまっている自分がいた。

「それ、誰情報？」

「二課の羽柴《はしば》さん。軍司課長が一課にいた時に一緒だったんだって。そん時からけっこう仲がいいらしくて」

「あー羽柴さんか」

「それに、軍司課長、今、宮田佳奈《みやたかな》と付き合ってるっぽいし」

「えっ宮田加奈って二課の⁉」

うそ、ほんとに、と少し興奮した様子で口々に言い募っている声が、個室にいてもしっかりわかるほどはっきりと聞こえてくる。澪はその声を聞きながら目を見開いて口元を手で押さえていた。

聞いた瞬間、驚いて声が出そうになってしまったのだ。それは辛うじて抑えたものの、今耳に入ってきた情報に頭が大いに混乱していて、一点を見つめたまま、忙しなく目を瞬かせた。

（……ちょっと待って）

自分と付き合っていることは誰にもばれていない自信があった。でもだからと言ってさすがにそれは思ってもみなかった。まさか軍司と別の人の噂を聞かされるなんて。他の女子社員への接し方を見ても、噂されるような態度なんて全くとらないようなタイプなのに。

（付き合ってるって、どういうこと）

「そ。いかにもじゃない？」

「やば！　えー、うそ。それも羽柴さんから聞いたの？」

「いや、ちょっと前に見たんだよね、私。夜、軍司課長と宮田加奈が一緒にいるの。外で」

「まじ？　いつ？　どこでよ」

「んーと、一か月ぐらい前の……あ、ほら、支社の人たちが来てた日。まどかが誘ってくれて四人で飲んだじゃん、けっこう遅くまで。その帰り」

「ああ、井本《いもと》さんたちと。営業会議で来てた時かな」

「あーそうだ。それそれ。ちょうど二人で店から出てきたっぽい感じで。あの二人、課も違うし接点ないじゃん。なのにあんな遅くに二人で飲んでるとかあやしいーって思って。けっこういい雰囲気だったし。それでちょっと探ってみて、羽柴さんからその話聞いて、あーそういう人なのかと。それでなんか冷めた」

佐藤あかねの話に一緒にいる誰かが言葉を返している。けれど、もう澪にはそれはどこか遠くでされている会話のように感じられた。目の前がすうっと暗くなっていく。しばらくそのまま動けなかった。

カタカタカタカタ。

澪はまるで何かに追われているかのように必死にキーボードを叩いていた。こうでもしなければ自分を保っていられない。気を抜けばまたずぶずぶと呑み込まれてしまうような負の思考に囚われることはわかっていた。だから仕事に没頭している振りをしているのだ。

あれから、気付けば自席に座っていた。佐藤あかねたちがいつトイレから去ったのかも、どうやって席まで戻ってきたのかも、すべてがおぼろげだった。席ではっと我に返るまで、考え事に意識が行ってしまっていた。

(……営業会議の日、軍司さんは会議に出てた人たちと飲んで、十一時ぐらいに解散。その後、支社の加賀さんって人と……)

『同期なんだけどそいつと飲み直してて、ちょっと話が長くなって店を出たのが一時過ぎだったかな。そっからタクシーで帰ってあの時間』

軍司の言葉がまた耳に蘇る。何度思い出しても軍司は確かにそう言っていた。何度確認しても、それは変わらない。そこから導き出される結論も。

(嘘、つかれた?)

だから、何度確認しても変わらないのだ。もう何度目かの自答だった。わかっているのに、気付けばまた澪はそのループに囚われていた。

佐藤あかねが話していたこと——二課の羽柴から聞いたという、軍司が手を出す女の子のタイプを選んでいるという話、そして、二課の宮田加奈と付き合っているという話。それ自体はまだ確定していない、噂の域を出ない話にすぎない。だから本当はここまで落ち込む必要はない。でも軍司が澪に同期の男性と飲んでいたと嘘をついて、実は二課の女子社員と会っていたというのは、おそらく事実に近い話だ。

だってそれについては、佐藤あかねが嘘をつく理由がない。もし何らかの思惑があって、軍司と宮田加奈が会っていたということを吹聴《ふいちょう》したくて作り話をでっち上げていたとしても、その話があの日と同じ日に設定されて、しかも軍司の行動と重なる偶然があるなんて、ちょっと考えがたいことだった。だから、少なくとも、その目撃談については佐藤あかねは本当のことを言っているのではないかと澪は思っていた。

けれど、その話を信じるとなると、結果的に軍司が澪に対して嘘をついたということになってしまう。しかもそうなれば、その他の話だって俄然真実味を帯びてしまうことになる。

——宮田加奈。

澪は今まであまり話したことはなかったが、同じ営業部なのでもちろん名前と顔は知っていた。自己主張の少なそうな、大人しめのタイプであったような気がする。しかも清楚系。派手ではないけれど、整った顔立ちでかわいいと、密かに人気があると梨花が前に言っていたような覚えがあった。

宮田加奈は、羽柴を通じて佐藤あかねが聞いたという、軍司が手を出す「害のなさそうなタイプ」に確かにぴったり当てはまっているように澪も思った。

しかも、それを考えていてもっと嫌なことにも気付いてしまった。自分も客観的に見れば、そのタイプに近い女であるのではないかと。

そこで澪ははっと我に返った。また考えてしまっている。

だめだと思って、はあと息を吐き、目の前のモニター画面に無理矢理意識を引き戻す。またすごい勢いでキーボードを叩き始めたが、しばらくすると、ふっと手の動きを止めた。

(何か……理由が)

まだはっきりと軍司が嘘をついたと決まったわけではない。きっと何か理由があるはずだ。何か、事情が。

そう、思いたかった。

澪は周囲を見渡す振りをしてさり気なく視線を巡らせた。軍司は席にはいない。さっきも確認していたからわかっていたことだった。ボードには打ち合わせと書かれている。軍司は午後はあまり席におらず、いたと思ったら消えたりもしていた。今ははっきりと打ち合わせと書かれているのだから当分は戻らないだろう。いたらいたで気になってしまって落ち着かなくなるだろうから、それは澪にとって結果的に都合がよかったと言えた。さすがに仕事中にこれ以上情緒不安定になるのはまずい。さっきだって少しその姿を目に入れただけで、自分でもどうしていいかわからないほど動揺してしまったのだから。

(……だめだ、全然集中できない)

またしばらくキーボードを叩いてから、澪は重苦しいため息をついた。

どうして。

何度打ち消そうとしても、頭の中にこの四文字が浮かんでしまう。

付き合っていると思っていたのは自分だけで、やっぱり遊びだったのか。

他に本命がいたのか。

だから決定的なことは言わなかったのか。

だから、あの時、連絡してこなかったのか。電源が切れたというのも嘘だったのか。

それとも、すべてが、嘘だったのか。

頭の中に疑問ばかりが浮き上がり、どんどん負の感情は膨らんでいく。

澪はちらりとデスクの引き出しに目をやった。

(聞いて、みようか)

そこにはスマホが入っている。今の澪が聞ける手段として使えるものと言ったら、これしかない。

(いやいや、だめだよ。打ち合わせ中じゃん)

それに、聞く手段としてメッセージはだめだ。もし、万が一、軍司が嘘をついていたとしたら、言い訳を作る猶予《ゆうよ》を与えてしまう。そこで隙のない言い訳を作られたら、自分ではきっと太刀打ちできない。丸め込まれてしまう気がする。

聞くのだったら直接でなくては。

メッセージよりよほど勇気がいりそうだし、今までだってちょっと軍司に気になっていることを聞くだけで、あんなにドキドキしてしどろもどろになってしまっていた自分にとってはかなりハードルが高そうだが、これは自分の中で折り合いをつけられる類《たぐい》のことではない。

軍司に聞いてはっきりさせなければ。たとえ軍司が澪のことを遊びだと思っていたとしたって、ここまで勘違いさせたのであれば、自分だって聞く権利ぐらいあるはずだ。

けれど、問題はタイミングだ。今日は飲み会で仕事終わりに時間をもらうことができない。軍司はそのまま二次会まで行くかもしれないから、飲み会の後もだめだ。そうなると、次の日の仕事終わりだが、軍司の仕事が早く終わるか。日によっては残業でかなり遅くなってしまうことがあることを澪は知っていた。

(そうなると……週末)

それは無理、と澪はがっくり肩を落とした。今ですらこんなに消耗しているのに、そんな状態が何日も続くなんて、耐えられない。

軍司に聞くことによって、たとえもっともっと落ち込む結末が待っていたとしても。いや、待っているかもと思うからこそ、耐えられないのだ。

澪は唇を噛むと、また不安を振り払おうとするかのようにモニターの画面を睨んだ。

「菅原さん、頼んだの、どうなった?」

そんなことを繰り返しながらも何とか仕事を進めていた澪は、突然後ろから声をかけられてびくっと肩を揺らした。

その反応があまりに大げさだったからだろう。振り向いた澪の目に映った橋口の顔には戸惑いの表情が浮かんでいた。

「あ……なんか、ごめん。驚かせた?」

「い、いえ。ちょうど集中してて……すみません。あ、見積もりと資料ですよね」

澪が誤魔化すような笑いを浮かべると、橋口は戸惑いの表情を引っ込めて頷いた。

「うん、できた？」

「すみません。あと、もう少しで……できたらお声がけします」

「そうなんだ。急がせてごめんね」

澪がいえ、大丈夫ですと頭を振ると、橋口はほんとごめんねと人のよい顔で申し訳なさそうに言ってから、席に戻っていった。

その背中を見送ってから、周りに気付かれないようにこっそりとため息をついた。

何、やってんだ。心の中で自分で毒づく。本当は橋口に頼まれていた仕事は少し前に終わっていたのだ。けれど、最後の見直しをしている時に、澪は自分があり得ない箇所で入力ミスをしていることに気付いた。それは、普段だったらまずしないようなミスで、軍司のことが影響しているのは明らかだった。それで蒼褪《あおざ》めながら必死に修正していたら、橋口から声をかけられてしまったのだ。もう終業時間が近付いている。もしかしたら橋口は仕事を振ってしまったことで澪のことを気にしていて、いっぱいいっぱいな様子に見えたのではないだろうか。だとしたら、本当に悪いことをしてしまっている。澪はそこからはもうただただ無心に、橋口から振られた仕事を含めて、残っている仕事に全力を傾けた。


（……何とか終わった）

終業時間を迎えたオフィスでは、この後飲み会が控えているせいか、みんな、いつもよりもソワソワしているようだった。澪は完全にどんよりとしてしまっていて、この後飲み会に行く気分などでは当然ない。けれど、今更行かないということもできないだろう。今日は全員参加の飲み会なので、普段は飲み会に参加しない、三課の既婚の事務員たちも参加予定となっている。澪は彼女たちと一緒に会場に移動することになっていた。ちらりと時間を確認すると、前もって決めた出発時間までには、まだ少しだけ余裕があった。

（彩に……）

連絡を入れてみようか。澪は先ほどから考えていたことを実行するために席を立った。

今日、軍司と話をすることはもう半ば諦めていた。どう考えてもタイミングがない。だとしたら少しでもこの払いのけられない不安から逃れる術を探すしかない。誰かにこの状況や自分の抱えている不安や疑問を聞いてもらえば、少しぐらいはこの暗澹《あんたん》たる気持ちがましになるのではないだろうか。

それを話せるのは、やっぱり彩しかいないだろう。

飲み会の後に少し電話してもいいか聞いてみよう。

澪はスマホを握りしめると、そっと三課のフロアを出て、廊下の奥に進んだ。その先にあまり使われていない非常階段があることを澪は知っていて、こっそり電話をしたい時などにたまに使っていた。

「菅原」

カツカツと廊下に響く自分のヒール音を聞きながら、目線を落として歩いていた澪は後ろからかけられた声に驚いて肩を震わせた。その声に心臓が鷲掴《わしづか》みされたようになって、ぎくりと強張った身体が足を止めさせる。まさかというように宙を見つめて何回か瞬きした澪は、おそるおそる後ろを振り返った。

「……軍司さん」

まさに今打ち合わせから戻ってきたという体の軍司がそこにいた。チャコールグレーのスーツをすらりと着こなし、小脇に資料とタブレットを抱えている。目線の少し先にいた軍司は長い脚を動かして澪にあっという間に近づいてきた。

そして目の前まで来ると、澪の表情を見て軽く首を傾けた。声をかけられた時の態度といい、どこかおかしく感じているのかもしれなかった。

「橋口のやつ、終わった?」

案じるようなトーンでそう言われた時、澪は自分が泣いてしまうのではないかと思った。その声で張り詰めていた気持ちがわずかに綻んで、今ここで溜め込んだものを一気に吐き出してしまいたくなるような衝動に襲われる。

それでも、ここが職場であることが、澪の感情を保った。表情が崩れそうになるのを必死に堪えながら無理矢理笑って頷いた。

「はい、何とか終わりました」

「……何かあった?」

けれどそれは何とかギリギリのところで保てたというだけで、軍司には澪の態度がいつもと違うことはすぐにわかっただろう。その言葉と探るような視線からそれははっきりと感じられた。

(……なんで、こんなタイミングで)

軍司の言葉にどう答えようか、一瞬で色々なことを考えながら、澪の心は揺れに揺れた。もちろん、話したい。どうしても聞きたいことが、ある。けれど、ここは会社で。きっと軍司は職場でプライベートなことを話されるのは嫌なはずで。あともう少しで飲み会に移動しなくてはいけなくて。今日話すことを諦めていた澪は心の準備もなくて。澪にとって、それを躊躇わせる障害がたくさんあった。

――けれど。

澪の心に激しい焦燥感が湧き起こった。これを逃せばと考える。軍司に聞いてはっきりしなければ、どうにもならない。

いつか聞かなければいけないのだったら、早い方がいいに決まってる。

澪は廊下を素早く見渡した。とりあえず、人影はない。ごくりと唾を飲み込んだ。

「あの、今、お時間ありますか」

澪の顔をじっと見ていた軍司がちらりと自分の腕時計に目を落とした。

「ちょっとなら」

また戻ってくる目線を追いかけて、目が合ったところで、澪はそっと息を吸い込んだ。

「聞きたいことが、あって」

「それは仕事の話……ではなく？」

強張った顔で澪は頷いた。もしかすると、自分は縋るような目で軍司を見ているかもしれない。

軍司はほんの一瞬だけ、迷うような顔をしたが、それをすぐに引っ込めると澪を促すようにして歩き出した。

「いいよ。じゃあもう少し奥に行くか」

二人は廊下の突き当たりまで来ると足を止めた。怖気づかない内にと、澪はすぐに口を開いた。

「あの、この前の、私が酔って連絡してしまった日のことなんですけど」

そう切り出した澪に軍司は考えるかのように少し眉を寄せた。

「うん」

「軍司さん、加賀さんって方と二人で飲み直したって言ってましたよね」

「ああ……うん」

「日にちとか時間とか、たぶんその時のことなんじゃないかと思うんですけど。その時の軍司さんを見たっていう話を聞いて」

そこで一旦言葉を切った。意を決するかのように小さく息を吸うと、胸が細かく震えた。それで澪は自分がかなり緊張していることに気付く。

「あの……、二課の宮田さんと一緒にいたって」

声が震えないように腹に力を込めながら、澪は何とかそれだけを言った。表情の変化を見逃さないように食い入るように軍司を見ながら。軍司は黙って澪の言葉を聞いていたが、宮田という名前が出た瞬間、驚いたように目を瞠った。

そこからは何も喋らず軍司の言葉を待った。視線は変わらず軍司の顔に注いだままだった。ドクドクと心臓が大きな音を立てていて煩い。指先は体温を失くして冷たくなっていた。自分は今にも泣き出しそうな顔をしているだろうか。ごくりと唾を飲み込むと、驚きの表情のままだった軍司が困ったように眉を寄せた。

「あー……」

軍司はまるで、何と言っていいかわからないというように、腕を上げて頭を掻いた。

（……うそ。ほんとに）

二人で会ってた？

ぎゅうっと胸が押し潰されるような痛みを覚えた。見ていられなくなって視線を床に落とす。

悪い結末も何度も考えたが、澪は結局は軍司が否定してくれるだろうと心のどこかで思っていた。たくさん疑っていたが、信じたいと思う気持ちがやっぱり勝っていたのだ。

だって、優しかったから。

今までの態度や言葉が嘘だと思えなかったから。

（まずい、今度こそ泣きそう）

せり上がってくる熱いものを振り払うかのように澪は何度も瞬きを繰り返した。嘘だとわかれば、聞きたいことが山ほどあったが、何か言葉を発すれば本当に泣いてしまいそうだった。

俯《うつむ》いて黙ってしまった澪を見て、軍司が焦ったような声を出した。

「あ、いや、そういうんじゃなくって」

軍司が澪の肩に手を置いた時、重くなった二人の空気を打ち払うように、電話の着信音が鳴り響いた。

「うわ。まじかよ」

澪のスマホは音を消しているから自分のものではなかった。軍司がため息をついてポケットからスマホを取り出す。着信音が出る設定にしているということは社用携帯だろう。見れば、難しい顔でスマホの画面に視線を向けていた。

「どうぞ。出てください」

仕事の電話だったら出ないわけにいかないだろう。抑えたトーンでそう言うと、軍司は困ったように澪とスマホの間で視線を行ったり来たりさせた。

「ごめん。この件は後で話そう。でも、宮田とはそういうんじゃなくて、加賀と飲んでたのもほんとなんだけど、後でちゃんと話すから」

早口で捲し立てるようにそれだけ言うと、軍司はあまり見たことがない類の顔でもう一度ごめんと言いながら画面に触った。

「はい、軍司です」

しんとした廊下に声が響く。軍司は、何度か相槌をうつと、少々お待ちくださいと言ってから、澪の顔を見て三課の扉がある方を指差した。おそらく戻るというジェスチャーだろう。そう理解した澪が頷くと、ごめんと口だけ動かしながら歩き出した。そのまま去っていく軍司の背中を複雑な表情で見送った。

「菅《すが》ちゃんはさ、なんで彼氏作らないの？」

「いや、作らないんじゃなくて、できないんですよ」

飲み会も中盤に差しかかった頃、澪は隣に座る三課の坂井からその話を振られて苦笑いを浮かべていた。坂井は澪の事情を全く知らないので仕方がないとは言え、正直、今は彼氏の話なんてしたくはない。折角飲み会を楽しんでいる振りをして現実から意識を飛ばしていたのに、また軍司のことを考えてしまいそうになって誤魔化すようにグレープフルーツサワーに口を付けた。酒に逃げてしまおうかといつもよりペースを上げてグビグビ飲んでいるはずなのに、さっぱり酔えなかった。

あの後はすぐに飲み会の会場へ移動する時間となってしまい、結局軍司とはそれきり話せずじまいだった。今日はもう無理だろう。事情も説明されず否定だけされて、中途半端もいいとこだ。言い訳も聞けていない状態では、それが嘘か本当か、測ることもできない。どういう心持ちでいていいかもわからず、澪はずっとモヤモヤしたまま、飲み会に参加していた。

坂井のことは三課の女子社員の中では一番仲がいいと澪は思っていた。さっぱりとした性格で面倒見がよく、付き合いやすいタイプであった。同じく三課の田邊《たなべ》と三人で、坂井と田邊の夫の愚痴などを聞いていたが、あまりに自分たちのことばかり話していて悪いと思ったのか、坂井が急に澪に話を振ってきたのだった。ちなみに、澪は三課の女子社員の中では一番年下だからか、「菅ちゃん」とちゃん付けで呼ばれ、坂井以外の人間ともそれなりに良好な人間関係を築けていると思っていた。

周りを見渡せば、お酒がそれなりに回る時間だからか、どこのテーブルも一様に盛り上がっているようだった。二課と三課の女子社員は最初に座ったままに固まって同じテーブルにいるが、それ以外は課に関係なくテーブルに各々散らばって座っている。その中で澪は先ほどから何回か視線を送っている場所をさり気なくまた見やった。

見たくないと思いつつも目が勝手に探してしまうので、軍司がどこにいるかは嫌でもわかってしまっていた。一課の主任と二課の課長、そして営業部長と同じテーブルに座って時折笑いながらビールを口に運んでいる。そのメンバーは先ほど見た時とは変わっていなかったが、一つだけ澪が見ていない間に変わっていることがあった。

一課の数名の女子社員がそのテーブルに加わっていたのだ。しかもあろうことか、軍司の隣の席に佐藤あかねが座っていて、心なしか軍司の方へ身を寄せているようにも見えた。

(……冷めたとか言ってたのに)

嘘じゃん、とその上目遣いの顔を見て思う。でもあまり凝視しているのもおかしいので、視線を外した澪は周りに気付かれないようにそっと息を吐いた。やってしまったと苦いものが込み上げる。視線を戻す最中に宮田加奈の姿もしっかり目に入れてしまった。宮田は目の前に座るおそらく一課の若い男性社員にしきりに話しかけられている。ちょっと困ったような笑みを浮かべているので、もしかすると言い寄られたりしているのかもしれない。その庇護欲をそそりそうなどこかふんわりした笑みを見て、もし軍司が少しでもこの宮田のことを気にしていたら立ち直れないと思った。

(そういうんじゃなくってって……何)

そんなことを考えている内に気付けばまた、軍司との会話を思い返してしまう。

軍司はあの時、「宮田」と言っていた。軍司が名前に「さん」を付けないのは二人に関わり合いがある証拠だ。軍司は直属の部下は全員名字を呼び捨てにして呼んでいるが、普段自分に関わりのない他部署の人を呼ぶ時は「さん」を付けて呼んでいたと思う。

では、宮田加奈は？　元々、二人は何か関わり合いがあったのか？　これは一体何を意味するのだろう。澪は考えを巡らす。

(でも、加賀さんと飲んでたのもほんとって言ってたよね)

では加賀と飲んだ後に、宮田加奈とも会ったのか？　それとも偶然会ったということもあり得るのだろうか？　はたまたもしかすると、実は三人で飲んでいた？

澪の頭の中に考え得るシーンが次々に浮かび上がる。でも、いくら考えたって、澪にわかるわけがなかった。

グルグルと疑問と否定が頭に巡る。ここで答えが出ないことはわかっていた。わかっているのに考えるのを止められない。

——でも。

一つだけわかっていることがあった。軍司は嘘をついていたわけではなかったのかもしれない。けれど、あの日の行動を説明してくれた時、軍司はあえて宮田加奈の名前を出さなかったのではないだろうか。

これは、その名前を出すと都合が悪かったということではないのか。

「菅ちゃんなら本気出せばすぐできると思うんだけどな」

油断するとすぐに心を覆い尽くそうとする、モヤモヤした黒い影を振り払うかのように澪がまたグラスに口を付けていると、隣からにやりと笑いながら坂井が澪の顔を覗き込んだ。

「えーいやいや。そんなことないですよ」

「ね、井上《いのうえ》もそう思うでしょ」

気付けば澪たちの前に二課の若手の男性社員が数名座っていた。井上と言われた男性が澪を見てにっこりと笑う。そのくだけた物言いから井上は坂井と打ち解けた関係であることが窺えた。少し軽そうな感はあったが、快活そうななかなかのイケメンだった。

「いやー全然そう思いますね。俺ならすぐにＯＫっす」

「だって。菅ちゃん、どう?」

「えーと、ちょっとノリが軽いかな……」

「はい、井上、秒で振られた」

「え、今のは振られたにカウントなしですよ。真面目にお願いすれば考えてくれる余地はあるってことですよね？」

「井上、前向きな解釈するね。そのガッツはなかなか悪くない」

坂井が突っ込むと場がどっと沸いた。坂井と井上の掛け合いはなかなかコミカルで、場の雰囲気が一気に明るくなる。井上は盛り上げるのが得意なようで、澪への言葉もノリの一環で言っているだけで、本気ではないことが見て取れた。井上のそういう軽さは、中には苦手な人もいるだろうが、無理をしないとつい沈みがちになってしまう今の澪にとってはありがたかった。二人のおかげでその後はひとまずは笑って過ごすことができた。


立ち上がった瞬間、少しだけくらりと頭が後ろに引っ張られるような感覚を覚えた。全然酔えないと思って杯を重ねていたが、身体は着実にアルコールの影響を受けていたらしい。澪は隣の坂井にトイレに行ってきますと声をかけると、足元に気を付けながら、廊下へと出た。

ここはかなり広い居酒屋のようで仕切られた空間が他にいくつもあった。廊下は入り組んでいてトイレの方向を示す貼り紙に従って歩いていても、なかなか辿り着かない。段々と合っているのか不安になった澪は横に伸びる廊下を覗き込みながらキョロキョロとあたりを見回して歩いた。

ある廊下を覗き込んだ時、澪はちらりと視界の端に入ったスーツ姿に既視感を覚えて、思わず足を止めた。そこはちょうど店の出入り口に向かう通路で、少し先の開けたスペースにレジがあり、その横に椅子がいくつか並べられている。その椅子には今は誰も座っておらず、椅子が途切れた空間に男女が二人向かい合って立っていた。その男の方のスーツには嫌になるぐらい、見覚えがあった。

（え……うそ）

心臓が嫌な音を立て始めている。足元がグラグラと揺れるような感じがして、澪は無意識に壁に手をついていた。見間違いであってほしいと思いながらまじまじと二人を見る。女の方にも見覚えがあった。何度見ても変わらない。見間違いではなかった。二人の内、男は軍司で、女は宮田加奈だった。

二人は深刻そうな顔をして何かを話しているが、その会話の内容は店内のざわめきが邪魔をして澪までは聞こえてこなかった。けれど澪の立っている位置が向かい合っている二人をちょうど横から見るような角度であったため、どちらの表情も見ることができた。話に入り込んでいるのか、二人が周囲を窺う様子はない。

（そういうんじゃないとか、嘘じゃん）

どう見ても訳ありだ。澪は唇を噛んで必死に瞬きを繰り返した。そうしないと込み上げてくるものを抑えられなかった。お酒が入っているせいで感情のコントロールがひどく難しい。まるで高いところから叩き落されたような気分だった。

その内に宮田加奈がくしゃりと顔を歪めた。どこか必死な様子で軍司に何かを言い募っているように見える。対する軍司は困ったような顔で一言、二言応じていた。その様子は完全に揉めているようにしか見えなかった。それは、まるで。

（やっぱり、付き合ってる？）

そう思えば胸が握り潰されたかのように痛んだ。

『前から気になってた。菅原のこと、ずっといいなと思ってた』

『名前で呼んでいい？』

『すっぴんもかわいいってこと』

『いや、全然。なんかかわいいなとは思ってるけど』

『一応聞くけど、その友達って男ではないよな？』

『何かあったら頼って』

最初に一線を越えた夜のこと。次の日に二人で軍司の家で映画を観た時。酔ったとメッセージを送った次の日にかけた電話。その後の迎えに来てくれた車でのこと——瞬間的に、澪の記憶に残る軍司のその時の声や表情、仕草が浮かんでは消えた。

『澪』

優しく名前を呼ぶ声。

（全部、嘘だった？）

その時、ふっと軍司が顔を上げた。こちらを見るかもしれないと思った澪の身体がほとんど無意識に動く。慌ててその場から離れた。感情が高ぶったせいで一気に酔いを自覚してしまったのか、それとも受けたショックの大きさのせいか足元がふらついて上手く歩けなかった。それでももう一度その廊下を覗き込む気にはなれず、逃げるようにその場を立ち去った。

込み上げてくる感情を必死に押し殺しながら歩いて、どこをどう通ったのかわからないが、気付けば澪はトイレの前にいた。とにかく人の目のない場所で一人になりたい。その一心で個室に飛び込んで、中から鍵をかける。その瞬間、待っていたかのようにボタボタっと溢れた涙が頬を伝った。

(最悪)

息を吐いたり吸ったりする度に胸が震える。会社の飲み会の最中に泣いたりなどしたくはなかったが、一度溢れた涙は止められなかった。それでも誰が来るかも知れないトイレでさすがに泣き喚《わめ》くわけにはいかず、顔を手で覆って必死に声を殺すと、その度に肩がひくひくと震えた。

(だめだ、止まらない)

仕方がないのでトイレに腰かけてトイレットペーパーで涙を押さえた。ぎゅっと目を閉じて自分を落ち着かせるかのように何度もゆっくりと息を吸う。視界が暗くなると酔いのせいで頭がグラグラした。

(馬鹿みたい)

自分は何をやっているのだろうかとぼんやり思う。やっぱり仕事もできるあんなイケメンが自分を相手にするなんてあり得ないことだったのだ。ちょっと優しくされたら簡単にころっといってしまった。でもまさか、軍司が遊びで部下に手を出すなんて誰が想像できるだろうか。しかも本当に宮田加奈と付き合っているのだとしたら、社内で二股をかけたという状況になる。あんな現場を目撃してしまった今でも、軍司がそんなことをするなんて、どこか信じられない自分がいた。そして、ここまで来ても軍司を諦めきれない自分に、どれだけ好きになってしまっていたのかを思い知らされて、また少し泣いた。

ようやく止まった涙が乾くのを待ってトイレを出た澪は周囲に人がいないことを確認してからそっと鏡の前に立った。見れば鏡の中の自分はひどい顔をしていた。ファンデーションがところどころ剥《は》げ、アイメイクが目の下に落ちてしまっている。目や鼻は当然のように赤くなっていた。

個室から持ってきたトイレットペーパーで目の下をこする。アイメイクは辛うじて目立たなくなったが、その他のところはどうしていいかわからない状態だった。澪は途方に暮れた顔で鏡をじっと見た。

化粧を直せば少しはましになるかもしれないが、あいにく化粧ポーチはバッグに入れっぱなしで持ってきていない。同じくスマホもバッグに入れっぱなしだった。

(あー……どうしよう)

席を外してからけっこう時間が経ってしまっているので、坂井たちが心配しているかもしれない。そろそろ戻らなくてはまずいだろう。

澪はため息をつくと、鏡から離れゆっくりとトイレから出る扉を押した。

廊下を歩き出すと、そこかしこから笑い声や話し声が混ざり合った喧騒が聞こえてくる。間接照明に浮かび上がった前に続く薄暗い通路を見ていると、なんだか自分だけが切り離された世界に迷い込んだような気分に襲われた。酔いと泣いたせいもあってか頭がどこかフワフワとして、ぼうっとしながらとりあえず前へ前へと進んでいると、唐突にあることに気付いた。

(あれ？　どっから来た？)

ショックのあまり呆然としたまま歩いてきたのでどうやって来たのか、よく覚えていなかった。困ってキョロキョロとあたりを見渡しながら歩いたが、似たような内装が続いていて、全くわからない。

なんだかどっと疲れが込み上げた。目を瞑って息を吐くと、傾けた方へぐらんと頭が引っ張られるような感じがした。急に何もかもが億劫になって、何とでもなれというような投げやりな気分に陥る。気分が悪くなったと言い訳だけをして、もうこのまま帰ってもいいかもしれない。どこの部屋だったかは店員を捕まえて聞こうと顔を上げると、突き当たりからこちらに曲がって歩いてくる人物が目に入り、澪ははっとした。

(あれって)

咄嗟にすぐ横に伸びる廊下に入る。だがそこは左側に個室への扉が続き、先は行き止まりになっていた。仕方なく右側に身を寄せそこで棒立ちになり背後を通る人物が通り過ぎるのを待つ。ちらっと見ただけだったがおそらく一緒の席にいた井上だ。坂井みたいにある程度人柄がわかる三課の女性ならまだしも、今まであまり話したことのない井上と、今顔を合わせるのは避けたかった。

もし澪が泣いていたと気付かれてしまったら、もしかすると井上が周りに何かを言うかもしれない。井上がどういう人物であるか、澪にはわからなかったし、井上には申し訳ないが、なんだか口が軽そうにも思えた。

幸いなことにこの廊下は薄暗くて、下を見て何かしている振りをしていれば、後ろからではスマホ操作をしているようにも見えるかもしれない。そう思って俯いていると、その願いも虚しく、背後でその気配が止まった。

「あれ、菅原さん?」

思った以上に大きな声で呼ばれて、肩がぴくりと動く。

「全然戻ってこないからみんな心配してましたよ。こんなとこでどうしたんすか？」

声が近くまで来たので、井上が隣に来たのがわかった。しかし、あまりそちらを見るわけにはいかなかった。口元をさり気なく手で隠すと、髪で表情が隠れるぐらいの角度までしか顔を上げないまま、目線だけで井上を見た。

「もしかして、気持ち悪いとか？」

もうこの体でいくしかなかった。同意を込めて軽く頷く。すると、井上の手が肩にのった。

「大丈夫っすか？　吐きました？　あ、水もらってきますか？」

心配そうに言われて、嘘をついていることに少し罪悪感を覚えた。井上の気遣いはありがたかったが、あまり一緒にいると泣いていたことに気付かれてしまうかもしれない。心の中で謝りながら首を振った。

「……ありがとう。でも大丈夫、だから」

「え。でも全然大丈夫じゃなさそうっすよ。あっちに座れるところあったから、とりあえず、そこで座った方が」

井上が澪を誘導するように背に手を置いた。いいからと声が出かかったが、普通に考えれば、気分が悪そうな人がいた場合、大丈夫と言われてもなかなか放っておくことはできないだろう。これ以上拒否するのも不自然かと考え直し、とりあえず、井上の言葉に従った方がいいかと思いかけた時、後ろから声がした。

「菅原？」

その声に身体が一瞬で竦んだ。心臓がどくんと震えて、その後でバクバクと大きな音で鼓動を始めたのがわかる。声だけでその人物が誰なのか、嫌でもわかってしまった。けれど顔を上げられない。身体も固まったまま動かせなかった。

「どうした？」

「え、あ、菅原さんが、気分が悪いらしくて、その、大丈夫かと」

井上にとっても軍司の登場は意表を衝くものだったらしい。言葉に若干の動揺が感じ取れた。ぱっと澪の背から手が離れる。

「あーそうなんだ。菅原、大丈夫か？」

軍司は澪をちらりと見てから、ふいっと井上に視線を向けた。

「井上、あとは俺が面倒見るから、戻っていいよ」

「え」

「え」

まさかそうくるとは思わず、反射的に顔を上げると、期せずして井上と声が揃ってしまった。軍司は少しだけ不機嫌そうに二人を交互に見やると、最後に井上の方へ視線を移して、行っていい、という風に目配せをした。

「あ……でも」

明らかに戸惑いを浮かべた顔で井上が口ごもる。確かに軍司の立場で言ったら、たとえ直属の部下だとしても、女子社員の介抱を買って出るのは少し不自然かもしれなかった。こういう場合は、他の女子社員を呼んでこさせたりすることが多いだろう。

「あ、じゃあ、坂井さんとか、呼んできますか？」

井上も澪と同じように思ったらしく、窺うように軍司を見る。しかし軍司はいや、ときっぱり断った。

「その必要はない。俺が見るから」

ここまではっきりと言われたら、何も言えないのも当然だった。すみません、失礼しますと言葉を残して逃げるように井上はその場を去った。澪はお礼を言うタイミングも逃したまま、その背中を縋るように見てしまう。行かないでほしい、と心で思う。もう別に泣いていたのが誰にばれてしまったとしてもいい。今は軍司とだけは二人きりになりたくなかった。

「……あの、本当は気分悪くなんかないんです。私も戻ります」

誰にばれてもいいが、軍司だけには泣いていたのは絶対にばれたくなかった。澪はさっと俯いて早口にそう言いながらくるりと振り返ってその場を立ち去ろうとした。

けれど、一瞬早く、がしりと軍司の手が澪の腕を掴む。

「待って。ずっと戻ってこないで何もないわけないだろ。酔った？」

ぶんぶんと澪は頭を振る。その手から逃れたくて腕を身体に寄せるとぐっと軍司の手に力がこもったのがわかった。

「井上に何かされた？」

また頭を振る。違う、そうではない。そういうことではないのだ。今は構わないでほしいだけだ。こんな態度をとってはいけないことはわかっている。期せずして二人きりになった。本当は、今が先ほど見たことについて話すチャンスなのではないか。澪には、軍司に聞かなくてはいけないことがたくさんあった。

――宮田加奈さんとそういうんじゃないって言ってたけど、嘘ですよね。

――本当は彼女と付き合ってるんですか。

――私は何だったんですか。

――付き合ってるって思っていたのは私だけだったんですか。

――私のこと、好きですか。

頭の中に浮かぶいくつもの質問。聞きたかった答え。

自分の中でいくら考えていたって仕方がない。軍司に聞いてはっきりさせなければ決着はつかない。わかっている。十分すぎるほど、理解している。だけど。

それを話すのは今ではない。今は、話したくない。だって。

「ごめん。俺の勘違いかもしれないけど。もしかしてさっきのこと、引きずってる？　だったら」

そこで言葉を選ぶかのように軍司が言葉を切った。軍司の言うさっきのこととは、飲み会の前の会話のことを指しているのはそのニュアンスでわかった。先ほどの宮田加奈と話していた場面を澪が見ていたことに気付いていて、それを指して言っているのだとしたら、勘違いかもしれないけど、なんて言うわけがない。もっと違った態度をとるはずだ。軍司は澪が見ていたことには、おそらく気付いていていない。軍司がまた口を開く前に、澪は遮るように声を上げた。

「そのことは、今ここでは話さない方がいいと思います。誰が通るかわかりませんから」

声が震え始めていた。だめだ、と思う。必死に堪えていたけど、我慢の限界だった。もうあと、一言。あと少しでも話したら、泣いてしまう。

「また、後で」

何とかそれだけ言うと、感情を呑み込もうとするかのようにごくんと唾を飲み込んだ。一度泣いたら最後、酔いも手伝っている状態で、感情をコントロールする自信が澪にはなかった。会社の飲み会の最中にあんな風に泣いてしまったことだって、澪にしたら、けっこうあり得ないことだったのだ。自分の感情が尋常でないほど高ぶっていることはわかっていた。こんな、会社の飲み会で、会社の誰が通るかもわからないところで、泣いて軍司を問い詰めるような真似だけはしたくない。話すのなんてその気になればいつでもできる。別に無理に今でなくてもいい。もし万が一にでもそんな場面を会社の誰かに見られでもしたら、澪はもちろん、軍司だってどう言われるか、わかったものではないのだ。

けれど軍司もこれで納得したはずだ。軍司こそ、社内に恋愛関係の面倒事を持ち込むことを忌避《きひ》したいはずなのだから。あとはもう多少強引にでも立ち去ってしまおうと、澪は軽く腕を振って軍司の手を振りほどこうとしたが、軍司がそれをさせなかった。それどころか片手で澪を捕まえたまま、もう片方の手を使って、澪を壁に押し付けるようにした。

「離して、ください」

「だめ。話が終わってない。何かあったんだろ?」

ここでは話さない方がいいと確かに言ったはずなのに、なぜか全く引く気配のない軍司に衝動的にかっと苛立ちが込み上げた。思わず顔を上げると、予想以上に近く、軍司の顔があった。二人の視線が絡まる。すると、軍司は澪の顔をまじまじと見た後、眉を寄せた。

「……もしかして、泣いてた?」

澪ははっと目を見開いた。押し問答に気を取られて、自分の顔に泣いた痕があることをすっかり忘れていたことに気付く。慌てて手で顔を覆う。思いっきり身を捩って軍司の腕の中から逃げ出した。顔を背けるように俯く。

「これは……違くて、泣いていたわけでは」

「いや、嘘だろ。やっぱり何か……俺が何かした？」

そこで軍司は不自然に黙り込んだ。思い当たるようなことはないか考えている様子だった。それを見た澪の唇が震えた。心の中でやめて！　と叫ぶ。

やめて。思い当たらないで。何なの。

こっちは軍司の立場も考えて、泣いて修羅場みたいになるのを必死に回避しようとしているのになんでこんなにしつこく暴こうとするのか。大体、軍司がいけないのだ。社内で恋愛絡みの揉め事は避けたいはずなのに、あっちこっちに手を出しているかのような言動をして。おかげで、飲み会で泣く羽目になっている。井上にだって訝しがられているかもしれない。全然戻らないから坂井にだって心配をかけているかもしれない。全部全部、軍司のせいだ。追い詰められた気分になって感情が爆発しそうになる。澪は喚き出したくなるのをぐっと堪えた。

あ、と軍司が声を漏らした。何かに思い当たったように澪を見る。嫌な予感を覚えて、ぎくりと身体を強張らせた。

（待って……待って）

「もしかして」

「違う、本当に何も。何かあったわけじゃなくて」

何かを言われる前に澪は素早く否定した。すると、軍司が宥めるように澪の肩に手を置いた。

「澪。もういいから。一回ちゃんと話そう。説明させて」

「……だから、今はやめてって言ってるでしょ！」

その言葉を聞いた瞬間、自分でも驚くほどかっとなって、一瞬、頭が真っ白になった。気付いた時には声を荒らげて、肩に置かれた軍司の手を振り払っていた。

ずるい、と思ったのだ。こんな時だけ、彼氏みたいに名前で呼ぶのが。会社ではどんな時だっていつもあんなに完璧に他人なのに。自分が困った時にだけ名前で呼ぶ軍司はずるい。

いいからって何が？　何もよくない。自分だけ余裕で。自分だけ上司の顔は残していて。こちらだけ、こんなところで殻を引き剥がそうとする。そんなの、本当に、ずるい。

それでも、思った以上に自分の声が鋭くなってしまったことに、澪はしまったと思った。これはさすがにまずいと唇をきゅっと引き結んで視線を上げると、軍司が参った、とでも言うようにはあと息を吐いたところだった。

その顔が本当に困っているように見えて。まるで面倒なことになったとでも言うような顔だったから、澪は本当にどうしようもなくなってしまった。

「……そんな顔するぐらいなら、最初から部下になんて手を出さなきゃいいのに」

こんな声が自分から出るのかと思うぐらい低い声だった。するりと口から滑り出た本音。発した瞬間、それを言ってしまったことに自分でも驚いた。小さい声だったが軍司にもしっかり聞こえたようで、すぐ傍で息を呑む気配がした。

「菅ちゃん」

その時、不穏になった空気を打ち破るかのように、軍司の背後から声がした。ぎくりと澪と軍司の身体が同時に強張る。カツカツとヒール音を響かせて歩いてきた坂井が二人の間に割って入るようにして澪の顔を覗き込んだ。

「気分が悪くなったって聞いたよ？　大丈夫？」

「あ……はい。大丈夫……」

——どこから見られていた？

高ぶっていた感情が急速に落ちて、澪はものすごいスピードで現実に引き戻された。ばくばくと鼓動が速まって焦りから目が泳いでしまう。何とか言葉を返しながら、ちらりと軍司を見た。軍司は多少気まずげではあったが、表情を消して澪と坂井を見ていた。

「でもすっごい顔色悪いよ？　吐いた？」

少しの逡巡の後、こくりと頷く。もう気分が悪くなっていることにしないとこの場を乗りきれないと思ったからだった。そっかと言った坂井は軍司を振り返った。

「課長、そろそろお開きだそうです。私、夫が迎えに来てくれると言っているので、菅原さん、送っていきますね」

思いがけないことを言われて澪は坂井の後ろでえ、と目を瞬いた。軍司も驚いたように坂井を見ている。ひくりとこめかみが動いたように見えた。

「坂井さん、私、大丈夫ですよ。もうけっこうましになってきてて。軍司さんにも今、心配してもらってたんですけど、そこまでじゃないんで」

軍司が何かを言う前に、慌てて割って入って言い訳のような言葉を添えてフォローを入れた。そんな澪を見て、坂井がにこりと笑う。

「菅ちゃんの家の方、たぶんうちへの通り道だったから大丈夫だよ。乗っていきなって」

坂井の言葉には有無を言わせない強さがあった。澪が何と返していいか迷っていると、黙って成り行きを見ていたようにも思える軍司が口を開いた。

「坂井、悪い。じゃあ菅原送ってやって」

「はーい。任せてください。じゃあ、菅ちゃん、とりあえず一旦席に戻ろ」

軍司に課長も戻った方がいいですよと明るく言うと、坂井は澪の背中を押すようにして歩き出した。これでいいのかと思いつつも、澪も坂井の誘導に従って廊下を曲がる。そのまま釣られるように歩いて、少し先に行ったところで、澪は坂井に向かってすみませんと小さく謝った。

「全然大丈夫だよ。……もしかして、課長と何か揉めてた？」

やっぱり、見られていたのだ。坂井の軍司への態度から何となくそうではないかと思っていた。だから言わんこっちゃないと苦々しい気持ちが込み上げたが、それを誤魔化す上手い言い訳は思いつかなかった。澪は、そんなことないです、とだけ言って曖昧に笑った。坂井はそれで軍司と澪の間に何かあることに確実に気付いただろう。けれど、そっかとだけ言ってそれ以上は聞かないでくれたことが、今の澪にとっては唯一の救いだった。


「菅ちゃん、おはよー」

「あ、おはようございます。昨日はほんとありがとうございました」

飲み会から一夜明けた翌日、澪はどんよりとした気持ちを抱えつつも、表情だけは明るく取り繕ってエレベーターホールで顔を合わせた坂井の挨拶に声を返していた。

昨夜は結局、坂井の夫が運転する車で自宅まで送ってもらった。丁重にお礼を言って車を降り、家に足を踏み入れた途端、ものすごい疲労感に襲われて、メイクも落とさず着替えもせずにベッドに直行した澪は、一切の思考を放棄して襲いくる眠気に身を任せた。ただただ疲れていて、何も考えたくなかった。要は眠りの世界に逃げ込んだのだ。自分の行動を反芻して、軍司の反応を思い返して、現実に向き合うことが怖かったから。

そうして澪の世界は暗転して、次に起きた時は朝だった。アラームが鳴る前に起きて、化粧したままで寝てしまったことに罪悪感を覚えつつ、シャワーを浴びた。その後は身支度をしながら、澪は怖くて見れなかったスマホをそこでやっと開いた。

そこに軍司からの連絡が来ていても、来ていなくても、どうしていいかわからなくなるような気がした。それでも、このままでいいわけがない。そんな気持ちでおそるおそる確認すると、通知に軍司の名前が出ていた。見ると着信が三回あった。澪が家に帰りつく頃を狙ったらしいタイミングと、その十分後と、一時間後。そして、メッセージ。

「全然だよ。ついでだったから気にしないで。家帰ってからは大丈夫だった？」

「はい、すぐに寝ました」

言いながら苦笑いを浮かべると、寝るのが一番だよね、と坂井はうんうんと頷いた。

三課のフロアに入り、自席の前まで来ると、パソコンの電源を入れながら、普段通り始業の準備に取りかかった。飲み会の次の日ということもあって、オフィスの雰囲気はどこか気怠げだった。

軍司の方はあえて見ない。感情に起伏が生まれてしまうから。全神経を使って目の前のことに意識を集中するようにした。

今日はそんなに忙しくはないはずだった。手持ちの仕事は溜まっていないので、一つ一つを丁寧にこなしていく。そうやって目の前の仕事以外はなるべくシャットアウトしていたからか、澪はその空気の変化に気付くのが遅れた。

その時、澪はちょうどやっていた仕事に区切りが付いて、デスクに置いていた飲み物に手を伸ばしたところだった。周囲が騒がしくなった気配がして視線を巡らす。すると、軍司のデスクの周りに何人かが立っているのが見えた。パソコンを覗き込んでいる軍司の表情は厳しいもので、その隣で柴田が焦ったような顔をしている。

澪は訝しげにその光景を見やると、隣のデスクの早川に声をかけた。

「何か、あったの？」

同じように軍司のデスクの方へ顔を向けていた早川は澪を軽く振り返り、声を潜《ひそ》めた。

「トラブル発生みたいです。ほぼ決まりかけてた大口の契約でやっぱ考え直したいって連絡が来て。柴田さん担当の、紹介で間に入ってる工務店があるから、このままなしになんてことになったらすごくまずいみたいで」

「え」

「これから、資料練り直して課長と柴田さんと滝沢さんで説明しに先方に飛ぶみたいですよ」

今日はもう戻ってこれないんじゃないですかねと心配そうに早川が言う。澪は軍司の方へ視線を戻しながらそれを心ここにあらずの顔で聞いた。

『ごめん』

家で缶チューハイを飲みながら澪はぼーっとテレビを見ていた。耳に残る声は先ほど電話で話した軍司のものだ。

今日は謝られてばっかりだったなとぼんやりと考えながら、澪は何となくスマホを開いて軍司のメッセージを表示した。

『今日は、ごめん』

これは朝見た、昨日の夜送られてきていた軍司からのメッセージだ。

その後に続いて、会って話したいという言葉が送られてきていた。それに澪が返信し、本当だったら今日の夜、仕事終わりに会うことになっていた。

けれど、トラブル発生で、軍司はそれに対応するため、出張に出てしまった。県外の少し離れた場所に行ったため、泊まりになるかもとメッセージで連絡があった。続いて、今日は会えそうにない、ごめん、と送られてきて、また謝られた。同じ課なのだから、もちろんその事情は知っていたし、仕事なのだから当然仕方がない。むしろ、こんなことに気を取られずにそちらに集中しないとまずいのではないかと澪は思った。それで、気にしないでくださいと返信して、澪は定時で上がって帰ってきた。

そして、早々にお風呂に入った。掃除をしたり、夜ご飯の用意をしたり、何も考えたくなくて動き回っていたら、そこに軍司から電話が来たのだ。その着信音に飛び上がった澪は怯えと憂鬱さを抱えながらその電話に出た。そして、軍司と少し話をした。

話した時間が短かったのは、お互いがその重苦しい雰囲気に耐えられなかったからかもしれない。沈黙、探り合うような空気。会話は全く弾まなかった。とてもじゃないけれど、長くは話していられなかった。

その時の会話を思い出して澪はため息をつく。

(やっぱりもうだめかも)

原因はわかっている。言ってはいけないことを、言ってしまった。

飲み会で軍司と別れた後から、澪の心には後悔が渦巻いている。

――あれは言うべきではなかった。あんなこと、言ってはいけなかった。

『ごめん、本当は今日話すつもりだったんだけど。俺は色々と誤解があると思ってる。早く話すべきだとは思うんだけど、できるなら、会って説明したい』

先ほどの電話口での軍司の言葉を思い出す。それから、でも、と言って軍司は言葉を続けた。

『誤解されたままじゃ困るから、これだけは言っとく。俺は宮田とは本当に何もない。確かに、宮田はあの時に一緒にいた。けど、宮田が来ることになったきっかけは加賀で、俺と宮田との間に何かあるわけじゃないから』

それを聞いた時、澪はどう言葉を返していいのかわからなかった。きっぱりと断言されて、その言葉には妙な真実味があったが、だからと言って素直にそうなんですか、とは言えなかった。その説明だけではまだ自分の中の疑問がすべて払拭されたわけではなかったし、急に加賀の名前を出されてどういうことか頭がついていかなかったこともあった。

けれど出張中の軍司にそんなことは言えなかった。込み入った話はできないだろうと判断して、ひとまず澪はその言葉にわかりましたと答え、軍司が出張から戻ったら会ってその時に詳しい話をすることを約束して、電話を切ったのだ。

澪はベッドの上にごろんと横になった。天井を見ながら、もし、と考える。

色々細かいことは置いといて、もし、仮に、軍司の話が本当で、軍司と宮田の間には本当に何もなかったとする。

(だとしたら、私、勘違いで、あんなに大騒ぎしたってこと?)

そう考えれば頭を抱えたいような気持ちに襲われた。誤解だったんだと喜ぶ気持ちにはなれなかった。あんな場所で話すべきことではなかったにしても、必死に誤解を解こうとした軍司に対して、頑《かたく》なに拒絶をし、そんな澪の態度に困った姿を見て、見当違いに腹を立て、八つ当たりのような言葉を吐いたということになる。

『そんな顔するぐらいなら、最初から部下になんて手を出さなきゃいいのに』

ひどい言葉だ。自分だって了承して始めた関係なのに、相手ばかりに責任を転嫁している。

軍司はどう思っただろうか。驚いた様子だった。当然だ。軍司は澪がそんなことを言う人間だったとは思っていなかったに違いない。

幻滅されたのではないか。

こんなことなら、最初から手を出さなければよかったと思われたかもしれない。

もう付き合いきれないと思ったかも。けれど、別れたくなったとしても、軍司の立場ではこのままにはしておけないだろう。社内で二股をかけているなんて思われたまま別れたら、その後でどんな風に言われるかわかったものではない。なんせあんな風に言ってくる女だ。だから、こんなに必死に、誤解を解こうとしている——。

そこまで考えた時に、ベッドの上に投げ出されたままだったスマホが震えた。ちらっとそちらに視線をやった澪は、息を吐いてから手を伸ばす。おもむろに画面を見ると、そこに表示されていたのは彩の名前だった。

(かけてきてくれたんだ)

彩には、会社から帰ってくる電車に揺られている時に、メッセージを送っていた。軍司と揉めていて、もしかしたら別れるかも、と。自分一人で胸に溜め込んでいるのが苦しくなって、誰かに吐き出したくなったのだ。おそらく彩はそれを見て、気にしてかけてきてくれたのだろう。

「もしもし?」

迷うことなく通話にしてスマホを耳に当てる。彩の声には澪を案じる響きがあった。前置きもそこそこに、別れるかもってどういうこと? とずばり聞いてきた彩の問いに答えるかのように、澪はこれまでの経緯を説明し始めた。

「そりゃあ、だいぶきついの食らわせたね」

一通り、話を聞いた彩が放った言葉に、澪は膝にのせていた枕にばぶんと顔を埋めた。

「……そう思う? やっぱり私地雷踏んだかな」

「人によっては地雷になるかもね。ま、その前に相手があんたの地雷を踏んだんだし。おあいこ?」

「え。地雷を踏まれたというほどでは……」

「いやいや。まあ酒が入ってなければ我慢できたかもしれないけど、めっちゃ踏まれてるでしょ。澪が嫌がりそうなことだとは思ったよ。相手のこと、一生懸命考えて、気持ち汲《く》んで、必死に合わせてるのに、その本人がそれを台なしにしたらね。あんたってそういうの許せないタイプじゃん」

核心を衝かれて、澪は思わず黙り込んだ。よく考えなくても当たっていた。もちろんそれだけではなくて、他にも色々あってその合わせ技であの時、感情が爆発してしまったわけだが、彩の言ったことも含まれていたのもまた事実だったからだ。

「でもさあ、ちょっと相手のことを考えすぎっていうかさあ、やっぱり相手のスペックがよすぎて、釣り合わない、自分なんかじゃ、みたいな気持ちが捨てきれてない感じだよね。自分が合わせていかないと付き合っててもらえないみたいに思いすぎちゃったんじゃないの？　決定権は常に相手にあって、でもその男もきっと上手いからさ、会ってる時はあんたに決定権があるみたいにするでしょ。それで誤魔化されてきたけど、やっぱりしんどくなってたんじゃないかなって。私が思うに、その、宮田とかっていう女の問題が出なくても、遅かれ早かれなんかで揉めたんじゃないかっていう感じ」

次々とまるで見ていたかのように言い当てていく彩の言葉は澪の心にぐさぐさと刺さった。その通りだと思った。きっと自分には、軍司への恋心を優先するために、見ないようにしていた小さなことがたくさんあったのだ。

「その、周りにばれたくないってのも、ちゃんと確認した方がよかったとは思うけどね。だって、相手にそう言われたわけじゃないんでしょ？　内緒にしておこう、とかさ」

「え。でも、社内恋愛はしたくないって言って、社内の女の子振ってるって……」

「それは、噂でしょ。社内恋愛したくないんだけどって言われたの？」

ぐ、と澪は言葉に詰まった。言われてみたらそうだ。軍司がそう言っているのを澪は直接聞いたことはない。

「……言われてない。でも、二人で会うようになってから、会社では余計に冷たくなったというか。誤解される態度をとるな、みたいに圧を感じるようになった気がするし……」

「いやでもその態度の真意が、関係を周りにばらしたくないにイコールになるかって言ったらさ、違くない？　立場が上司だったらさ、割と普通な気がするんだけど。もし何かで周りにばれたらさ、特別扱いしてたって思われても困るわけじゃん。けっこう言いがかりつけてくるヤツとかいるからさ。ちょっとしたことで、そう言えばこんなことしてたよね、とかさ。そうならないために、ちょっと冷たいぐらいにするのはありそうなことだよ。むしろ、ばれた時のための保険だったんじゃないかと私は思うけど」

まあいつもの澪だったら普通に気付くことでしょ。だから、やっぱりちゃんと話した方がいいよ？　と言われて、澪はもう、うん、と返すことしかできなかった。


翌日になると、澪は幾分かは落ち着きを取り戻せた。朝起きて会社に行って仕事をする。ただ考え始めると、嫌な方へ思考が傾いていくので、なるべく考えないようにはしていた。軍司の席は当然ながら空いていて、出張から先に戻った滝沢が言うには、とりあえず何とかなりそうだ、とのことだった。軍司と柴田は今日いっぱいは向こうに留まって契約の具体的な内容を詰めるところまでしてくるらしい。その話を聞いて、トラブルが大事に至らなかったことに安心すると共に、今日も会うのは無理そうだなと澪はそっと息を吐いた。

その日の夜の連絡は電話ではなくメッセージだった。もう帰途についているが、家に戻るのはかなり遅くなりそうだから、明日また連絡するというものだった。澪はそれを見てやっぱり、と思う。大体覚悟していたので、そこまで心は動かされなかった。了承を伝える内容と共に、気にしないでゆっくり休んでほしいという意味の言葉を送りながら、今後のことをぼんやりと考えた。

今回の出張は予定になかったものだった。ほぼ二日間空けていたようなものなのだから、明日出社したら、軍司には相当の仕事が溜まっていることが予想される。その処理に忙殺されることは目に見えている。だとすると、明日も遅くなるかもしれない。

けれど、別に軍司が悪いわけではないから仕方がない。このどっちつかずの状態が続くのは、正直いい加減しんどかった。これから先、どうなるのだろうか。軍司と話して、どんな答えが待っているのだろうか。考えると胸がざわざわして、苦しくなる。

明日は金曜日だからその次となると、土曜日だ。想像するとそれはとても遠い先のことのように感じた。澪は布団に突っ伏すと、もう寝てしまおうと無理矢理瞼を閉じた。

次の日、出社すると、軍司は既に自席に座っていて、真剣な表情でパソコンの画面を見ていた。その顔に疲れが滲んでいるような気がして、澪は少し心配になった。自分のことばかりでいっぱい

いっぱいになって軍司の状況を慮《おもんぱか》る気持ちが足りていなかったのではないかと、にわかに後悔の念が込み上げる。昼休みになったら軍司に、会って話すのは週末でもいいから自分のことは気にしないで仕事に集中してほしいとメッセージを送ろうと決めた。

その日は少し作業が立て込んでいて、意外とあっという間に時間が過ぎた。ぱっと時計を見ると、あともう少しで昼休みの時間だった。今日もランチは梨花と一緒に食べようと約束している。引き出しを開けてスマホを見ると、通知が出ていた。確認すれば梨花で、いつもよりも早めに戻らなくてはいけないから、今日のランチは社内のカフェテリアで食べたいというものだった。

手早くいいよとだけ返信して、今しがた作成が終わったファイルをざっと確認し、保存する。そこで時間になったので、席を立った。椅子から立ち上がる時にさり気なくフロアを見渡すと、軍司は手に持った資料に目を落としながら電話で話していた。ランチを食べる時間があるのかな、と澪は心の中で心配しながらフロアを後にした。

「なんかさ、おたくの部の飲み会、色々あったらしいじゃん」

「え」

カフェテリアできつねうどんを食べながら、梨花がネットショッピングで買ったというダイエット器具の話に相槌をうっていた澪は、あ、そーいやさ、と突然変わった話にむせそうになった。昨日は梨花が電話当番ということで、ランチを共にしていなかった。一昨日一緒に食べていた時は飲み会のことは特に話題に上がってなかったから、どうやらその間に何らかの情報を入手したらしい。内心どきっとしたものの、平静を装って言葉を返した。

「い、色々って？」

その言葉に梨花はきょとんとした顔をして澪を見ると、周囲を気にする素振りで声を潜めた。

「参加してたのに知らないの？　なんでも一課の藤田さんが新井《あらい》さんを持ち帰ったって」

「あー……私、後半ちょっと酔ってたからなあ……でも、そうなんだ」

「澪が会社の飲み会で酔うのとか、珍しいね」

まあね、と曖昧に答えながら、ほっと胸を撫で下ろす。そうだ。軍司とのことは坂井にしか目撃されていないはず。坂井は言いふらすような性格ではないし、誰かに漏れるはずがない。澪はそんなことを考えながら水を一口飲んで、はっとした。

井上がいる。

いやでも、あれぐらいだったら、付き合ってるとか揉めてるとかまで考えは及ばないはずだ。だから周囲に言ったとしても、ちょっと雰囲気がおかしかった、ぐらいにしか言えないに違いない。その程度だったら噂になるほどのことでもない。

澪はすごい勢いで頭を働かせながらも、表面上は何もない振りをしてうどんを啜《すす》った。

「あ、じゃあさ、これも知らない？　すっごいこと聞いちゃったんだけど。おたくんとこの課長の軍司さん」

今度こそ、心臓が盛大に跳ね上がった。ぐ、とうどんが喉に詰まりそうになる。誤魔化しも兼ねて澪が慌てて水を手に取った時、甲高い声がカフェテリアに響いた。

「えっ、うそー。珍しくないですか？」

その声が場違いに大きくて、澪は何が起こったのかと水を飲みながらあたりを見回した。梨花も会話を止めて同じような仕草をしている。すると、カウンターのところからトレイを手に持って歩いてくる軍司が目に入った。えっと思って視線を更に巡らすと、澪たちが座っている席の隣の隣に佐藤あかねを含む一課の女子社員が三名座っているのが視界に入った。

「ここ空いてますよ」

佐藤あかねが立ち上がって軍司を手招きしていた。続いて発した、主任も、という言葉で、軍司は一課の主任と一緒にいるということに気付く。軍司はその大きな声に驚いたのかわずかに眉を顰めたが、一課の主任が俺はついでかよ、と言いながらもそちらに向かって先に歩いていったので、後に続いていた。

「よくやるわ」

ぼそっと梨花が呆れたように呟いた。澪は同調するかのように苦笑いを浮かべる。内心では、全然諦めてないじゃん、とうんざりした気持ちが込み上げていた。

確かに、軍司がカフェテリアに来るのは珍しい。大体昼は外に出ることが多いと言っていたし、実際見ていてもそんな感じだった。今日はおそらく席でする仕事が多く溜まっていて、昼食に時間をかけられないからカフェテリアで済ませようとしたのではないか。そんなことを考えながら口元へうどんを運ぶ手を速めた。

何となく、自分の精神状態的に、軍司と佐藤あかねのやり取りを見ていたくなかった。けれど、どうしても気になってしまうので、早くこの場から離れたいと思ったのだ。意識を逸らすために、梨花に何か話題を振ろうかとちらりとそちらを見たが、梨花は完全にあちらに気を取られている様子だった。

その好奇心剥き出しの顔を見て、完全に聞き耳モードに入っていると澪はため息をつきたくなった。けれど梨花は澪の事情を知らないので、こちらの心情などわかるわけがない。

向こうの席では、佐藤あかねがしきりに軍司に話しかけている。声が大きいので会話の内容は丸聞こえだった。軍司は多少素っ気なくはあるが、無難にそれに返答している。一課の主任は軍司と仲がいいらしく、フランクな感じで時折横やりを入れて、おかげで場は和やかな雰囲気になっているような気がした。

「あ、そう言えば、軍司課長って二課の宮田さんと付き合ってるんですか？」

それは、この様子だったら聞いていても大丈夫そう、と澪が少し気を緩めた一瞬だった。ふと思い出したような感じで、佐藤あかねが途切れた会話に滑り込ませるかのように放った一言に、澪は驚きのあまり、うどんを吹き出しそうになった。社内でなんてことを聞くのだ。そのハートの強さにある意味、感心すらした。それは梨花も同じだったようで、すご、と思わずといった感じで短く漏らした呟きが耳に入る。

「ちょ、佐藤。聞き方、直球すぎ」

「えーだって、主任、気になりません？　この前の飲み会でも、なんか二人きりで訳ありな感じで話してたってけっこー噂になってますよ。ひそひそされるぐらいだったら、軍司課長だってはっきりさせた方がスッキリしますよね」

にっこりと笑った佐藤あかねがちらりと目に入った。その様子に、あえてこの場で言ったのだと澪は直感的に察知した。佐藤あかねは以前から軍司と宮田の仲を怪しんでいたらしいので、おそらく、飲み会で隣に座っていた時などに、さり気なく聞いて、軍司にかわされてしまったのではないだろうか。あえて周囲に人がいるところで聞いて、絶対に答えなければいけない雰囲気に仕立て上げたのだ。澪はその執念深さに驚いた。けっこうプライドが高いタイプなのかもしれないとも思った。

あいにく、軍司はこちらに背を向けて座っているので、どんな表情をしているのかはわからなかった。けれど、普通に箸を動かしている様子から、あまり動揺はしていなさそうなことが見て取れた。

「いや、付き合ってないよ」

軍司があっさりした口調で否定する。もうこちらのテーブルでは澪も梨花も一言も喋らず、完全にあちらのテーブルの話に聞き入っていた。軍司は澪が近くに座っていることに、当然気付いているはずだ。澪に聞かれているとわかっていて、今は一体、どういった心境なのだろうか。それに、佐藤あかねは次に何を言い出すのだろうか。思いもかけない展開に、自分は会話に入っているわけではないのに、異様な緊張感が澪を包んでいた。

「え、でも。私、見ましたよ。いつだったか、軍司課長と宮田さんが二人でいるところを。外で」

「あー……、ちょっと前に一緒に飲んだことがあったけど、それ？　でもサシじゃなくて、他にもいたけど」

こちらもあっさりかわされて、佐藤あかねが、ぐ、と言葉に詰まったのがわかった。隣から一課の主任が、宮田と飲んだりするんだと聞いて、軍司がたまにな、と返答している。

「でも、そんな一緒に飲むほど、お二人って接点……」

「俺が一課にいた最初の頃の方に、宮田が事務に付いてくれてたから。その時からけっこう交流はあるけど」

そこで軍司は少し間を空けて、それに、と言葉を次いだ。

「俺、他に付き合ってる子いるし」

しん、と一瞬、そのテーブルだけでなく、周囲までが静まり返ったような気がしたのは、気のせいではなかったはずだ。何か言葉が出そうになったのか、梨花がぱっと口を手で塞いだ。澪はそれを見ながら、跳ね上がった自分の鼓動の音を聞いていた。驚くほど、ドクドクと波打っている。まさか、と、いやでも、の間で激しく心が揺れていた。

「え。それって、社内で付き合ってる人がいるってことですか？　えっだれ……」

佐藤あかねのやや興奮混じりの声が聞こえてくる。一課の主任や他の女子社員からも、まじ、うそ、といった驚きの声が上がっていた。今までにその手の話題がほとんど出ていなくて、彼女がいるかいないかも謎とされてきただけに、その告白はかなりの驚きを周囲に与えたようだった。

「そう、社内。そういうわけだから、宮田とは付き合ってないって噂広めといて」

軍司が笑いながらそう言ってその場を締めようとしたのがわかった。けれど、佐藤あかねはそれで引き下がるつもりはなさそうだった。

「じゃあ、社内恋愛はしないっていうのは……」

「あー、それは悪い。本当は言うつもりなかったから。社内で付き合ってる子がいるとは言いたくなくて、口実だった。でもこれ以上、変な噂が広がるのは避けたいし、宮田も迷惑だろうから」

「え、後で誰か俺にだけこっそり教えて」

そこで黙っていられなくなったのか、一課の主任が急に口を挟んできた。はあ？　無理、お前口軽そうだもん、と軍司が返し、そんなことねえし、と主任が答えて話題が逸れる。それに焦れたように佐藤あかねが口を開いた。

「それって営業の人ですか？　部署は」

その問いに、聞いていた澪の身体がぎくりと強張った。まさかそんなはずはない。今、こんな微妙な時に、言うわけなんてない。大体軍司の言う、付き合っている子とは本当に自分のことを指しているのか？　頭の中のまとまりがなくなって考えがグルグル巡る。澪は自分に大丈夫だと言い聞かせたが、なぜか妙に嫌な予感がした。一刻も早くこの場を離れた方がいい。直感的にそう思った。自分の衝動に従って、軍司たちのテーブルの会話に意識を持っていかれている梨花をちらりと見ながら、器の底に残っているうどんを口に掻き込む。

「そうだけど」

なんてことない口調で軍司が答えている。その迷いのない言葉に澪の中で更に嫌な予感が駆け巡った。

（いやまさかそんな、うそでしょ）

この先の会話の行方《ゆくえ》を聞きたくないようで聞きたいようで、やっぱり聞く勇気がない。気付けば、額に汗が滲んでいる。背中にもじっとり汗をかいていた。

「じゃあ、二課……」

（……まって、まって）

どんどん核心に迫っている。澪は乱暴に箸を置いてトレイを握った。

「いや、三課」

ぎゅっと心臓を鷲掴みにされたような衝動が澪を襲った。ひゅっと息を呑み込む。信じられないという顔で一瞬動きを止めたが、すぐにはっと我に返り、小さな声で素早く梨花に話しかけた。

「ごめん、私、急ぎで確認しなきゃいけないことがあったの思い出した。先行くね」

「え」

返事を待たずにぱっと立ち上がると、なるべく目立たないように小さくなって、早足で食器の返却口に突進した。そして、カウンターにトレイを置くと、近くの出口から廊下に滑り出た。そのまま急ぎ足で廊下を歩いて階段を目指す。

(どういうこと⁉)

どっどっどっと心臓が早鐘を打っていた。誰かに自分の存在が気付かれる前にとにかくあの場所からいなくならなければという一心で出てきたので、周囲を確認する余裕はなかった。軍司は、周りにいた人たちは、どういう顔をしていたのだろうか。

梨花には悪いことをした。けれど、澪が逃げるようにあの場を立ち去った理由にすぐ気付くはずだ。つまり、軍司の彼女が誰なのかを。梨花だけではない。軍司がたとえ、あの後はっきりと名前を出さなかったとしても、あそこまで言えば、ちょっと考えればわかるだろう。消去法で考えれば、対象者は一人しかいないのだから。

三課の女子社員は澪を除いてみんな、既婚者だ。結婚していないのは、澪だけ。不倫を堂々と告白なんてする人はまずいないだろうから、つまり、自ずと答えは絞られる。

澪は軽いパニック状態で、ポケットからスマホを取り出した。

預かった鍵で家の中に入ると、澪は小さく息を吐いた。

玄関で靴を脱いで廊下を進む。前回ここを訪れたのはそんなに前のことではないのに、嗅ぎ慣れたはずの軍司の家の香りはなぜだか懐かしく感じた。リビングに入り、部屋の電気を点ける。昨日まで出張に行っていたせいか、いつもはそんなに散らかっていない部屋の中はどこか雑然としていて、ローテーブルの上には、いつもより物が多く置いてあった。キッチンを覗くとシンクに洗われていないコップがいくつか残されている。澪はコートを脱いでバッグと一緒に部屋の隅に置くと、エアコンを点けてからシンクのコップを洗いにかかった。それが終わるとローテーブルの上を簡単に片付ける。他の部屋を片付けたり、きっと溜まっているだろう洗濯物に手を付けたりしてもよかったが、そこまでするのは何となく気が引けた。手を止めてスマホを持ってソファにもたれかかる。

時刻は八時を過ぎたところだった。

昼休みに軍司がカフェテリアでほとんど二人の関係を暴露してしまったせいで、澪はあれから何かと大変だった。

まず梨花の追及がすごかった。澪はすぐに、軍司にどうしてあんなことを言ったのかメッセージで聞こうと思ったのだ。けれど梨花からものすごい勢いでメッセージが次々と届いた。軍司と付き合ってるのか、どういうことだ、なんで言ってくれなかったのか、というようなメッセージが来て、ついでに電話も来て、誤魔化すのは無理だと思った澪は、黙っててごめん、もう少ししたら言おうと思っていたとひたすら謝った。最後は月曜のランチで詳しく話を聞かせることで、何とか宥めた。

そんなことをしている内に休憩時間ギリギリとなり慌てて三課に戻ったが、昼休憩直後は、カフェテリアでのことはまだ誰も知っている様子はなかった。しかし、時間が経つにつれて、澪が敏感になっているだけかもしれないが、徐々に、視線を感じるようになった。終業近くなってくると遠巻きにひそひそ話をされているような気もして、なんだか居心地の悪さまで感じてしまった。直接何かを言ってくる人はいなかったが、確実に話が広まっている雰囲気を澪はありありと感じた。軍司は社内で目立つ存在だし、週明けにはもっと広まるだろう。おかげで何をしたわけでもないのに、やたらと気疲れしてしまった一日だった。

澪はまた時間を確認する。軍司はまだ帰ってこないだろうか。澪はスマホを持ったまま、ころんとソファに寝転がった。すっかり見慣れたモスグリーンのソファ。感触を確かめるようにその表面をゆっくりと指で撫でた。

あの後、軍司は澪より少し遅れて戻ってきてから、まるで何もなかったような態度で平然と仕事をしていた。一回だけその姿を確認してからは、誰かに見られているような気がして、軍司を視界には入れないようにしたが、気付けば仕事中なのに、カフェテリアでの軍司のことばかり考えてしまっていた。

なんでこのタイミングで、あの場所で、あんなことを言ったのだろう。澪に幻滅していなかったのか。

カフェテリアから逃げてきてすぐの時は澪もだいぶ混乱していたので、勢いのまま軍司に問い詰めるようなメッセージを送ろうとしていたが、送るタイミングを逃して、少し冷静になると今度は何をどう聞けばいいのか、迷いが生じ始めてしまっていた。それによく考えればメッセージで済む類の話ではないような気もした。

その内に可能性を探ることにも疲れて、とにかく話さなければならない、どんなに遅くなってもいいから、やっぱり今日会うべきだと、そんなことしか考えられなくなって、周囲を窺いつつスマホを見ると、軍司からメッセージが来ていることに気付いた。

『なるべく早く仕事を終わらせるから、今日会って話したい』

用件のみのシンプルなメッセージだったが、なぜだか胸をぎゅっと掴まれたような感じがした。

澪はすぐに了承のメッセージを返した。そして、そのままじりじりと時間が経ち、澪が仕事を終えて退社する時に、追ってきた軍司に鍵を渡されたのだ。家で待っていてほしいと。

はあ、と澪は息を吐いた。この後のことを考えれば、落ち着けるわけがなかった。軍司は夕食は残業しながら適当に済ますと言っていたので、ここに来る途中で時間を潰すために寄ったカフェでサンドイッチを仕方なくつまんだが、空腹も全く感じていなかった。寝転びながら意味もなくスマホを操作する。ニュースを見たり、アプリを立ち上げたり、気になっていた化粧品を検索したりしてみたが、全く集中できない。気もそぞろでただ時間だけが妙にゆっくりと過ぎていった。

しばらくするとスマホを見ていることにも飽きて、テレビでも点けようかと上体を起こしかけた。

すると、玄関の方で扉が開閉する音が聞こえた。

びくんと自分でも驚くほど身体が揺れた。鼓動が速まってにわかに緊張が高まる。じっと音のする方を見つめていると、廊下を歩く音が聞こえて、がちゃっとリビングの扉が開いた。

「ごめん、遅くなって」

ソファに座っている澪を見ると軍司は少しだけ表情を緩めた。キッチンカウンターのところまで歩いてくると、手に持っていたビジネスバッグをそこに置き、コートを脱いでカウンターの前に置いてある椅子にかけた。それからネクタイを緩めながらソファに近付いてくる。澪はその姿を黙って目で追っていた。思った以上に緊張が高まっているのか、なんだか胸がぎゅうっと苦しくなって、上手く言葉が発せなかったのだ。そして、その姿が目の前まで来た時、澪の緊張はピークに達した。

「寝てた？　髪の毛絡まってる」

そんな澪の心境など一向に気付かない様子で、軍司はふっと笑って自然な仕草で澪の髪に触れた。絡まりを解くかのように指を動かす。それから澪の顔を覗き込んで、何か難しい問題でも発見したかのように眉を顰めた。少しだけ目を逸らすと、ふっと息を吐く。髪に触れていた指をすっと離した。

軍司はソファに座り直すと、少しだけ身体を澪の方に向けて、妙に改まった雰囲気を纏って口を開いた。

「ごめん、付き合ってること勝手に会社で言って。怒ってるよな」

「え……」

いきなりストレートに謝ってこられるとは思ってなくて、驚いた澪は一瞬、反応が遅れた。驚いたし戸惑ったけれど、別に怒っているわけではなかった。軍司が、澪が怒っていると思っていたことも意外で、意表を衝かれて面食らったように目を瞬いた澪はぽかんと口を開けて軍司を見た。

そんな澪を見た軍司は気まずげに目を伏せた。何かを躊躇うかのように口元に手を当てている。少しの沈黙の後、軽く息を吐いた軍司がそのままの体勢でまた口を開いた。

「必死すぎて引かれるかもしんないんだけど、やっと付き合えたから、どうしても別れたくなかった」

「…………え？」

やっと、付き合えたから？

何を言ってるんだろう。まさかそんなことを言われるとは思っていなくて、その言葉は澪を盛大に混乱させた。戸惑いの顔で忙しなく目を瞬かせる。今までのことと軍司の言葉の意味を一生懸命繋ぎ合わせようとするが、全然結び付かなくて、頭の中は瞬く間にこんがらがってぐちゃぐちゃになった。

軍司が自嘲気味に笑う。

「あーあ。やっぱ引いたよな。でも、別れるつもりないから」

「ちょ、ちょっと待って。どういう……え、やっと付き合えたって、それって、軍司さんは付き合う前から私のこと……」

ようやく絞り出した言葉だったが、動揺が表れたのかやたらと途切れ途切れになってしまっていた。その反応に何言ってんだと言わんばかりに軍司が眉を顰める。軽く首が傾けられた。

「前から好きだったけど。確か最初に言った。澪のことずっと前からいいなって思ってたって」

確かに言われた。でもその言い方だと割と軽めのニュアンスにも捉えられると思ったのだ。けれど今はそんなニュアンスの問題で揉めている場合ではない。澪は高鳴る鼓動と逸《はや》る気持ちを抑えるかのように自分のフレアスカートの布地をぎゅっと握った。

「そ、それはいつから……？」

え、それ聞く？　と言った軍司の顔に若干の照れまで感じられてなんだかクラクラしてしまう。

澪の中ではまだ辻褄《つじつま》が合わないと感じている部分もあるが、それでも、初めて軍司の本心に触れている気がして、せり上がる気持ちが胸の中で弾けそうなぐらい急速に膨らんでいくのがわかった。

「……澪が、総務課の時」

「……総務⁉」

澪のひっくり返ったような声に、だから嫌だったんだよなと軍司は不貞腐《ふてくさ》れたように呟いたが、その今までにない口調がまた真実味を感じさせた。けれど、澪が総務にいた頃と言えばけっこう前のことになるし、その頃軍司とはほとんど喋ったこともなかったはずだ。接点なんかあったかなと不思議に思った澪は呆気にとられた顔のままで軍司を見た。

「営業のヤツらってけっこう三階の女の子のこと話題にすんだよ。営業は割と押し強めの女の子が多いから。三階の総務とか経理には優しい雰囲気の女の子が多くて癒やされるって。それで澪のことも聞いてて。総務の菅原さんは見た目ふんわりしてて守ってあげたい系で押しに弱そうなのに、仕事でもそれ以外でもかわし方が上手くてえらいガードが堅いって、一時期一部のヤツらの間でよく噂になってた」

そこで思い出したようにふっと笑う。最初は諦めたように口を開いた軍司だったが、一旦話し出してしまえば、その口調は存外に滑らかだった。

「それがなんか記憶に残ってて、俺もああ、あの子かって総務に用事があった時に澪を見て。普通にかわいいなとか思ってた。でも最初はそんぐらいで、まあさすがにその程度でいちいち恋愛感情持ったりはしなかったけど、一回だけ何かで総務に問い合わせた時、澪が対応してくれたことがあって」

覚えてる？　とやたらに優しい口調で言われて、澪は困ったように目を瞬いた。総務の頃は他部署から問い合わせを受けることがけっこうあって、おぼろげにそんなこともあったような気もするが、はっきりとした記憶はなかった。

けれど軍司は澪の反応をあまり気にした様子もなく、淡々と言葉を続けた。

「何でもかんでも総務に持ち込むヤツもいるから、内容によっては露骨にあしらわれたりすることもあるって聞いてたんだけど、その時の澪は丁寧に対応してくれて。すごい感じがよかったんだよな。噂と違うじゃんって思って、そっからかな。三階に行くと姿探しちゃうようになったのは」

「……それだけで……」

「それだけじゃないよ」

ぽろりと口から零した言葉を否定した軍司が、不意に真剣な眼差しでじっと澪を見た。そんな顔で見られるとなんだか苦しくなる。けれども視線を逸らすことはできなくて、澪は何かを飲み込むかのようにごくりと喉を動かした。

「ほんとはこういう話あんましたくないんけど、俺、昔からあんまり恋愛の優先順位が高くなくて、仕事とか趣味とか友人関係とか、昔だとバスケとかそういうのの方が大切で、だから向こうから来てくれる子と付き合うことが多かったんだ。でもそういう子って恋愛のウエイトが大きいから、あんまり合わなくて、すぐに振られたり別の男に乗り換えられたりして、それで、ここ最近は誰とも付き合ってなかった」

そこまで言うと、軍司は一旦言葉を切って少しだけ口の端を上げた。

「正直言うと、そういうのがけっこう面倒くさくなってた。でもなんか澪を見てると、こういう子だったら自然に付き合えるんじゃないかって思ったりして。その時、ちょうど三課を任せられたばっかりで書類とか伝票の出し方で割と三階に行くことが多かったんだ。澪はいつ見ても誰に対しても感じよく対応してた。見てて、気付いた。すごく人のことをよく見てる子なんだなって。相手によって対応の仕方が違ってて、たぶんよく考えてるんだろうなって。でもそれが無理のない感じで、やたらと印象に残って」

好きになってた、と軍司ははっきりとした口調で言った。

こんな、自分でも思ってもみないところを見てくれていて、思ってもないほど前から好きだったと告白されて、そんな切れ長の瞳で真っすぐに目を覗き込まれたら、心を動かされない女の子なんていないのではないだろうか。

(こんなの、反則……!)

唇の縁がプルプルする。胸がじんと痺れたようになって、思いがけず涙がせり上がってきそうになる。何度か息を吸ったり吐いたりして呼吸を整えると、澪は思い切って口を開いた。

「な、なんで、それを……」

声が震えそうになって耐えきれず、途中でごくんと唾を飲み込む。

「最初に言ってくれなかったんですか?」

言ってくれたら、もっと信じられたのに。

噂とか軍司のちょっとした態度とか言葉に、あんなにも翻弄されずに済んだのに。

我慢できず素直な疑問を口にすると、軍司は不満げに眉を顰めた。ため息をつきながら髪の毛をガシガシと掻く。

「いやだって、澪は俺のこと別に好きじゃなかっただろ」

ちょっと突き放したような口調で発せられた言葉に、澪は目を見開いた。

「え？」

「え、じゃなくて。ガード堅いし、総務の時だって口説きあぐねてたのに、三課に配属されてほんとどうしようかと思ったんだよ。部下に手を出したらまずいと思って我慢してたのに、近くで見てたらもっと好きになっちゃうし。でも、全く脈ナシって感じで、傍にいたらただの上司としか見られてないこと、そりゃわかるだろ」

俺、めちゃくちゃ格好悪いこと言ってない？　と脱力してソファにもたれかかった軍司が自嘲気味に笑った。

「セコイやり方だとは思ったんだよ。でもあの時、飲み会で澪が初めて隙見せたからさ。こんなチャンスもうないと思って付け込んだ。普通に言ったら断られると思って、下心見せないで断りづらい雰囲気に持ってって、家に呼んで。多少強引にでも一回寝て既成事実作ったら澪は流されると思った。そうやって逃げ道ふさいでいったらいつかは俺にはまってくれるんじゃないかっていう作戦」

あーあ、言っちゃったと前を向いたまま、肩を竦めて薄く笑いながら軍司が呟く。はーっと息を吐いて軽く頭を掻くと、ちらっと澪を見た。

「なのに、加賀と宮田と佐藤のせいで、変なことで揉めるし。ちなみに宮田は加賀と付き合ってるから。結婚間近までいってたのに、加賀が支社で変な女にちょっかい出されて、それで今、揉めてんだよ。俺は二人が付き合ってることをだいぶ前から知ってて、加賀と二人で飲んでた時に宮田から電話があってそこで揉め出したから、いっそ呼んで話したら？　って言ったの。宮田は最初からそのつもりで近くまで来てて、三人になったたってわけ。佐藤が見たのはその店から出たところだろ。加賀はそん時はちょうどトイレかなんか行ってて」

「え……」

「澪に言わなかったのは、その時話の決着がつかなくて、二人が別れるか別れないか、かなり深刻な状況だったから、口外しづらかったんだよ。加賀から誰にも言わないでほしいって頼まれてたし、俺たちも付き合いたてで、澪の前で社内恋愛の成れの果てみたいなナーバスな話したくなかったから。その内、二人の方向性が決まってから、ちらっと言おうかなとか思ってて。まさかこんなことになると思わなかったんだよ」

あげくの果てに、飲み会で加賀に宮田を見張ってとか頼まれて、宮田に余計なことすんなって怒られるしな、と皮肉っぽく笑いながら言った軍司がまだ言葉を続けようとしたのを遮るように、澪は腕をぎゅっと掴んだ。

顔が熱い。ここまで言ってもらって、もう軍司の言葉を疑うことなんてできるわけがなかった。勘違いから大騒ぎをしたのだ。羞恥心が込み上げてきていた。けれど、それだけではなかった。嬉しさとか、後悔とか、驚きとか、色々な感情が胸の中でぐるぐると渦を巻いている。どんな顔をしていいのかわからなかった。喜びで胸が潰れそうになって、消極的だった自分に嫌気が差して、なんでもっと上手くできなかったのだろうと泣きたくなってくる。そしたら軍司にこんな思いをさせなくて済んだのに。

「なに？　言っとくけどもう開き直ったから、澪が思ってたのと違ったたって言っても別れるつもりないよ。公言しちゃったから社内的にも当分は無理だろうし。ここまでされて怖くなった？」

ぶんぶんと頭を振る。すると、軍司が澪を覗き込むように顔を傾けた。

「泣いてんの？　泣くほど嫌とかへこむからやめて」

「ちが……くて。私も別れるつもりなんてないです」

「え？」

「私も、付き合う前から、好きだったんです……軍司さんのこと」

やっと、言えた。軍司の話に付いていくのが精一杯であまりに言い出しあぐねていたせいか、妙な安堵感が澪を包む。詰めていた息を吐き出すと、思いきって顔を上げた。視線を合わせると、軍司が驚いたように澪を見ていた。

思ってもみなかったと言わんばかりの軍司の顔に、にわかに気まずさを覚えた澪は誤魔化すような笑みを向ける。言い訳をするかのように慌てて口を開いた。

「わ、わかりづらくてすみません。だって自分と比べたら全然レベルが違うというか、若くして課長だし、格好いいし、絶対もてるし、女の子なんて選《よ》り取り見取りだって思ってて。自分なんか絶対に相手にされないって……思ってて、だから気持ちを封印してたというか……それなのに、誘われて、舞い上がって、でもやっぱり自信が持てなくて、本当に彼女なのかわからなくなって、不安で……」

そこで言葉を途切れさせた澪は、ちゃんと言葉にしなくてすみません、と最後は小さく謝った。焦りもあって、話している内に色々な気持ちが込み上げてきて、だいぶ口調が不安定になってしまっていた。途中何を言っているのかわからなくなって言わなくてもいいことも言ってしまったような気がする。急に恥ずかしくなって澪は軍司のスーツを握っていた手をぱっと放そうとした。すると、入れ違いのように軍司がその手をぎゅっと掴んだ。

「今の話、ほんと？」

乗り出すようにして澪の方にぐっと身体を向けた軍司に、思いのほか真剣な目で覗き込まれて、慌ててコクコクと頷く。

「じゃあ俺たち、同じ気持ちだったってこと？」

「……みたい、ですね」

勢いに呑まれてもう一度頷くと、軍司は下を向いてはーっと盛大にため息をついた。

「……マジか」

呟くように言葉を発した軍司が身体の力が抜けたとでも言うようにふらっと動いて澪の肩に額を押し付けて頭をのせた。何かを思う暇もなく、そのまま身体に回ってきた腕が澪をぎゅっと抱きしめる。

「なんだこれ。やばい。すごく嬉しいんだけど」

独り言みたいに言ってから、軍司は澪を抱く腕に力を込めた。

「今日、泊まっていって」

そんなこと、言われなくてもだった。軍司が言うことにいちいち同意できてしまうほど、同じ気持ちだと思った。澪はは い、と言ってからどこかフワフワした気持ちでその腕の感触に浸る。これは、本当のことだろうか。自分が思ってもみなかったことが色々とありすぎて、なんだかあまり現実感がなかった。

思わず確かめるかのように澪の口から言葉が零れた。

「でも、とりあえず、キスしたいです」

「俺も」

顔を上げて笑った軍司が澪の唇を塞いだ。

「ん……」

唇に押し当てられた柔らかい感触を澪は目を閉じて味わった。淡い触れ合いからキスは角度を変えてすぐに深くなる。濡れた唇を割って入り込んだ舌が口内を探った。口蓋《こうがい》をねぶられ、舌が絡めとられる。いつもと同じ軍司のキスの仕方。でもなんだか今日はいつもよりも甘く感じる。澪はぎゅっと軍司のワイシャツを握った。夢中で舌を絡め返す。激しくなっていくキスに息が上がっていく。苦しいぐらいだったが、胸の中は幸せで満たされていた。

今まで軍司と何度もキスはした。けれど、相手が自分を好きだという確信の中で交わすキスは、今までとどこか違っていた。

唇が離れる。少し息を乱した軍司がしゅるりとネクタイを取ってソファの下に落とした。

「優しくしたいけど、できないかも」

「え」

またぐっと距離を詰めた軍司が澪をソファの座面に押し倒す。そのままのしかかるように身体の上に覆いかぶさってきた軍司を澪は下から見上げた。

「……ここで?」

「またそんなこと言ってんの」

澪の顔の横に手をついた軍司が上から呆れたように笑った。

「だって、シャワー……」

今日、けっこう汗かいて……と、澪がもごもご言うと、笑いながら首筋に顔を埋めた軍司がちゅ、ちゅとそこを啄んだ。

季節は冬だが、今日は主にカフェテリアでだいぶ変な汗をかいた。今更なのかもしれないが、そんな身体で事に及ぶのにはやっぱり抵抗があるのだ。確かに今は二人ともすごく気持ちが盛り上がっていて、そんなことを気にする雰囲気ではないのかもしれないが、そのあたりの恥じらいもやはり捨てきれなかった。

「全然大丈夫。前に言ったよな。すげえいい匂いだって。それに今までもシャワー浴びてない状態で散々舐めたことあったし」

今更、と言いながら軍司は澪の着ているカットソーを捲り上げた。裾を掴んでそのままぐいっと上に引っ張る。

「脱ごっか」

ストレートに言われて、恥ずかしさを誤魔化すように澪は困ったような表情を浮かべた。けれど軍司はあまり気にした様子もなく、そのままカットソーを頭から抜いて取り去ってしまう。そして、なんだかんだ言って澪も背中を浮かしてそれを手伝ってしまった。同じようにして中に着ていたインナーも脱がされ、澪の上半身はあっという間にブラだけになってしまう。

そこまで来ると、澪も半ば諦め始めた。本当はシャワーを浴びてきれいな身体で余計なことを気にすることなく、軍司に身を委ねたかったが、そうやって求められるのも本当は嫌ではない。

鎖骨に唇が落ち舌が肌をくすぐった。澪が身を捩ると、その隙に背中とソファの間に入り込んだ手が、ぷつんとブラのホックを外した。緩んだブラはあっさりと上へ押し上げられて、胸の膨らみを骨ばった大きな手が包む。

「んっ」

すり、と指が先端を掠めた。上擦った声を上げると、やたらとゆっくり指先が先端の上を撫でる。次にちょっと強めに円を描くように刺激されると、そこは待ちかねたようにぷくっと勃ち上がった。主張するように尖ったそこを硬い指先がクニクニと押し潰す。

「あっ……」

掠れた声が空気を震わした。弄られている胸の先からじわじわと快楽が身体に広がっていく。すると、半開きになった唇が柔らかいもので塞がれた。軍司は優しく唇を啄みながら、両方の手ともブラの下に突っ込んで、胸を揉みしだきながら同時に親指で尖りを弄り回した。

「めちゃくちゃ柔らかい」

しばらく胸を好き勝手に触っていた軍司だったが、不意に身体を起こすと胸から離れて澪のスカートに手をかけた。ブラは途中で外されたので上半身は裸だったが、下半身はまだ服を身に着けたままだった。軍司が下を脱がしにかかっていることに気付いて、キスで蕩けさせられた思考が少しだけ冷静さを取り戻した。

「ま、待って」

「なんで?」

手を止めた軍司が視線を上げた。止められたことに驚いたようで心底不思議そうな顔だった。澪はおずおずと口を開く。

「あの、ベッドに行きたいです」

やっぱり煌々《こうこう》と電気が点いた中でというのはどうも落ち着かない。いちいち恥ずかしさが先に来てしまうからだ。せめてもと思って澪はそう言った。

「いや、無理」

「えっ」

けれどなぜか軍司はきっぱりとその言葉をはねのけた。それも却下されるとは思わなかった澪は思わず驚きの声をあげてしまう。

「俺がどんだけ興奮して我慢してると思ってんの？　もう一刻も早く進めたいんだけど」

それにさ、と言葉を続けた軍司はうっすらと意地の悪い笑みを口元に浮かべた。

「俺、澪が俺と別れたいってもし言ったら、強引に押し倒してめちゃくちゃにイカせまくって、とりあえず身体が離れられないようにするしかないかなとか、AVみたいなこと考えてたんだよね」

だから、今日はいっぱいイこうな、と全然「だから」には繋がらないことを言って、軍司はスカートを引き下ろした。

澪に抵抗を許さない速さでストッキングも取り払った軍司は、ふくらはぎを掴んでぐいっと脚を広げさせた。そのまま身体を倒して、ちゅっと太ももの内側に唇を押し当てる。その部分の柔らかい肉に緩く歯を立てた。

「まだ触ってないのにびしょびしょじゃん」

「も……黙って……！」

さっきから軍司の言葉に澪の顔は赤くなりっぱなしだった。おそらく首まで赤くなっているだろう。返答に困ることばかり言われて、困ったように目を瞬かせることしかできなかった澪は、一番指摘されたくなかったことを言われて、耐えきれず声を上げた。

わかっていたのだ。濡れていることは。

気持ちが通じ合ったということがこんなにも身体に影響を及ぼすものなのか。いつもよりも感じてしまっている。キスをされながら胸を弄られて下腹部がどうしようもなく疼いていた。脚の間が熱を持ってじんじんとしている。おそらく下着は濡れてそこだけ色が変わっているのだろう。この明るさの中で見たらそれははっきりとわかるはずだ。

だからベッドに行きたいって言ったのに。寝室に行けば、わざわざ電気は点けないのだから、まだ誤魔化せたはずだ。

たまらず身体を捩って視線から逃れようとすると、やだと笑った軍司が澪の脚を押さえてその動きを阻んだ。そして、下着の上から、その濡れている箇所に指を這わせた。

「んっ」

途端に身体がびくっと跳ねて反応してしまう。

軍司はゆっくりと指を下から上、上から下と秘裂をなぞるように動かした。まるで待ってましたとでも言うかのように、それだけでじわじわとまた蜜が染み出す。それを確かめるみたいにぐりぐりと膣口あたりを刺激した指が、ついっと上に移動した。

「あっ……やっ」

ぐりんと花芯が押し潰される。布越しだったがその刺激は強い快楽を孕んでいて脚がびくんと跳ねる。軍司はそのまま花芯を捏ねくり回すかのようにグニグニと指先を動かした。

「あっ、ん、んん」

しばらくその動きをされると、感じている声が漏れてしまう。澪はまずいと思った。まだパンツも脱がされていないのに、このままだと早速、高みに押し上げられてしまいそうな前兆が自分の身体に起こっている。軍司の指が花芯を押し潰す度にすごい勢いで快感が駆け上がってきていた。

「だ……め、ちょっと、ストップ……っ、あっ……んんっ」

抵抗の言葉も虚しく、その衝動を押し留めることもできず、呆気なく澪の身体は快楽に浸された。イッてしまったことが恥ずかしくて腕を上げて顔を隠す。ぎゅっと目を瞑った。けれどびくびくと動く身体は如実にそのことを伝えてしまっただろう。そう思うと、恥ずかしさでどうしようもなくなった。

「パンツも脱がない内にイッたの？　エロいな」

案の定、軍司が目を細めてそんなことを言う。それを聞いた澪は無理に力を入れてまだ熱が燻《くすぶ》る身体を強引に起こした。抗議の思いを込めてどんとワイシャツを着たままの軍司の肩を押すようにして叩く。

「だから、ストップって言ったのに」

「え？　怒った？　ごめんごめん」

振り上げた手を優しく掴んだ軍司がもう片方の手で澪の身体を引き寄せた。宥めるように抱きしめられる。

「恥ずかしがる澪がかわいくてさ。つい色々言いたくなっちゃうんだよな」

腕の中に入れられて、耳元で優しく囁かれると澪の勢いはすぐに萎《な》えてしまう。それに元より怒っているわけではなく、澪の行動は完全に照れ隠しからのものだった。けれど、この機に乗じて、と澪は拗《す》ねたような声を出した。

「ベッド、行きたい」

「わかった」

今度はあっさりと了承した軍司が、ちゅ、と頬にキスを落としながら髪を撫でる。至近距離から優しい眼差しを注いで、ん？　と何かに気付いたように首を傾けた。

「まだ何かある？」

「……じゃあ、そっちも服、脱いで……ほしい」

自分だけパンツ一枚で軍司はまだネクタイを外しただけの姿というのが、何となく恥ずかしかった。そんな思いからおずおずとそれを口にすると、軍司はそれもあっさり頷いた。

「了解」

ふっと笑ってワイシャツのボタンに手をかけながらソファから立ち上がった軍司が、おいでと澪の手を引っ張る。言われるがままに立ち上がった澪は、まるで子どものように手を引かれながら寝室に入った。

「まだ寒いから布団に入ってなよ」

ある程度暖まったリビングと違って寝室にはひんやりとした空気が横たわっていた。ベッドに座らせた澪に声をかけながら軍司がエアコンのリモコンを手に取る。

確かに寒い。その言葉に素直に従った澪はベッドと毛布の間に身体を滑り込ませた。横になって待っていると、エアコンのスイッチを入れた軍司がワイシャツを脱ぎ出した。その下のTシャツも脱いでぞんざいに床に放る。ベルトに手をかけたところでちょっと待っててと言って一旦部屋から出ていった。何かを手に持って戻ってきた軍司はそれをベッドの端に放ると、スラックスも脱ぎ捨てて澪の隣に身体を寄せた。

「ベッドで服脱いで準備万端にしたら、俺、我慢できなくなってすぐに挿《い》れたくなっちゃうよ？」

いいの？　と澪を抱き寄せながら軍司が腰を押し付けてきた。お互いに下着しか身に着けてないので、硬いものが自分の下腹部に当たっている感触がはっきりとわかり、澪の頬が熱くなる。けれど、先ほどとは違って、どちらからもはっきりと表情を窺うことができないぼんやりとした暗闇の中というのが、澪の羞恥心を少し和らげた。

「そ、それでも、別にいいです」

澪は目の前にある、軍司の男性的な筋張った首を見ながら少し早口めで言った。

「あ、敬語戻った。さっきまでせっかくいい感じに敬語取れてたのに」

「え？」

「俺たちもやっと気持ちを打ち明け合って一皮剥けたわけだし？　いい加減、敬語は禁止で」

視線を上げると軍司が笑ってこっちを見ていた。確かにその表情には、上司の時の軍司の雰囲気は欠片も残っていない。

だからだろうか。

確かに言われてみれば、そうしようと思ったわけでもないのに自然に敬語を使わないで話していた。

今までだって、二人で会っている時は軍司はもちろん仕事の時とは違っていた。けれども、今の軍司はその時ともまた違っているような感じがした。何と言うか、もっと自然体で、もっと素に近いような気がする。だから、澪も知らずとその雰囲気に釣られたのかもしれない。

そんなことを考えていると、あとさ、と軍司が言葉を続けた。

「いい加減、軍司さんもやめない？」

「え？」

「俺の名前、知ってる？」

その問いかけに、澪は目を丸くしてから、はっと声を上げた。

「もちろん、知ってま……す、る」

「知ってまする？　変な言葉遣いになってる」

ぷっと噴き出したように笑った軍司には反応せずに、澪は妙に緊張気味に口を開いた。

「……と、悠太……さん？」

「彼氏なのにさん付け？　普通に呼び捨てでいいよ」

切れ長の目を細めた軍司の指が髪の毛に触れる。そのまま耳に下り、つっと首筋を撫でられたところで、くすぐったさを覚えた澪は逃げるように軍司の胸に顔を寄せた。

(呼び捨てとか、ハードル高い！)

名前を呼ぶだけでもあんなに構えてしまったのに、呼び捨てなんて無理だ。

年上だし、上司だし、躊躇《ちゅうちょ》する理由が多すぎる。澪は返答に困って表情を隠したまま黙り込んだ。

すると、上から、澪？　と軍司が名前を呼ぶ声が降ってくる。

「俺、澪に呼び捨てで呼ばれたいんだけど」

強請《ねだ》るような声で言われると、無理、なんて言えなくなる。

澪はずるい、と思いながらおそるおそる顔を上げた。

「……悠太」

何とも照れくさくて微妙に目を逸らしながら小さい声で何とか言うと、軍司がふっと笑う気配がした。

「うん」

ちゅ、と唇が落ちてくる。何度か柔らかく食まれて、不意に離れた。

「好きだよ」

至近距離でそう動いた唇がまた澪の唇を塞いだ。

（え）

澪はキスを受けながら顔にぶわっと熱が集まるのを感じた。

ものすごく恥ずかしい。でも、口元が緩むのを抑えられなかった。

どうしてこんなにさらっと言えちゃうのか。イケメンがこんなことをするなんて反則だ。

澪が碌な反応もできずそうやって悶えている内に、軍司の唇がつっと下に移動した。

顎を通って首筋に下り、鎖骨へ滑っていく。ぼうっとしている内にちくっと胸元にかすかな痛みが走った。

「澪？　どうした？」

なんか呆けてるけど、と言った軍司がやわやわと胸を揉みながら澪に視線を向ける。

「だ、だって、今、すごい……さらっと」

「え？　ああ」

腰のあたりを撫でていたもう片方の手が下りてきて臀部《でんぶ》をぐにぐにと揉んだ。

「いや俺だって普通に恥ずかしいよ」

「え……うそ。慣れてる……」

「いや、そんなことはない。こんな風に言ったこと、ないし」

胸元に顔を埋めるようにした軍司が、れろと乳首を舐めた。ぐりぐりと強めに舌先で押し潰す。尖った先端を口内で転がされて、澪の唇から小さく声が漏れた。胸に触れていた手が下へ向かい、お腹を通って、ウエストからパンツの中に差し込まれる。茂みを掻き分けて、秘裂を撫でた。そこは未だに蜜を纏っていて、ぬると指先が滑った。陰唇の中に指が差し込まれ、ぬるぬると滑りながらそのまま膣口に浅く指が入ってくる。

「んっ」

敏感な粘膜を直に撫でられるような、直接的な刺激に、澪の腰がびくんと跳ねた。一旦静まりかけていた性感があっという間にぶり返してくる。乳首に歯を立てられて、胸の先がじんとなった。同時に蜜の量が増したのを、秘所が熱を持つような感覚で澪は察する。

「あっ、ん、ん、な……んで、すぐ、挿れるって」

挿れてほしいの？　と口の端を上げた軍司が指をずぶずぶと侵入させた。根本まで入れるとぐっと手首を押し付けるようにしながら指を震わす。そうすると中を刺激されながら、花芯が一緒に押し潰されて、澪の身体は瞬く間に快感に押し上げられる。

「んっ、あ、ん、や、それ、だめっ」

「さすがにここ解す前に突っ込めないから。これ、気持ちいい？　もう一回ぐらいイッとこうか」

指を二本に増やした軍司は何度か抜き差しすると、先ほどと同じように手の平を押し付けるようにして花芯を潰しながら、今度はさっきよりも激しく手を動かす。ぐちゃぐちゃと中を掻き回しながら、同時に乳首もレロレロと刺激され、たまらなくなった澪は唇を震わせて喘いだ。快楽がせり上がって何がなんだかわからなくなり、不意に一気に弾けた。

「んんっ！」

身体がびくびくと震える。澪は短く息を吐きながら、ぼんやりと宙を見つめた。頭の中がじんと痺れるような感覚。やがて波が去った後も名残で秘所が戦慄《わなな》き頭がぼうっとしてしばらく動けなかった。その間に軍司の手がパンツから引き抜かれる。軍司は緩くかかっていた布団から抜け出すと、先ほどベッドの端に置いた避妊具を手に取った。ボクサーパンツを脱ぐと、パッケージを破る。

「そんなに気持ちよかった？」

装着が終わったのか、足元に戻ってきた軍司が澪のパンツに手をかけた。そのまま引き下げられて、澪は無意識に腰を浮かせた。覆うものがなくなったところにがちがちに硬くなったものが擦り付けられる。

「んっ」

達したばかりの敏感なそこは、ただ擦られるだけでもひくひくと震えた。いつの間にか脚を大きく開かされている。しかし澪がそれに気を回す暇もなく、切っ先が膣口を押し広げるように中に入り込んできた。

「あ、ん」

定期的に身体を繋げているせいか、すっかり軍司のものを受け入れることに慣れた中は痛みを感じることはなかった。ただ挿入に伴う圧迫感はいつもあって、澪は無意識に軽く眉を顰める。

軍司はそんな澪の反応をよくわかっていた。無理には進めず、浅いところで留めて馴染ませるように軽く抜き差ししながらゆっくりと時間をかけて奥に押し進めてくる。そうすると澪の中は段々と柔らかくなって、途中まで来ると、あとはぐんと一気に貫いた。

「あー挿れただけで気持ちいい」

少し掠れた声でそう発した軍司が繋がったまま、身体を倒してきた。澪、と名前を呼びながら、唇を塞いでくる。優しく啄まれながら、腰を軽く揺さぶられると、あっという間に圧迫感は消えて、馴染んだ中が快楽を拾い始める。その、甘くて蕩けそうな感覚に、たまらなくなった澪は自分の上に覆いかぶさる軍司の身体にぎゅっと抱き着いた。

裸の肌と肌が触れ合う感触はそれだけで心地よかった。それに、自分の身体とははっきりと違う、厚みのある筋肉質な肉体にのしかかられていると思うだけでなんだかすごく燃えた。強請るように口を開きながら、鼻から甘い息を漏らす。

入ってきた肉厚な舌が貪《むさぼ》るように口内を掻き回す。軍司はぴったりと腰を付けたまま、ぐるりと回したり、既に暴かれてしまっている、澪の反応がいい場所を小刻みに擦り上げたりして、巧みに刺激してきた。そうすると、もっともっとと欲しがるように、澪の膣内は中の雄を締め付けて奥へと誘う。

「あっ、ん、ゆう、た……悠太っ」

少し乱暴だっていいから、もっと中を擦り上げて奥を突いてほしい。快楽に支配されつつある身体はもっと直接的な刺激を求め始めていた。頭の中がぼんやりとしてしまって、熱に浮かされたように軍司の名前を呼んだ。知らずと、背中に回した手に力が入る。縋るようにしがみついた。

「なに、もっと動いてほしいの？　エロいな澪は」

腰揺れてるし、と言ってにやっと笑った軍司が身体を起こす。腰が後ろに引かれて中を埋め尽くしていたものがずるずると抜けた。そして、澪が何か思う前に、それが勢いよく戻ってきて、ずんと奥まで突き入れられた。肌と肌がぶつかる音がぱんと鳴る。

「ぁあっ」

求めていたものが与えられて、中がぎゅうっと収縮した。そのあまりの刺激の強さに背中が反る。晒された喉が小刻みに震えた。続け様《ざま》に奥を突かれて目の前がチカチカし始める。突かれる度に結合部からは、ぐちゅんとはっきりとした水音が聞こえ、それがまた澪の性感を煽る。漏れ出る声が止められない。視界がぼんやりと滲んだ。

そうやって強い快楽に晒されていると段々と訳がわからなくなってくる。心も身体もがっちりと繋がったセックスは驚くほど、気持ちがよかった。

「澪、気持ちいい？」

「あっ、ぁっ、はっ、ん」

澪は喘ぎながら、必死にコクコクと頷いた。

「俺のに中擦られるの好き？」

「ぁっ、んっ、ん……す、き、んん、ぁっ、ゆう、た」

すき、と澪が荒い息の合間に零すと、大きな手が澪の手を捕らえた。指と指を絡めるように手が

繋がれ、その手を引き寄せるようにして、軍司は更に強く腰をぶつけてきた。追い立てるような速さで膣壁をゴリゴリと擦り上げて、澪を絶頂へ誘《いざな》っていく。

「俺も好きだよ」

その言葉がだめ押しだった。下腹部の奥がぎゅうっと収縮し、一際強く膣が戦慄いた。

「ああっ！」

がくがくと身体が震える。太ももの内側がじんと痺れて、足先がぴんと反った。強い快感が波のように寄せては返す。澪は目を閉じて短く息を吐きながらその感覚に身を任せた。

「中でイけたじゃん」

ぐっと奥まで押し込んだ状態で動きを止めていた軍司がはっと息を吐き出した。身体を倒して、達したばかりで動けなくなっている澪の頬や髪にちゅ、ちゅと唇を落としてから、ずるりと中のものを引き抜いた。

「後ろから挿れていい？」

そう言うと、澪の返事を聞く前にその身体をくるりとひっくり返した。腰が引き寄せられて、臀部が持ち上がったところで何かを言う前に後ろから硬いものが押し当てられる。ずぶずぶと押し入れられて腰が震えた。

「ちょ……待っ、て」

まだ絶頂の余韻が残る膣内は少しの刺激にも敏感に反応した。入ってきた雄に嬉しそうに絡み付いてぎゅうぎゅうと締め付ける。その素直な反応にこの先が恐ろしくなった澪は必死に制止の言葉を口にしたが、軍司は構わずぱんと腰を打ち付けた。貫かれて、呻くような声が口から漏れ出る。

奥まで入った状態で中を捏ねるように腰が回される。それも恐ろしいほど気持ちがよかった。脚で自分の体重を支えられていられなくなった澪のお尻が落ちると、軍司は後ろから覆いかぶさるように澪の身体に密着して、ぎゅっとその身体を抱きしめながら、下から中を穿《うが》った。背中や首に唇を押し当てられながらのしかかられて身動きが取れない。けれど、そうやって捕らわれている感覚は、それだけ求められていると証明するかのようで一層澪を高ぶらせた。

「あーやばい。澪がかわいすぎてめちゃくちゃにしたくなる」

言いながら軍司がまたぐんと奥を突いた。気持ちよさそうに吐息を漏らしている。限界が近付いているようで、軍司は少し身体を起こすと自分を追い立てるように腰の動きを速めた。

「あっ、ぁっ、ん、んっ」

軍司にだったら、めちゃくちゃにされてもいいと思った。澪はシーツに顔を押し付けてぎゅっと目を閉じる。あの感覚がまたすぐそこまで来ているのはわかっていた。ぐっと中に押し込んだものを扱くように、軍司が腰を揺すった。軍司の吐精を追うようにして、澪の身体がびくびくと震えた。

「澪」

何となく浅い意識のところを漂っていた澪は、唇に触れた柔らかい感触と自分を呼ぶ声に目を開けた。

瞬きをして隣を見ると、肘をついて軽く上体を起こした軍司がこちらを見ていた。

「おはよう。起きる?」

昨夜はあれからまた二回ほど事に及んだせいで身体がなんだか重だるかった。お互いの気持ちを確認しあってセックスになだれ込み、とにかく盛り上がってしまったことは否めない。だいぶ乱れて最後はどろどろ状態だった記憶もある。簡単に後始末だけしてそのまま眠ってしまったので、二人とも裸だった。

今何時だろう、と思いながら澪は眠そうな目で軍司を見た。

「眠い? まだ、寝る?」

寝るつもりはなかったが、起きるのはまだちょっと面倒くさかった。けれど覚醒しきっていない頭では、それを言葉にするのも億劫で、澪は黙って軍司の裸の胸に顔を寄せた。抱き着くように背中に手を回す。上でふっと軍司が笑った気配があった。ゆっくりと頭を撫でられる。そのまま髪を梳くようにされて澪はうっとりと目を閉じた。軍司の体温に包まれて軍司の肌の匂いを嗅ぎながら微睡《まどろ》むのは、ものすごく胸が満たされて、幸せな気持ちになった。

しばらくそうしていると、不意に軍司の手の動きが止まった。

「澪さ、一緒に暮らさない?」

その言葉に唐突に微睡みから引き戻された澪はぱっと目を開いた。

「サービスルームが空いてるから、そこに荷物置くのはどう?」

ベッドから起きてシャワーを浴び、昨日のシーツを入れて洗濯機を回し、軍司がシャワーを浴びている間に簡単な朝食を用意した澪は、軍司とソファに並んで焼いたパンとスクランブルエッグを食べていた。

さっきは驚いて曖昧な返事しかできなかったが、軍司は割と本気だったらしい。もうその体で話を進められていて、澪は迷いを滲ませて軍司を見た。

「え、もしかして一緒に住むのやだ？」

「そういうわけじゃないけど……」

「けど？」

「何て言うか……早くないかなって」

「そう？」

「だってまだ付き合って一……二か月ぐらい？」

しかも本当の意味で気持ちを確認したのは昨日だ。軍司の提案はとても嬉しかったが、そんなに早く事を進めて大丈夫かと戸惑う気持ちがどこかにあった。

軍司は総務の時の澪を見て好きになってくれたと言っていたが、会社での澪とプライベートでの澪はもちろん違うし、二人でいる時だってすべて素をさらけ出せているかと言ったら、出せていないところだってまだまだある。澪には軍司が思っているより雑な部分がけっこうあるし、面倒くさがりだし、たぶん思った以上に嫉妬深い面もある。

そういう澪の、言ってしまえば嫌な部分を軍司はどこまで許容してくれるのか。軍司は心が広そうな気はするが、少しずつ小出しにしてちょうどよい範囲を探りたかった。一緒に住むとなると、一気にばれてしまいそうだ。思っていたのと違うと言われたらどうしよう。それが怖くて自分が過剰に無理をするとか。澪が一緒に住むことに躊躇いを感じているのはそのあたりに理由があった。

「俺はけっこう澪のことを理解したと思ってる」

「でも一緒に住んだら……なんか違うって思うこともあるかも」

「たぶんないよ。そんなこと心配してんの？」

コーヒーを置いた軍司が片手で澪を抱き寄せる。澪は素直に軍司にもたれかかった。

（そりゃずっと一緒にいられたらいいけど……）

朝も夜もずっと好きな人と一緒にいられたらどんなに幸せだろう。でも家族以外の男性と一緒に暮らした経験なんてもちろんない澪にとって同棲はかなり未知の領域だった。

「まあ澪の家はとりあえずそのままにして、お試しみたいな感じでもいいけど」

「うん」

「グイグイいって引かれても嫌だからこれ以上押さないけど、俺は結婚も考えてるから」

「うん……え、結婚？」

驚いてぱっと顔を上げた澪を見て、軍司が困ったように笑った。

「そんなに驚く？　結婚まで考えてなかったら、職場で付き合ってるなんて言わないよ」

「あ……」

そこで澪は昨日のカフェテリアでのことを思い出した。そうだった。会社のみんなにばれてしまったんだ。その後の軍司の告白と三回のセックスで完全に澪の中で有耶無耶になってしまっていた。思い出すとちょっと憂鬱になる。

「澪は俺と結婚するつもりある？　もちろん今すぐじゃなくて将来的に、の話だけど」

覗き込まれて澪はすぐに頷いた。将来的な話で言えばもちろん、ある。言うまでもなかった。自分が幻滅されることはあったとしても軍司に幻滅することはない自信があった。独占欲を出されても束縛系のことを言われても全然嫌ではなかった。

「あ、あります」

澪が答えると、軍司は明らかにほっとした顔になって笑った。

「敬語になってる」

「……あ」

「名前は？」

「…………悠太」

「そこで照れるのがかわいい」

ちゅ、と赤くなった澪に軍司がキスを落とした。

そんな感じで土曜と日曜、澪は軍司の家で甘い時間を過ごした。ちょっとしたタイミングにキスをして、何度もセックスをして、激しくされたり優しくされたり、訳がわからなくなってドロドロになって微睡んで起きたら軍司がいて、澪はこんなに幸せでいいのかと思うぐらいだった。

そして、月曜。日曜に車で一度一緒に澪の家に行って、ある程度の着替えや軍司の家に置いておいたら便利なものを一通り持ってきていた。澪は仕事に行く時の服を着て、軍司の家の洗面所でメイクをしていた。隣では軍司が髭《ひげ》を剃《そ》っている。

「あっちの駅に着いたら別々に行った方がいいと思う」

「俺はどっちでもいいけど。まあ澪がそう言うなら」

「悠太は噂されるのとか気にならないの？」

「まあ……自分で言ったし。あんまり言える立場じゃない気がする」

「悠太にヒソヒソ言う度胸ある人なんてうちの会社にはいないか」

「え、俺ってそんなに怖がられてるの？」

「だって鬼軍曹でしょ？」

「それって、本当に言われてんの？」

「……たぶん」

「まじか。ただの噂だと思ってた」

髭を剃り終わった軍司は、肩を竦めると澪に視線を向けた。

「まあ俺はいいとして、澪の方も一応根回ししといたからそんなに心配しなくてもいいと思う」

「え？」

澪は眉毛を描いていた手を止めて驚いたように軍司を見た。

「根回し？」

「うん。営業部にだけだけど。他はそこまで接触ないだろ？　総務とかそっちの方は澪も知り合いがいるから大丈夫だと思うし。ほら、よく昼メシ一緒に食べてる」

「梨花……佐々木さん？」

澪が梨花の名字を出すと、軍司があーそうそう、と言った。

「佐藤にもあの後一応釘刺しといたし。あいつ、けっこう色々なところで付き合っては別れをして、それがちょっと問題になってるみたいなんだよね。反感買ってるらしくて、まあ、当然だと思うんだけど、部長の耳にまで入ってるみたいでさ。たぶん次問題起こしたら、部長が何らかの対処を考えると思う。支社に異動させるとか。それ言ったら真っ青になってた。だからこれ以上何かしてくることはないと思うよ。まあでも、もし何か言われたら俺に言って」

「……わかった」

そんなことになってたんだ、と軽く驚きながらも神妙な顔で頷いた澪は、ポーチからリップグロスを取り出した。もう少し話を聞いていたかったが、そろそろ出ないと間に合わない。蓋を開けようとすると、横から軍司がその手を止めた。

「ちょっと待って。それ塗ったらもうキスできない？」

「え？　……あ、うん」

「じゃあ最後に」

ぐっと腰が抱き寄せられる。上から降りてくる唇を受け止めるために澪は顔を上げた。


「で、いつから付き合ってたの？」

澪は梨花とランチに来ていた。思った以上にあっという間の昼休憩だった。

意外とやることが多く、パソコンに向かって一生懸命にキーボードを叩いていたらもうこんな時間、という感覚だった。澪は梨花と一緒にランチをする約束をしていて、今日は外に出ていた。澪的には、しばらくは社内のカフェテリアは避けたい心境だったのもある。

朝は軍司とは電車を降りるところまでは一緒で、それからは別々に会社に行き、澪は途中でトイレに寄って少し時間をずらして三課のフロアに入った。軍司は既についていていて、すっかり仕事モードの顔になってパソコンの画面に向かい合っていた。いつも通りの光景。でもほんのちょっと前まで一緒にいて、キスしたり手を繋いだりしたのだと思うと、一瞬、なんだかすごく不思議な気持ちになった。

けれど、それを顔には出さず、澪はあくまでも普通を装った。二人揃ったことで、周囲には澪たちを窺う雰囲気もあったものの、さすがにそれをあからさまに態度に出してくる人はいなかった。

軍司の根回しがどういうものだったのか、時間がなくて詳しく聞きそびれてはしまったが、澪としては、多少ちらちらされるのは想定内だったから、とりあえずその後特に何事もなく半日が終わってほっとしていた。軍司の相手として澪では釣り合わないと何らかの不満を持つ人が少なからずいるのではないかと思っていたのだ。その人たちに敵意を向けられることを澪は不安視していた。やっぱり会社ではある程度平和に過ごしたかった。

お店に着いてすぐに、オーダーもそこそこに、梨花から投げかけられた質問に澪は苦笑いした。梨花にメニューを渡しながら、用意していた台詞《せりふ》を口にする。

「割と最近だよ。梨花にもタイミング見て言おうと思ってたところで……黙っててごめんね」

「え、最近？　でもさ、あの時の軍司課長の口ぶりだとけっこう前から付き合ってるみたいな感じに聞こえたけど。だって佐藤さんに言い寄られた時には既に澪と付き合ってたんでしょ」

梨花の間髪を容れない鋭い切り返しに澪は思わず口ごもった。

「あー……たぶん、佐藤さんが色々言ってきて面倒になったから、そういうことにしただけだと思う。本当はそのちょっと後だよ、付き合い始めたのは」

「ふーん、そうなんだ。でもほんと驚いたんだけど。飲み会の後に噂になってた宮田さんはガセだったんだ。軍司課長の相手がまさか澪だとはねえ……しかもそれをばらしちゃうとか。あの軍司課長がさあ、あの鬼軍曹がだよ？　めっちゃ愛されてんじゃん」

言っている内に興奮してきたのか、段々と大きくなっていく梨花の声に澪は周りを気にして、ちょっと、と言いながら唇に立てた人差し指を当てた。とりあえず早くメニュー決めなよ、とオーダーを促す。

昼休憩の時間には限りがある。しぶしぶメニューに目を落とした梨花を急かして、ランチセットを二つ頼んだ。店員が去ると、梨花はまた身を乗り出すようにして口を開いた。

「それで、付き合うことになったきっかけは何だったの？　告白されたってこと？　まさか澪からとかはないよね」

「……そんなところ」

その質問に澪は、う、と一瞬言葉に詰まる。あれは告白になるのだろうか。でもいちいち経緯を話すのも恥ずかしいので、澪はとりあえず頷いた。

「どこで？　まさか会社とかじゃないよね？　最初はご飯とかに誘われたの？」

梨花はよほど、澪と軍司のなれそめに興味があるらしい。次々と繰り出される質問に澪は怯んだように目を瞬かせた。けれどある程度話さなければ梨花は納得しないだろう。考えに考え口を開く。

「飲み会で二人で話すタイミングがあって……その時に今度一緒にご飯でも食べようってことになって、そこからかな」

「えー意外と普通。軍司課長ってそんな流れで女口説くんだ。それでそれで？」

「……いや、終わりだよ。そこでけっこういい感じになって……まあ付き合おうかって話になり」

「なにそれ。そんなに一気に？　やだ、リアルタイムで聞きたかった～」

だいぶ興奮が抑えられない様子の梨花に澪はごめんって、ともう一度謝った。

「まあ、急にそういうことになったから、私もちょっと実感が持てなかったというか……」

「別に今詳しく教えてくれたらいいけどさ、軍司課長ってプライベートでもあんな感じなの？　怖い？」

「そんなずっとあんな感じなわけないでしょ。全然怖くないよ。優しい」

うっかり言ってしまった澪のその返答に急にニヤニヤし出した梨花はへえ、優しいんだあ、と意味ありげに笑った。

「キスとかエッチとかした？　したよね」

やっぱりそういう話になるか。澪は困ったように笑った。女の子同士の会話というのはけっこう明け透けで、梨花の性格からすると、まあ絶対この手のことを聞いてくるだろうなとは思っていた。けれど澪にとってはあまり詳しく言いたい話ではなかった。恥ずかしいし、軍司のそんな極めてプライベートな部分をあまり人に知られたくない。これが小さい独占欲であることは自覚していた。

「まあ、したけど……」

けれどどいい大人がプラトニックな付き合いを続けているというのもおかしいだろう。さすがにそこは誤魔化せず、澪はしぶしぶ返事をした。

「だよね。どんな感じ？　まあイケメンだしそりゃそれなりに経験値はあるよね。やっぱり上手いの？」

これから根掘り葉掘り聞かれることが予想できる梨花の前傾気味の姿勢と口調に、澪は引き攣った笑いを浮かべた。

それでも何とか必要最低限の情報提供で梨花の好奇心に対処した澪だったが、軍司のプライベートに興味を持っていたのはどうやら梨花だけではなかったらしい。

澪は、「課長にあの子じゃ釣り合わない」という反応に一番備えていたが、意外にもそういった雰囲気は全くなく、みんな表面上は普通に接してくれているものの、とにかく隠しきれていない好奇心に晒された一日だった。「どうやっていつの間に付き合っていたのか」「課長は付き合うと実際どういう感じなのか」といった梨花にもぶつけられた疑問を抱く人が多いらしく、軍司の方には聞けないからか、三課のメンバーの中には澪にこっそり聞いてくる者もいた。最後は帰りがけに坂井に捕まり、やっぱり付き合ってたんだ？　と散々ニヤニヤされ、飲み会で揉めていたのはケンカしていただけだったのか、と興味津々に突っ込まれ、また今度詳しく聞かせてねと言いわたされた。これ以上余計なことを聞かれる前に澪はそそくさと会社を後にしたのだった。


「ただいま」

「あ、おかえりなさい」

「メシ作ってくれたんだ？　うまそう」

金・土・日と泊まっていたのでさすがに今日は自宅に帰ろうかと思っていた澪だったが、軍司から早く帰れそうというメッセージが来て、なんだかんだ言いつつ今日も軍司の家にいた。とりあえず同棲の話は一旦保留になっている。少し考えてから返事をすることになっているが、軍司から、性格的にマメに連絡を入れられるタイプではないから、時間がある時はなるべく家に来てほしいと言われていて、鍵も預かったものをそのまま持たされていた。

澪は定時に上がって時間があったので、買い物をしてから行き、夜ご飯の支度をしていた。そこに帰宅した軍司がリビングに入ってきた。軍司は一度コートやビジネスバッグを置いてから、キッチンに立つ澪の背後まで来て、腰に手を回しながら首筋に顔を埋めた。

その部分の匂いを嗅ぐように鼻先を擦り付けられて、澪は味噌汁を掻き回す手を止めて、くすぐったさに肩を竦める。お腹に回った手が着ているVネックニットの裾をたくし上げた。

「今日どうだった？　何か言われた？」

耳元で喋られて更にくすぐったさに拍車がかかる。肩を捩りながら口の端が自然と上がった。

「言われた。みんな彼氏としての軍司課長はどんな感じなのか、興味深々だったよ」

「あ、そっち？　じゃあ嫌なこと言ってくるヤツはいなかった？」

「うん。そう言えば、根回しって何言ったの？」

頷きながらも澪は話の流れに乗じて、気になっていたことを口にした。後ろで軍司があーと何かを思い出したような声を出す。

「ただ何人かのヤツに澪と付き合ってることをはっきり認めただけ。んで仕事に支障は出さないようにするけど、何か気になったことがあれば俺に言ってって。人って噂の段階だと自分で推測してあることないこと言い出すけど、はっきりとした事実になっちゃえばあんま妙なことは言えないと思うからさ。まあだから興味の対象が俺に絞られたんじゃない？」

「そうだったんだ……あ……ちょっと」

確かに、カフェテリアの軍司の発言は澪と付き合っていることを断定するものではなかった。それに、あの場にいた人は限られている。それなのに、今日社内ではほとんどみんながはっきりと軍司と澪が付き合っていることを知っているような雰囲気だった。

それはそういうわけだったのか、と妙に納得しながらも、澪は軍司の手がおかしな動きをし出したことに反応して声を上げた。ニットの下に潜った手がインナーをスカートから引っ張り出そうとしている。澪はコンロの火を消すと、洋服の上から軍司の手を押さえようとした。

その抵抗も意に介さず、軍司の手が素肌に触れる。柔らかな部分を撫でながら手は上に向かって進み出した。

「こんな帰って早々おっぱい揉んでるって知られたらびっくりされるかも」

「いや男だったら大抵のヤツの理解は得られる自信がある」

難なくブラを押し上げた手が膨らみを揉みしだく。指の腹で胸の先を擦られて、早々に硬くなっていくことに恥ずかしさを覚えた澪は照れ隠しで非難めいた声を出した。ふっと軍司が笑う。

「今日ずっと触りたいの我慢してたし。何だったら今すぐに挿れたいぐらい。澪さ、ここでしていい？」

片手で乳首をコリコリと扱きながら、軍司の手がスカートに包まれた太ももを這う。

「っ……ん、じゃなくて、それはだめ」

澪は荒くなっていく息を抑えるかのように唇を一瞬、ぎゅ、と閉じると、軍司の手を下に押して無理矢理服から追い出してからその腕の中で身体を反転させた。軍司を見上げて困ったように眉を顰める。

「ご飯、冷めちゃう」

「じゃあ食べ終わったらいいってこと?」

「……お風呂は?」

「じゃあ一緒に入ってそこで」

「え、お風呂で?」

「ちゃんとゴムつけるし」

「……そういう問題じゃない」

「じゃあ、どういう問題?」

揶揄うように笑いながら軍司の顔が近付いてくる。澪は軍司を軽く睨むと、その首に手を回しながら唇を押し付けた。

＊＊＊

ざわついた店内には煙草と食べ物の入り混じった匂いが充満していた。軍司は四人掛けのテーブル席に座る見知った顔を見つけると、迷いのない足取りで近付き、その前の席に腰を下ろした。

「お疲れ」

「おう。ごめん。先頼んじゃった」

「いいよ、別に。何頼んだ？　ビール？」

「うん。つまみも適当に頼んでおいたよ」

その返事に頷きながら、軍司はメニューにちらっと目を落とした。そこにちょうどおしぼりを持ってきた店員に自分の分の生ビールを注文する。

「最近どうよ。忙しい？」

「いや、そこまでじゃない」

お決まりの会話を交わしている内に目の前にビールが届いた。グラスを軽くぶつけて乾杯をすると、軍司はぐいっとグラスを呷った。息を吐きながらネクタイに指を引っかけて軽く緩める。

「で、どうなったの？　別れた？」

「別れてねーよ」

縁起でもないこと言うなよ、と目の前に座る加賀はじろりとした視線を向けてくる。別れないんだったらさっさと結婚しろよ、と軍司は素っ気なく言うと、割り箸を割って運ばれてきたお通しに口を付けた。

「急がないとお前より先に俺の方が結婚するかも」

ついでにと言わんばかりに続けた言葉に、加賀は飲んでいたビールを吹き出す素振りを見せた。

「はあ⁉　早くない？　え……なになに、プロポーズしたの？」

「正式なのはまだだけど。結婚前提のつもりってことは伝えてある」

「それで向こうもＯＫした？」

「まあな」

加賀は眉毛を大げさに上げると、はあーと大きく息を吐いた。

「さすが、仕事が早い。できる男は違うね」

「まあ自分の気持ちは決まってたし。向こうの同意が得られそうだったらそんな悩むことないだろ。むしろ三年も付き合ってまだウダウダしてるお前の気が知れない。宮田も結婚したいって感じなんだろ。なにそんなに悩んでんだよ。あげく人まで巻き込みやがって」

お前らのとばっちりほんと勘弁、と軍司は非難めいた口調で言った。

「だからそれは悪いって思ってるって。せっかく大好きな菅ちゃんと付き合えたところだったのに邪魔しちゃってほんとごめん」

「前から思ってたけど、碌に話したこともないのに菅ちゃんとか馴れ馴れしくない？」

平坦な声で言うと、加賀はおっとやたらと嬉しそうな声を出した。

「やきもち？　お前でもそんな感情湧くんだな」

「お前でもってなんだよ。人並みにあるわ」

「確かに。菅ちゃんに近付く男にギリギリしてたもんな」

「そんなにわかりやすくしてねえよ」

「てことは内心はしてたんじゃん」

その言葉には答えず、軍司は黙ってビールを飲んだ。加賀は同期で付き合いが長い。加賀が本社にいた頃はしょっしゅう飲みにも行っていて、プライベートのことも話す間柄だった。だから入社してから軍司がどういう女と付き合っていたかも知っているし、澪のことも知っている。お互いの性格もわかっていた。

「いやしかし、まじで付き合うところまでいくとはなあ。俺、絶対無理だと思ったもん。お前が総務の菅原さんかわいいって言った時」

「なんでだよ」

しみじみと話し出した加賀を見て軍司は面倒くさそうな声を出した。しかし加賀は気にすることなく言葉を続ける。

「まず、お前がああいう子がいいって言ったのが意外だったね。それまで付き合ってたの、やたらと戦闘力高そうな女ばっかりだったじゃん」

「ばっかりって言うほど付き合ってないけど。それはお前の認識が間違ってる。俺は元々澪みたいな方がタイプ。初めて見た時すぐにかわいい子だなって思ったし」

軍司はにべもなく言いきった。かわいいと思ったから見かけるとつい目で追ってしまっていたのは否めない。そうやって見ている内に人柄を知って、本格的に好きになっていってしまったわけだが。

「ふーん、そうなんだ。でもああいうタイプの子はお前みたいなのには寄ってこないだろ。ゴリゴリの営業でしかもイケメンが言い寄ってきたら絶対警戒されて終わり。菅ちゃんガード堅いって有名だったし。だからまあ無理かと」

お前って意外と執念深いよな、と言われて、軍司はそうだなと自分でも驚くほどあっさりと同意しながら思わず笑ってしまった。恋愛より他のことを優先しがちだったせいか、割と淡白だった今までの恋愛において、相手にそんなに執着したことがなかった軍司は、自分にこんな一面が隠れているなんて気付いていていなかった。

何年も視線の先に追って、慎重に距離を測りながら近付き、既成事実を作って逃げられないようにして確実に自分のものにしようとするなんて、確かに執念深い。相手も自分に好意があったから結果的によかったものの、一歩間違えたらなかなかヤバイ奴だなと、自覚したらなんだかおかしくなったのだ。

「鬼の軍司がデレてる。貴重なもん見た」

目線を上げると加賀がニヤニヤと笑っていた。軍司は鬼じゃねえよ、と言いながらグラスに口を付けた。中のものを飲み干すと、すいません、と店員を呼んでから、加賀に向かって顎をしゃくる。

「俺の話はもういいよ。で、お前はどうなの？　宮田は許してくれたの」

「許してくれたのって何だよ。俺別にそんな悪いことしてないよ？　一応謝り倒して、向こうの親に挨拶に行くって約束で機嫌は直ったけど」

「色々なことにはっきりしないからだろ。ちょっかいかけてくる女とか、結婚とか」

ばっさりと切って捨てるように言うと、加賀は少し罰の悪い表情になった。どうやらわずかでも覚えがあったらしい。

加賀はとにかく人当たりのいい性格をしていた。しかもよく気が回る。あまり人に好き嫌いがないらしく、それを全方位に向けるのだ。よく言えば人懐っこく、悪く言えば八方美人。顔も悪くなく、爽やかな見た目をしているので、自然と周囲からも好意を持たれやすく、定期的に勘違いする女が現れる。もちろん加賀は宮田と付き合っているので、はっきりと好意を見せられれば断ってはいるらしい。けれどそれがタチの悪い女だったりすると、大体揉める。

おそらく何度かそんなことを繰り返してきたのだろう。とうとう、宮田の堪忍袋の緒が切れたのだ。宮田は確かそろそろ三十歳ということだったので、結婚の二文字も頭にちらついていたに違いない。もう我慢できない、このままであれば別れると加賀に突きつけ、慌てた加賀との間でかなりすったもんだした、というのがこの前揉めていた経緯だった。

「あ」

その時、スマホを覗き込んだ加賀が声を上げた。ちらっとこちらを見た眼差しに嫌な予感を覚えて、軍司は眉を顰めた。

「宮田は来させるなよ」

「……もう遅いかも」

決まり悪そうに肩を竦めた加賀にまたかよ、と言いながら軍司はため息をついた。

「お疲れ様です。なんか、すみません」

しばらく経った後、店内に現れた宮田は全く悪びれずに笑ってそう言った。宮田は見た目は大人しそうだが、意外とズケズケしている。加賀のことも尻に敷いているのが透けて見えていた。

当然のように加賀の隣に座った宮田は、まあくん、それ取ってと加賀に向かって言い、甘えた仕草でメニューを指差した。それを見て苦々しい顔になった軍司は口を開く。

「お前まさか飲むつもり？」

「えー当然じゃないですか。何のためにここに来たと？」

かわいらしく小首を傾げた宮田に軍司はため息をついた。

「俺、ちょっとしたら帰るからな。あとは二人で飲めよ」

言いながら軍司はスマホを取り出す。視線を上げずにそのままメッセージを打ち始めた。

実は宮田は酒癖が悪い。最初は少し陽気になるぐらいなのだが、あるラインを越えると、急に近くの人間に絡み出すようになるのだ。その絡み方がスキンシップ過多になる傾向があるため、宮田は加賀に、異性がいる席で飲むことを禁じられている。少し前の営業部の飲み会で軍司が宮田を監視するように頼まれていたのも、このあたりに理由があった。

あの時、二人の仲はこじれにこじれていたから、ヤケを起こした宮田が酒を飲んでその辺の男に絡み、持ち帰られたりするのを加賀は心配していたのだ。さすがに宮田も会社の飲み会でそんなことをする気はなかったらしく、結局、加賀の心配は杞憂に終わった。だが途中で軍司の視線に気付いた宮田が余計なことしているんじゃないかと疑《うたぐ》り出したことで、どうやら宮田と話しているところを見た澪に誤解され、軍司は盛大なとばっちりを受ける羽目に陥ったのだ。

そんな、なかなかに問題のある酒癖を抱えている宮田だったが、どうしてだか飲むことは好きらしい。けれど、気軽に飲み会には参加できない。そのせいで鬱憤《うっぷん》が溜まるのか、加賀と軍司が飲んでいるとやたらと交じりたがるのだ。加賀と飲んでいるといつの間にか宮田が入ってくるのは半ば恒例となりつつあった。

「何してるんですか?」

宮田が横から声をかけてきて、軍司はスマホの画面から目を離さずに答えた。

「澪に連絡してる。前回お前といるところ佐藤に見られて、変な噂立ったし、念のために」

「え、軍司さんって意外とマメなんですね。……あ、じゃあ呼んじゃえばいいじゃないですか」

宮田がナイスアイデア!　と言わんばかりに目を輝かせて付け加えた一言に、軍司は思わず顔を上げた。

＊＊＊

「あ〜菅ちゃんじゃ〜ん。やっと来たあ」

澪が指定された店に着くと、椅子からぴょんと立ち上がって大きく手を振った女性が見えた。澪はその人物の普段とはあまりにも違うテンションの高さに驚いて目を瞠った。一瞬だけ躊躇してからおずおずとその席に近付いていく。近くまで来ると、うんざりしたような顔をした軍司と、困ったように笑っている爽やかな見た目のイケメンがこちらを見た。

「ごめん、澪、わざわざ来てもらっちゃって」

申し訳なさそうな顔になった軍司が目線で隣の席を指し示す。澪は大丈夫です、と笑って言いながら、素直にその席に座った。

金曜の夜は大体軍司の家に泊まることがほぼ恒例となりつつあったが、今日は軍司が加賀と飲む予定があるということで澪は自分の家に帰ろうと思っていた。しかし、軍司からそんなに遅くなるつもりはないからいつも通り家に来てほしいと言われて、軍司の家で待っていたのだ。もう何度となく軍司の家に泊まっているので、澪は自分の家のように一人で寛いでテレビを見ていた。すると軍司から、加賀との飲みに宮田が合流することになったから澪もちょっと顔を出さないかとメッセージが送られてきたのだ。

幸いにもまだお風呂には入っていなかったし、特に嫌でもなかったので澪は了承する返信を送り、軽く化粧を直して軍司の家を出てきたというわけだった。

「これが加賀。あとは酔っ払った宮田」

軍司が短く紹介すると、宮田の隣に座った男がにこっと笑った。

「お疲れ様です。……菅原です」

澪は二人に向かって軽く会釈し、加賀に向かって自分の名前を言った。

「知ってる。菅原さんが総務にいた時に何回か見かけたことあった」

「そうだったんですか？」

「うん。かわいい子だなって思って」

加賀が爽やかに笑いかけてくる。澪は一瞬面食らったが、何となくここはあまり取り合わず流した方がいいんじゃないかと察して、控えめに笑いながらそれはありがとうございます、とだけ返した。

「視線こわっ」

加賀が軍司を見てやや大げさにのけぞると、軍司が顎をしゃくった。

「……宮田が膨れてんぞ」

「まーあーくーん、いま、なんていったのー？」

舌足らずに言った宮田が加賀の腕をぺちぺち叩いている。澪は堂々と加賀を愛称呼びする宮田にややぎょっとしながらも、今は二人の邪魔はしない方がいいだろうと判断してさり気なく視線を軍司の方へ向けた。

宮田が合流することになった経緯や、おそらく澪が来る頃には宮田は酔っ払っているであろうこと、宮田は酔うとどうなるかはメッセージで簡単に説明があった。ベタベタする系の絡み酒とは聞いていたが、こんなに子どものようになるとは。おそらく相手が彼氏だからということもあるだろうが、想像以上の状態に内心驚いていた。

「何飲む？」

軍司は何度もこの二人と飲んだことがあるようだから、おそらくは慣れっこなのだろう。全く気にしない素振りで、澪にメニューを渡した。

「俺たち、そろそろ帰るよ」

澪が二杯ほどサワーを飲み終わったぐらいで軍司が加賀に言った。加賀が本社にいた時の話題などで話はそれなりに弾んだが、酔っ払った宮田がちょいちょい脱線させるので、あまりテンポのいいものではなかった。軍司はそれがわかっていたのかあまり長居をするつもりはなかったようで、タイミングを見計らったように口を開いた。

「あ、俺たちも」

「じゃあ一緒に出るか」

軍司が伝票を持つ。澪の方をふいっと見た。

「酔ってる？」

「ううん。そんなに飲んでないし、大丈夫」

「そう？　タクシーで帰る？」

「いいよ。そんなに遠くないし」

「無理してる?」

「してない」

笑いながら言うと、軍司も釣られたようにふっと笑った。

「あまっ。なんだよそれ。態度甘すぎ。お前がそんな優しい目で話すの初めて見たわ」

「はあ?　大げさ。俺は普段どんだけ尖ってんだよ」

「いや、まじ」

菅原さん、めっちゃ愛されてるよね、と言われて、澪は返答に困ってとりあえず曖昧に笑った。

どうやら加賀からは軍司がいつもとだいぶ違って見えるらしい。確かに仕事の時などからすると違うだろうが、澪以外といる時のプライベートの軍司を知らないから何とも言えなかった。加賀はそんな澪のリアクションを気にする風でもなく、ほら帰るよ、と言いながら宮田を支えて席を立った。

四人で会計に向かう。その途中で加賀はあ、と声を上げた。

「俺、トイレ行きたい。ちょっと悪いけど、加奈のこと一瞬任せてもいい?」

軍司が返答する前に、加賀は宮田の身体を支えながら軍司の方へ差し出した。宮田はひとりでだいじょうぶ、と言って抗うような素振りを見せたが、足元が明らかに頼りなかった。その一連の動きで姿勢のバランスが崩れたのか、次の瞬間、宮田は軍司の胸に倒れ込んできた。

「お風呂沸かしてくるね」

会計後、加賀と宮田とは出たところで別れ、まだ終電前だったので電車に乗り、二人は軍司のマンションへと帰ってきていた。リビングに入って荷物を置いた後、澪はすぐ浴室へ消える。浴槽を軽く洗って給湯のスイッチを入れた後も、しばらくその場にぼんやりと立っていた。

お店を出てからずっと、何となく、胸のあたりがモヤモヤしている。そのせいで自分の態度がちょっとぎこちなくなっているのも自覚していた。はあ、とため息をつく。原因にははっきりと心当たりがあった。

(あんなに抱き着くこと、なくない?)

わかっている。相手は酔っ払い。その行動に意味なんてない。あの時は加賀の代わりを軍司にさせていたという感じだった。別に軍司に好意があって、というわけではない。

いきなり胸に倒れ込んできた宮田を軍司は支えた。当然だ。支えなかったら、宮田は倒れていたかもしれないのだから。けれどその後もずっと加賀が戻ってくるまで、宮田は軍司に抱き着いていた。もしかしたらその間に加賀と軍司を勘違いし出したのかもしれないが、なぜか時には甘えるように胸に頭を擦り付けて。

軍司はなるべく身体を離すように腕で支えつつも宮田を押して、ちょっと困ったような顔をしていた。突っぱねたら宮田はバランスを崩して倒れたりするかもしれない。そう思えばそれぐらいに留めるしかなかったのだろう。持て余しているような表情。訳もなく澪にごめんと謝ったりしていた。

(……なんか、私宮田さんとこの先そんなに仲良くなれないかも……)

今まであまり個人的な接触がなかった分、素面《しらふ》の時はおそらく違うのだろうが、宮田のイメージが一気に変わってしまった。宮田は加賀に、異性のいる場ではお酒を飲むことを禁じられているらしいのだが、納得だった。加賀はあの場では、宮田に甘えられて満更でもなさそうだったが、彼女が自分のいないところであんな風に男に甘えたらと考えると、心配で仕方ないだろう。

澪は浴室から出てリビングに戻ったが軍司の傍には行かなかった。軍司はコートを脱いでネクタイを外し、寛いだ感じでソファに座っていたが、それを視界の端に入れるだけに留めてキッチンに寄った。冷蔵庫を開けてミネラルウォーターのペットボトルを取り出す。コップを出すとその中に注いで一口飲んだ。

別に軍司が悪いわけじゃない。けれど宮田はかわいらしいタイプだし、抱き着かれて嫌な気分はしなかっただろう。胸ぐらいは当たっていたかもしれない。わかっている。これは独占欲だ。勝手に触らないでほしい。彼は私のものなのに。ふつふつと腹の底から込み上げる本音。

澪は難しい顔をしてもう一口水を飲んだ。

「なんか、怒ってる？」

不意打ちで声をかけられて、軍司がキッチンまで来ていたことに気付いてなかった澪は肩をびくっと震わせた。しかしすぐに何でもない顔を取り戻すと、ゆっくりとコップを置いて軍司を振り返った。

「怒ってないよ。なんで？」

「笑い方がぎこちない」

軍司が近付いてくる。すぐ傍で止まって澪の顔を覗き込んだ。そして、腰に手を回して自分の方へ引き寄せた。

「なんか思ってることあったら言って?」

「……別に、ないよ」

だって軍司は悪くない。さっきのは酔っ払いの介抱みたいなもので、あの場で軍司はあれ以上どうすることもできなかっただろう。そんなことで責められても困るのは目に見えている。それに心の狭い女だと思われるのも嫌だった。

「気のせいだよ。いつも通り」

「……もしかして宮田の? 最後の、抱き着いてきたやつ」

気になった? と言われて、澪は咄嗟に否定しようと口を開きかけた。けれど顔を上げて軍司の顔を見て気が付いた。ばれてる。そんなに態度に出ていただろうか。やってしまったという後悔で澪は口元を歪めた。こんなちょっとしたことで臍を曲げて機嫌を取らなくてはいけないなんて、面倒な女だと思われるかもしれない。

「やきもち焼いた?」

「……少し」

じっと見つめながら言われて、しぶしぶ頷いた。これ以上は暴かれたくなくて、ふいっと視線を外すが、軍司が物言いたげな目でこちらをじっと見ているのがわかった。沈黙が二人の間に落ちる。その間も軍司は視線を外さなくて、しばらく黙っていたが耐えきれなくなったように澪は口を開いた。

「だって、嫌だったの。仕方ないでしょ。私の彼氏なのに。そんなにベタベタ触らないでよって思っちゃったの。酔ってるから仕方ないって思ったけど、とにかく嫌だったの!」

鼻息荒く言いきった後に、はっとした。まずい、途中で勢いがついて言わないでもいいことまで言ってしまった気がする。しかも子どもみたいなことを。焦って取り繕おうと口を開いた時、不意にぎゅっと抱きしめられた。

「あ……え？」

「好きな子にやきもち焼かれるのってけっこう嬉しいんだな。いや思ったよりずっと嬉しい。澪、普段そういう感情出さないし」

「え……嬉しい？」

「うん」

抱きしめていた腕の力を抜いて少し身体を離すと、軍司が顔を傾けてくる。キスされると思った瞬間、澪は降りてくる唇を押し留めるかのように手で塞いだ。

「ちょっと待って」

「なに」

手の平越しの声はくぐもっていた。澪は自分の咄嗟の行動に驚いたかのように、慌てて手を除けながら口を開いた。

「やきもち焼かれて嬉しいの？　面倒くさい、とかではなく？」

「面倒くさいなんて思わないよ」

軍司は呆れたように笑った。

「だって、そんなこと言われてもどうにもできないでしょ？　あの場では宮田さんのこと支えてなくちゃいけなかったわけだし。それなのにいちいちそんなことで拗ねて機嫌取るの面倒とか思わない？」

「思わないよ。澪が嫌な気持ちになったのは俺のこと好きだからだろ？　逆だったら俺もすごい嫌な気持ちになったと思うし。加賀にはもう俺に宮田を預けんなって言っとく。あいつトイレ行くの禁止だな。いや、もう宮田を飲みの席に来させない方がいいか。澪はさ、逆の立場で俺が怒ったら面倒くさいって思う？」

「……思わない」

よかった、面倒って言われたらどうしようかと思った、と言いながら、軍司は澪の唇に掠めるようなキスを落とした。上目遣いに見上げると、どうした？　とでも言うように、首を傾けた。

その顔を見つめながら、澪は、なんだ、と思った。

（……一緒なんだ）

別に軍司にやきもちを焼かれても独占欲を出されても澪は嫌だとは思わない。むしろ嬉しいかもしれない。それだけ好かれていると思えるから。

軍司とは、一緒に過ごす時間が増えているが、不思議と合わないなと感じることがあまりない。自分とは違う考えだなと思うことがあっても、受け入れられる。新しい一面を見ると、新鮮な気持ちになることもある。

――考えすぎて、いたのかもしれない。

軍司も自分と同じように思っているのかも。

澪は軍司の手に触れて、くいっと軽く引いた。

「何？」

「……一緒に住むって、話」

考えていたら自然と口をついていた。軍司が意外そうな顔をしてこちらを見る。澪は勢いのまま話を続けた。

「まだ……有効？　ここに来て一緒に住んでもいい？」

「もちろん、全然有効」

窺うように見ていると、少し驚いていたような顔がみるみる笑顔に変わる。ぎゅっと強い力で抱き竦められた。

「明日澪の家行ってもう少し荷物持ってこようか？」

「……うん」

「俺は嬉しいけど。急にどうした？」

「急にじゃないよ。最初から嫌なわけじゃなかったから。ずっと考えてたし」

澪が胸に手をついて身体を少し離そうとすると軍司の腕の力が緩んだ。

「いつも、一緒にいたいなって思って」

視線を合わせて柔らかく笑う。すると軍司が手を上げて自分の目のあたりを覆った。

「その顔反則なんだけど。あ、もしかして何か頼みごとでもあんの？　そんなに俺を喜ばせなくても大体何でも言うこと聞くと思うよ？」

軍司から本気で照れているような雰囲気が伝わってきて、澪は思わずくすりと笑いを漏らした。

「頼みごとあるかも。……ずっと好きでいてくれる？」

「頼みごととじゃないじゃん。頼まれなくてもずっと好きだけど？」

優しく言われて今度は澪が照れてしまう。口に力を入れていても、勝手ににやけてしまうのがわかった。澪はそれを隠すかのように軍司の胸に顔を埋めた。

「悠太……好き」

セックスの時は勢いで言ったりもするが、日常の中ではあまりそういった愛の言葉は口にしない。雰囲気が盛り上がっていないと恥ずかしいからだ。けれど、今は気持ちが溢れたとでもいうかのように、するりとその言葉が口をついて出た。

「俺の方が好きだよ」

返ってきた言葉は少し意外なものだった。俺の方が？　と言いながら澪は顔を上げる。

「私の方が好きだと思う」

「いや、俺は澪が思うよりもずっと澪のこと好きだよ？」

目を合わせてどちらからともなく笑う。踵《かかと》を上げて首に手を伸ばせば顔が近付いた。甘やかでこれ以上ないほど幸せな気持ちの中、澪は軍司の唇に自分のものを押し当てた。

番外編
飲みすぎにはご注意を

「悠太《ゆうた》、起きて」

澪《みお》は寝息を立てながら気持ちよさそうに眠っている軍司《ぐんじ》の肩をゆさゆさと揺らした。

「そろそろ起きないと会社遅れちゃうよ」

「……う」

澪の声に反応したかのように身じろぎした軍司は、目を瞑ったまま眉を寄せた。ぴくぴくと動いた瞼がゆっくりと開かれる。現れた瞳はだいぶぼんやりとしていたものの、何回か瞬きを繰り返すとゆっくりと意思を宿し始めた。

「パン焼けたよ。起きて」

覆いかぶさるようにしていた身体を戻すと、眠そうな顔をしながらも軍司がむくりと上半身を起こした。欠伸《あくび》をしながら頭を掻く姿に澪は口の端を上げると、ベッドから下りるために身体の向きを変える。

「……ちょ」

床に足を下ろそうとした瞬間、後ろから覆いかぶさるように軍司が抱き着いてきた。

起きたばかりだというのに、迷いのない手がするりとルームウエアとして着ているモコモコした素材のパーカーの裾を捲り上げて、その下の長袖シャツの更に下に入り込む。

「もっとちゃんと起こしてよ」

「……何言ってんの。あ……」

大した抵抗を見せずにいると、インナーのカップ付きキャミの下まで到達した手がずいっと上がってくる。膨らみを柔らかく揉みながら、少しかさついた唇が後ろから首筋に落とされた。

胸の先を優しく撫でられて身体が小さく震える。更に身体を引き寄せた軍司は後ろから腰を押し付けるような仕草を見せた。

——まずい。

下腹部が熱を持つような感覚に澪はぎゅっと身体を強張らせた。いつもは軍司が触れてきても、そこまで強く拒んだりはしない。だけど、今日は別だ。

「遅刻する」

何とか手から逃れようと身体を前に倒す。ベッドから下りれば有耶無耶にできると思った。しかし軍司の腕の力は思いのほか強かった。逃れられないように澪を固定したまま、首筋の匂いを嗅ぎながら舌を這わせてくる。

「んっ……も、だめだよ」

「だって今週全然触れてないし。早く戻れるかと思ったのに昨日も遅かったし。俺、このままだと暴発するかも」

「でもっ……だからって、さすがに今は……んっ」

無理でしょ、と何とか言葉にすると、後ろで軍司が呻くような声を上げた。

同時に腕の力がふっと緩む。名残惜しそうに後頭部に唇を押し付けると、軍司は澪を解放した。明らかにほっとした澪を見て、起きるか、と諦めたように言いながら息を吐いた。

「あー……」

軍司が洗面所に行ったのを見送って、澪はダイニングテーブルにパンやサラダを並べ始めた。契約の関係でまだ澪の方の部屋は解約していないものの、既にかなりの荷物を移動していて、澪と軍司はもう一緒に住んでいるも同然だった。澪はほとんど軍司の家で生活している。二人で食事をすることも増えたせいか、軍司はリビングにダイニングテーブルを買ってくれた。そのダイニングテーブルに用意した朝食をすべて並べると、澪は椅子に座ってぼんやりとコーヒーを飲み始めた。

（朝から余計なことしてくれた……）

何となく脚の間が湿っている気がする。下腹部の奥では熱が燻っているような感じがあった。腰がうずうずするとでも言うのだろうか。何とも言えない倦怠感が下半身を包んでいる。その状態を端的に言えば。

（セックスしたい）

澪は悩ましげなため息をついた。思い返せば昨日あたりから予兆はあった。けれど気のせいかなと思って気付かない振りをして寝て、一晩経ったら驚くことに余計にひどくなっていたのだ。なのに、軍司があんな風に触るから、その状態がもっと加速してしまった。ぎゅっと脚を閉じると、困ったなと思いながら頬杖をついて澪は憂鬱そうに眉を顰めた。

軍司は今週出張が続いたのと、そのせいか残業も多くて、家を空けるか、帰ってきたとしても遅かった。ほとんど寝に帰ってきている感じで、スキンシップどころかあまり会話もしていない。その忙しさは昨日でやっと一段落ついたらしく、そんな状態だったのでもちろんここ最近セックスをしていなかった。しかもその前の週は澪が生理中だったため、やはりしていなくて、珍しくけっこう空いてしまっている。まず、澪のこの欲求不満状態の原因として、そのことが一つ考えられる。

もう一つは、おそらく澪の身体の周期的な問題だ。調べてみたわけではないのだが、女性ホルモンとかそういう関係でたぶんちょうど性的欲求が高まる時期に当たっているのではないだろうか。

ここまではっきりとムラムラしたことは初めてだが、女性にもそういった時期はあると何かで聞いたことがあった。

要はこの二つが運悪く重なり、今までに経験したことのない疼きが体内に生まれてしまっているわけだ。そして、澪の身体が軍司とのセックスに慣れきってしまっていることが更にその状況を助長させている。身体が覚えているのだ。あの、身も心も満たされるものすごく気持ちいい快楽を。知っているから求めてやまないのだ。

本当はずっと触れ合っていたい。ここ最近、過ごす時間が短かったことは、軍司には言えないがやっぱり寂しかった。抱きしめ合ってキスをして、会社なんて行かないであのまま好きにされて、気持ちいいところを余すところなく触れてもらえたら、どんなにか――。

「澪？」

いつの間にかリビングに入ってきていた軍司が椅子を引いて目の前に座る。顔を洗ってきたのか、その顔は先ほどよりもさっぱりしていた。澪ははっとして弾かれたように姿勢を正した。

「どうした？　ぼうっとして。食べないの？」

コーヒーに口を付けながら不思議そうにこちらを見ている。澪は慌ててトーストに手を伸ばした。

「た、食べるよ。いただきます」

「まさか寝てた？」

「寝てないよ。ちょっと、ぼうっとしてただけ。悠太も食べれば？」

「ああ。うまそう。用意してくれてありがとう」

いただきます、と言って軍司がフォークを持つ。それを視界に入れながら、澪は平静を保つのに精一杯だった。

（今、何考えて……朝から思考がピンクすぎる）

トーストを齧って、何とか気持ちを落ち着かせようとコーヒーをがぶ飲みする。早くこの状態を脱して心も身体も普段の状態を取り戻さないと。なんせこれから仕事だ。こんなムラムラしたまま仕事するなんてとんでもない。

とりあえず忘れるに限る、と点けっぱなしのテレビに視線を向けて、澪が必死に身体から意識を切り離そうとしていると、軍司がこちらを窺うように見ながら口を開いた。

「昨日って、帰ってきたの遅かった？」

「え？」

急に聞かれて澪は驚いたように目を瞬いた。昨日何してたっけと少し間を空けて考えてから、ああそうだと思い当たって、ちょっとね、と素直に頷く。

澪は定時に上がったのだが、彩から珍しく早く終われそうだからと連絡があって、急遽待ち合わせてご飯を食べに行ったのだ。ついつい話し込んで帰りが遅くなってしまったが、軍司はまだ戻っていなかった。メッセージを確認しても何の連絡もなかったし、澪も少し疲れてしまっていたこともあって、シャワーだけ浴びてすぐに寝てしまったのだ。早く帰った時はゆっくりお風呂に入ったり洗濯をしたりするから、そうした痕跡が何もないことに疑問に思ったのだろう。

「どっか行ってた？」

「うん。彩《あや》から連絡があってご飯食べてた」

「あー……あの大学の？」

「そうそう」

頷きながら、ふと、思った。澪の予定について、以前は特段気にしていないような素振りだったのに、最近は澪が申告していないと普通に聞いてくる。澪は首を傾けながら軍司を見た。

「なに？　何か言いたそう」

「え、いや、私が誰と何してたかとか意外と気にするんだって思って。前は何て言うか……気になってなさそうな感じだったから」

「ああ」

トーストを齧って食べながら軍司は何かを思い出したように笑った。

「別に澪のことを信じてないってわけじゃないけど、普通に気になるよ。知っておきたいって思うし。前は……まああえて聞かないようにしてたかな」

「聞かないようにしてた？」

「そう。だって俺のことそんなに好きじゃないと思ってたから。好きになってもらう前に、独占欲出して束縛して引かれて逃げられたら意味ないでしょ」

「え……そういう理由？」

「うん。気になってた？」

「……ちょっと」

本当はちょっとどころではなかったが、澪は少しだけ笑って誤魔化した。止めていた手を動かしてフォークを握り、食事を再開しようと思ったが、急に思い立ったようにあ、と声を出した。

「もしかして、会社でちょっと素っ気なくなったような気がしたのも……？」

「あれ、それも気付いてた？」

意外そうにされて、少し気まずさを覚えた澪は曖昧に頷く。

「いや、それは別の理由。俺が変な態度とってたら、付き合ってることが周りにばれた時に、澪の立場が悪くなるかもしれないと思って。ちゃんと一線引いとかないと、うっかり甘くしちゃうかもしれないし」

「……なるほど」

真面目な顔で頷きながら、では過去の自分は見当違いなことで落ち込んでいたのか、と澪は自分自身に呆れて肩を竦めた。彩の言ったことが当たってた、と心の中で鋭いと感心をしていると、軍司がこちらを見ていることに気付いた。

「なに？」

「どんな風に思ってた？」

澪が首を傾けると、くいっと顎をしゃくる。

「だから、会社で俺が澪に素っ気なくなって、なんでだと思ったの？」

ぎくんと肩が揺れる。あー……、と声を出しながらふいっと視線を逸らそうとしたが、その前に覗き込むように軍司が軽く身を乗り出した。

「教えてよ」

「……怒らない？」

「俺が澪に怒ったことある？」

「……寝たからって勘違いして、社内で変な態度をとるなよ的な牽制？」

「まじかよ」

すごい勘違いされてるじゃん、と呻くように言った軍司が額に手を当てる。

「だ、だって。慣れてた。最初の持っていき方がこなれてた！　あんまりさらっと色々してくるから、もしかしていつもの手口なのかなとか、誰にでもこんな態度なのかなとか思って、本当に付き合うことになったのか、始めはすごい悩んだんだよ」

「手口って。んなもんあるわけない。そんな風に思われてたんだ……色々危うかったな」

軍司が息を吐いたその時、テレビから天気予報が聞こえてきた。これが始まったら、そろそろ急がないと時間的にまずい。それがわかっている二人はどちらともなく会話を切り上げると、慌てて食事を再開した。

「俺、皿洗っとくから先に化粧してくれば？」

「ほんとに？　ありがとう」

澪はその言葉に笑みを返してからサービスルームへ足を向けた。そこには澪が自宅から運び込んだものが色々置かれていて、その中から今日の会社に着ていく服を選んで手早く着替えていく。少し迷ったが、結局ついでに下着もすべて替えた。下腹部の熱は少しだけましになったような感じがあったが、パンツは湿っている気がして気持ち悪かったからだ。

それから洗面所に行って髪をブローしてから、化粧に取りかかる。ベースメイクを施していると軍司が洗面所に入ってきた。

着替えてきたのか、先ほどまでのスウェットにパーカー姿からスラックスにワイシャツ姿に変わっていた。洗面台まで来て澪と並ぶと欠伸をしながら棚から髭剃りを取り出そうとしている。澪は化粧の手は止めずにその姿を鏡越しにちらっと見た。

こうやってワイシャツ姿を見ると、会社での「軍司課長」の時の彼を思い出して澪はいつも少し不思議な気持ちになる。「軍司課長」の姿をして気の抜けた姿を晒すこの瞬間を見るのが澪は案外好きだった。

「あ、そういや今日忘年会か」

髭を剃りながら、軍司が呟くように言った。

「うん。顔出せるの？　仕事終わりそう？」

「昨日であらかた片付けたから大丈夫」

十二月も後半、年の瀬が差し迫っていたが何とか予約が取れて、今日は三課の忘年会が予定されていた。

そこで澪はあることを思い出して口を開いた。

「色々聞かれるかも」

「色々って？」

「坂井《さかい》さん。悠太とのなれそめを教えろって言われてて。忘年会で聞くってこの前張りきってた」

「あー坂井か」

女ってほんとそういう話好きだよな、と呆れたように笑っている軍司を澪はちらっと見やる。

「ペラペラ話したら怒る？」

「俺は別に。澪がいいなら」

肩を竦めた軍司が髭剃りを棚に戻す。澪は迷うように口ごもった。

「……でも」

「でも？」

「けっこうきわどいことも聞かれるかも。その……エッチとかの、ことも」

言ってて急に恥ずかしくなった澪が後半声をトーンダウンさせると、軍司は目を瞬いた。

「まじ？」

「うん。梨花《りか》にも聞かれたことあったし。みんな意外と好きだよ。そういう系の話。今日はお酒も入るし、けっこうグイグイ来るかも」

「いやでも今日は俺も同じ場にいるのに？　そんなこと言われたら何の話してるのかすごい気になりそうだな」

そこで軍司は考えるかのように口元に手を当てた。

「じゃあまあそこは正直に話してもらうしかないか」

「正直にって？」

澪を見ながら軍司がにやっと笑う。

「相性ばっちりでいつもイかされまくって訳わかんなくなっちゃう」

「なっ」

揶揄うように言われて、顔を赤くした澪が思わず手を上げて腕を軽く叩くと、ははっと軍司は声を上げて笑った。

「本当のことじゃん」

「……知らない」

「軍司さんはめちゃくちゃテクニシャンですって言っておいてよ」

笑いながら横の壁に押し付けるようにして澪の身体を固定した軍司が首を傾けて唇を重ねてくる。何度か啄まれて、下腹部の熱が再燃するような予感に、澪は少し焦りを覚えた。

（……まずい）

「今日、二次会まで行く？」

唇が離されたタイミングで素早くそれを口にすると、軍司の動きが止まった。

「うん？　あー……どうだろ。まあ柴田《しばた》とか誘ってくるかもな」

思案しているように眉が寄せられた顔を至近距離で見る。

（これは……行くな）

澪はもちろん一次会で帰るつもりだったが、軍司が二次会に行くことになれば、今日の夜家で顔を合わせるのは無理だろう。

軍司の返事に自分が思ったよりもがっかりしていることに気付いた澪は、その気持ちを振り払うかのように軍司の手首を両手で掴んでそこにはまっている腕時計に顔を寄せた。

「時間やばいかも」

時計を見ると、本当にもう家を出る時間が迫っていた。二人は慌てて準備を再開した。

「今日こそたっぷり聞かせてもらうからね」

その夜の七時。三課の忘年会は会社近くの居酒屋で、軍司の今年一年の労いの言葉から和やかにスタートしていた。今日は、普段は飲み会に参加しない既婚女性たちも参加している。人数がそれなりにいたので一つのテーブルに全員が座るのは難しく、三つのテーブルに分かれていた。

澪が座ったテーブルは一番人数が少なく、女性しかいなかった。坂井と田中《たなか》と田邊《たなべ》。こういう全員が参加するような飲み会の時、いつもはあまり固まらずにほどよく男女ばらけて座るが、今日は坂井に菅《すが》ちゃんはここ、と座る場所を指定され、気付けば周りをその面子でがっちり固められていた。

軍司は隣の隣のテーブルで横を柴田にキープされ、しきりに話しかけられて相槌をうっている。それを視界の隅に入れながら、正面に座った坂井の言葉に対して、澪は返答の代わりに曖昧な笑みを返した。

「なになに、彼氏が気になる？　大丈夫よお。見張ってなくても今日はハンターはいないから」

軍司に一瞬目をやったことを目ざとく見つけ、にやにや笑いながら言う坂井に、澪は、はは、と笑いを返すことしかできない。

「それに、課長だったらどんな肉食系に狙われても返り討ちにするぐらいできるでしょ。意外と一途そうだし。イケメンだから女が寄ってくる心配は尽きなさそうだけどその点は安心よね」

確かに、と他の二人もうんうん頷いている。開始直後にもかかわらず、早速いじる気満々の坂井たちの様子を見て、澪はこの後の展開に少し不安を覚えた。

「ほらほら、飲んで。今日はいっぱい飲も！　なんたって課長がいるんだから、酔っ払っても安心だし。そんで、言うつもりのなかったことまで言っちゃいなって」

グラスが空になりそうなことに気付いた坂井におかわりを頼まされた澪は、仕方なく届いたグラスに口を付けた。さっきから飲め飲めと言われていつもより速いペースで酒が進んでいることは否めない。

既に鼓動が速くなりつつあった。坂井は宣言通り、澪と軍司のなれそめから話すように要求した。澪は梨花に話したことと全く同じことを話したが、途中途中で鋭い突っ込みを入れられて、それがついつい酒が進んでしまった理由でもある。他にも色々聞かれて、澪としてはぼかしながらもけっこう素直に話しているつもりなのだが、坂井にとっては、語りっぷりがまだまだ甘いらしい。

澪は促されてまたグラスを口に運んだ。これが自分だけ飲まされているのであれば、まだ断ることもできるが、恐ろしいことに坂井たちも全く同じペースで飲んでいるのでなんだか断りづらかった。

もちろんまだそこまで酔いは回っていないが、アルコールにじわじわと身体を浸食されていくような感覚に、少しまずいな、とまだ理性の残る頭が警戒心を揺り動かす。言わんでもいいことを言ってしまうかもしれないという警戒と、あとは自分の身体のことも気にかかっていた。

日中仕事に集中している時は、さすがにほとんどそれは感じなかった。けれど、ふと気を抜いた時に、身体の奥で何かがずくりと蠢き頭をもたげようとする。今はまだそれは理性で押し込められる程度の衝動だが、アルコールでその理性の力が弱まるのは避けたかった。

「いやでも本当に付き合ってるとはね。この前の飲み会の時、ただならない雰囲気であやしーとは思ったけど、まさかだったよ」

坂井がその時のことを思い出しているような顔をしながら言うと、他の二人が前の飲み会で何かあったの？　とすかさず反応した。廊下の隠れたところで揉めてるの見ちゃったの、と坂井が言えば、えーうそと田邊が大きな声を出して、その声に驚いた隣のテーブルの早川《はやかわ》がこちらを見た。

顔に笑いを貼り付けながらそういった場面を見ていると、だめだと思いつつもどうしてもグラスに手が伸びてしまう。テンションが上がりすぎていることに気付いたのか、坂井が少し声のトーンを下げた。

「あの時、なんか課長必死そうな雰囲気でさあ、二人が付き合ってるって聞いた時、ああ課長の方が菅ちゃんに惚れてるのかってぴんときたんだよね」

そうなんでしょ？　と聞かれて澪は困ったような笑いを浮かべた。自分だって同じぐらい軍司を好きだと思う。けれど、それを口にするのはさすがに恥ずかしい。結局、濁すしかなかった。

「うーん……どうですかね」

「いや絶対、そうだと思う。だって、じゃなかったら付き合ってることを自分から暴露したりしないでしょ。あれって結局周りに対する牽制だよね。俺と付き合ってるんだから手を出すな、みたいな」

「言えてる。菅ちゃんのこと相当好きだよね。軍司さんがそういうことするタイプなんて、私、意外だったもん」

「私も。なんか課長のイメージ変わっちゃった。派手めな女を連れて歩いて割り切った関係とか楽しんでそうな見た目してるのに、菅ちゃんみたいなタイプに行ってるところが、それだけでもうマジな感じする」

そもそも、本気じゃなかったら部下に手出したりしないしね、と坂井が言うと、田邊と田中も同調したようにうんうんと頷いた。澪がちょっと言ったことに三人が盛り上がって口々に話し出すという図式がほぼ出来上がりつつある。余計な口を挟まない方がいいと判断した澪は、話は聞いている顔をしながらも、黙って唐揚げを口に運んだ。

「絶対、二人の時は優しいでしょ」

ずい、と隣に座る田邊が澪に顔を寄せた。それに驚いたように目を瞬くと、澪は唐揚げを飲み込んでから、考える素振りで首を傾けた。

「まあ……優しい……ですかね」

「え、なになに、じゃあ仕事の時と全然違うの？」

「まあ、そうですね」

「なにそれ、見てみたい」

私も私もと口々に声が上がる。

「課長がデレるところ想像つかない」

「いやでもさ、よく考えたら軍司さんからあの威圧感取ったら彼氏としては理想的かも」

「わかる。そういやさ、最近課長の人気じわじわ上がってるらしいよ。怖くて近寄りがたいイメージだったけど、彼女がいて大事にしているらしいって話から、本当は優しいって噂立ってて」

「ほんとに？　知らなかった」

「うん。それで、羽柴《はしば》さんがギリギリしてるらしい」

「あ〜勝手にライバル視してるもんね」

黙って話を聞いてた澪は、そこで驚いたように、坂井と田中の二人を交互に見た。

「あの、羽柴さんって?」

聞き覚えのある名前だった。確か佐藤《さとう》あかねたちがトイレで喋っている時に出た名前だった。軍司は何かあっても丸め込めそうなタイプの安全な子しか手を出さないと言っていたという。そのことは、何となく軍司に聞くタイミングがなくて、でも態度を見ているとどう考えてもガセとしか思えなかったから、澪の中でも曖昧になって忘れかけていたことだった。

坂井がこちらを見る。

「あ、菅ちゃん知らないのか。営業の一部の間では割と知られた話なんだけど、二課に羽柴さんっているじゃん。そこそこ顔がよくて女子社員からちょいちょい人気があるんだけど、課長と同期で何か妙に課長のこと意識してんだよね。まあ羽柴さん中身スカスカだし、課長の方が出世してるから全然相手になんないんだけど。菅ちゃん課長の社内公認彼女になっちゃったから、あんま近付かないようにした方がいいよ。なんかけっこう姑息そうなタイプだから」

「え……そうなんですか」

澪は驚いたように目を瞠りながら、わかりましたと素直に頷いた。そういうことだったのかと妙に納得していた。軍司は同期の中でも出世頭なのだろうから、当然、やっかみや妬みなどもあるのだろう。その一端を垣間見たような気分だった。

「菅ちゃん、同じのでいいよね」

「あ……」

明らかに動きの鈍くなっている頭が返答を考え出す前に、勝手におかわりを注文される。澪はアルコールの混じった息を吐き出しながらぼんやりと店員を呼ぶ坂井を見つめた。

まずい。完全に酔っている。そう認識した時には既に手遅れのような気がした。しかも坂井たちも明らかに酔っていて、全員がテンション高めなので、場の雰囲気もあってなかなか修正ができない。要はペースが落とせないのだ。しかもなぜかみんなでワインを飲もうという流れになり、澪が現在飲んでいるのは、グラスワインだ。ワインがあまり得意ではない澪にとっては、それも酔いを進ませる原因になることはわかっていたが、その時には、既に頭があまり働いておらず、上手く断ることができなかった。

「ね、週に何回ぐらいしてんの？」

さっきからずっとにこにこしっぱなしでかなり陽気になっている坂井が、すっかり遠慮を捨てて突っ込んだ質問をしてくる。澪が恐れていたきわどい系の話に話題が移行していたが、アルコールが羞恥心すら薄めていて、それに答えることへの抵抗感はかなり弱まっていた。

澪は酔いを追い払おうとするかのように瞬きを何回かすると、首を傾けて少し考えてからゆっくりと口を開いた。

「決まってないですね」

「課長って性欲強そう」

「色々させてそう」

「え。菅ちゃんに？　やだ生々し～」

好き勝手言い始めた三人の会話に耳を傾けながら、遠のいていってしまいそうになる思考を頑張って手繰《たぐ》り寄せる。まだ何とか残る理性がこれがよくない流れであることを澪に訴えていた。このままだと色々白状させられかねない。

『相性ばっちりでいつもイかされまくって訳わかんなくなっちゃう』

違う。これはだめだ。言ってはいけないやつ。

突然、何の脈絡もなく朝の軍司の言葉がぽんっと頭に浮かび上がって、澪は必死でそれを打ち消そうとした。

「あれ、菅ちゃんなんか顔赤くない？　なに思い出してんの〜」

既に酔いでとっくに赤くなっているにもかかわらず、どう見分けたのか、坂井がにやにやした視線を澪に向けていた。言え〜と横から田邊に肩を揺すられて、焦った澪は緩慢な頭でこのピンチを乗りきる方法を必死に考えた。

「……あ！　えーと、そういうみなさんはどのぐらいの頻度でしてるんですか？　結婚するとやっぱり減るもの？」

今後の参考のために知りたいなあ、と苦し紛れに言えば、坂井たちはきょとんと顔を見合わせた。かなり無理矢理な話題転換だったが、全員酔っているのであまり細かいことは気にならなくなっているらしい。一瞬、しんと静まりかけたが、うちは全然、と田中が明け透けに話し始めたのをきっかけに、話題は三人の夫婦生活の方へ、自然と切り替わっていった。

「私、ちょっとトイレに……」

またそれから少し経って、話題が完全に三人の夫の愚痴に移行したタイミングで澪は席を立った。少し我慢していたから尿意がけっこう迫っていた。さり気なく周囲を見渡せば、他のテーブルもそれなりに盛り上がっているようだった。軍司も離れた席で笑顔を見せている。他二つのテーブルでは席移動もそれなりに行われているようだったが、女性陣のテーブルの異様な盛り上がりぶりに、そこに乗り込もうとする猛者《もさ》はいなかったらしい。完全に別のものとして切り離されている。

「菅ちゃん、大丈夫？」

（……まずい）

田邊が下からへらりとした顔を向けてくる。それに、大丈夫と短く返して、澪は席から離れた。

トイレに行きたい一心で気を張って歩いてきたから来るまではよかったものの、用を足し終わると一気に気持ちが緩んだのか、澪は便座から立ち上がれなくなっていた。

（あーグラグラする……）

姿勢が保っていられなくて、何もなくても身体が左右に揺れてしまう。完全に足にきていた。頭がフワフワしてまともにものを考えられない。

なぜ、こんなに飲んでしまった？　気を付けていたつもりだったのに。いや、仕方ない。みんな飲んでいたのだから。自分だって多少は飲まなければいけなかった。そうだ、ワインがいけなかったのだ。あれは断るべきだった。いやでも。

まとまりのない思考でグタグタと考えながらも、澪は壁に手をついて何とか立ち上った。その瞬間、ぐらりと身体が揺れる。手に力を込めて何とかそれを支えたものの、思わず目を瞑ってしまって酩酊《めいてい》感が一層強まった。黒い視界がぐるぐると回る。

それでもようやくトイレの水を流し、よたよたと洗面台まで行って手を洗った。これはもう習慣的に身に付いている行動を身体が勝手にしているだけのことだった。

（……戻らなきゃ）

理由なんてよくわからないし、こんな状態で戻ったところでもう飲めそうにもないのだが、とにかく訳もなくそう思う。澪はトイレから出ると、覚束ない足取りで通路を歩いた。けれどどこに向かっているのか、よくわからなかった。その内に視界がぐにゃりと歪んで足がもつれた。

吐く息までがアルコールに染まっていて、それが余計に酔いを加速させるような気さえする。澪はたまらず横の壁に手をついた。二、三度大きく息を吐いて、ふと顔を上げると視界の隅に椅子が見えた。

（ちょっと、やすもう）

壁に手をつきながら、そこまでよろよろと歩いて何とか腰を下ろす。その椅子がなんの椅子であるのか、座ってもいいのか、なんてことはもう考えられなかった。澪はそれぞれの膝に肘をのせて背を丸めた。そうしていないと姿勢を保っていられなかったのだ。しかしそうなると、自然と顔が下を向くわけで、血が下がるせいなのか一層頭がクラクラした。自分のスカートの布地の紺色が視界の中で波打っているように見えた。

（……そうだ、悠太）

なんかだめそう、と思えば唐突に軍司のことが頭に浮かんだ。そうだった、軍司のところに行けばいい。きっと、何とかしてくれる。いつも優しいいし、怒ったりなんかしない。きっと心配してくれる。それにずっと触れてほしかったのだ。

寂しい。会いたい。抱きしめてほしい。キスして。今すぐに。

今の澪に感情を抑制する術はなかった。今まで理性で押し込めていた気持ちは一つきっかけがあればあっさりと解放され、一気に増幅し、涙腺さえ刺激する。

「あれ、菅原《すがわら》?」

澪の目に涙が滲みかけたところで、かけられた声がそれを阻害した。

＊＊＊

軍司は少し急ぎ足でトイレに向かっていた。途中の通路でも余すところなく視線を走らせる。澪がトイレに行ったことは把握していた。けっこう飲んでいることもわかっていた。けれど澪が座る席は全員が女子社員でそこにフォローに入れば、まず目立つし、面白がられるのも目に見えていた。自分は別にいいが、澪が気まずい思いをするだろう。それは最終手段だと自重していた。

さり気なく注意を払っていたが、澪のテーブルは全員が同じように飲んでいて、澪だけが飲まされているというわけではなさそうだった。けれど、澪が何杯飲んでいるのか、正確には把握できていなかった。

きっと自分とのことを色々と突っ込まれているのだろうなとも思っていたが、離れているので実際どんな会話をしているのかはわからなかった。けれどそのあたりの心配はあまりなくて、澪の性格だったら上手くやるだろうとは思っていた。トイレに向かう姿を見た限りは足取りは意外としっかりしていて、酒量もコントロールしているのかなと思っていたのだが、少し経っても戻ってこないことに心配が募って、とうとう軍司は席を立ったのであった。

やっぱりけっこう酔っていたかもしれない。途中からその顔は赤みを帯びていて、その時点で自分のテーブルに来させるべきだったかと、軍司は後悔しかけていた。社内公認の関係は、さり気なくフォローができないのが難点だ。関係がばれている以上、何か行動をすれば、それは否が応でも目立つ。

通路の先に壁にそって予備の椅子が並べられている場所があって、その一つに澪が座っているのを見つけた時に、軍司はやっぱりと自分の予感が当たったことを確信した。

おそらくトイレに立って人の目を気にしなくてもよくなった瞬間に、気が緩んで酔いが回ったのだろう。けれど、澪は一人ではなかった。隣にしゃがみ込んで澪に話しかけている人物がいて、二人は何やら押し問答をしているようだった。それが少し前にトイレに立った柴田ということは、その後ろ姿からすぐに見て取れた。

「早く、悠太、呼んできてよ」

「ゆうたあ？　ゆうたって誰だよ」

「だから、悠太は、悠太」

「お前まずいって。男の名前連呼して。軍司さんにばれたら……」

柴田は自分の隣に座っていたから、軍司があまり飲ませないように酒量をコントロールしていた。酔うと面倒くさいタイプだからだ。だから今日はそこまで酔っていないと思っていたが、調子に乗ってがぶ飲みする癖があるので、やっぱりそれなりには酔っているのだろう。澪への対応が完全に酔っている時の口調だった。

「ちょっとどけ。どうした？」

足早に近付くと、柴田を押し退けて澪の前で身を屈める。顔を覗き込むと、どこかぼんやりとしていた澪の目が一瞬、ぱっと輝いた。

「悠太」

「え」

勢いよく胸に飛び込んできた澪がぎゅっと抱き着いてくる。それを受け止めた軍司は半ば反射的にその背中に腕を回した。

「……澪？　酔ってる？」

いや、酔ってるよな、明らかに。聞いてみたものの、軍司は心の中で自分に突っ込みを入れた。

柴田が傍にいるのにこんな行動をとるなんて、通常の澪ではあり得ない。澪がここまで酔っているところを見るのは実は初めてで、多少驚きつつも、とりあえず背中をぽんぽんと優しく叩いた。

「悠太」

名前を呼びながら縋り付いてくる仕草に庇護欲をそそられて、柴田がいることも忘れてついつい頭を撫でてしまう。

「……なんだ、軍司さんの名前だったんだ」

気の抜けたような声が聞こえ、視線を向ければ柴田が呆然とした顔でこちらを見ていた。

「他にいねえだろ。お前澪のこと何だと思ってんの」

ったく、と呟きながら体勢を整えた軍司は脇の下に手を入れて、持ち上げるようにして澪を立ち上がらせた。自分に寄りかからせて、すぐにぐにゃりと曲がってしまいそうな身体を安定させる。

澪はその誘導に素直に従って、腰に手を回して支えれば、悠太とまた名前を呼びながら軍司に抱き着いてきた。他にも何か言っているようだが、それはくぐもっていてよく聞き取れなかった。

「上司の名前ぐらい覚えとけよ」

柴田の方に顔を向けて呆れたように言えば、釣られたように一緒に立ち上がっていた柴田は罰の悪そうな顔で笑ってすみません、と頭を掻いた。

「菅原、大丈夫っすか？　こんなになってんの珍しいですね。というか初めて見ましたけど」

「ああ、ちょっと厳しいかな。もう連れて帰る。悪いけど俺今日次行けないから」

「えー。俺まだ飲み足りないっすよ」

「他に誰か誘えよ」

「仕方ないかあ」

そう言いながらも不満の残る顔の柴田に向かって顎をしゃくる。

「ほら、トイレ行くんだろ。行ってこい」

はーいと言いながらしぶしぶといったように背を向けた柴田を見送って、軍司は澪に顔を戻した。

店員にタクシーを呼んでもらうように声を掛けてから、軍司は澪を支えつつ席に戻った。澪はかなり足元がおぼついていなかったものの、とりあえずは気持ち悪くはなさそうで、本格的に気分が悪くなる前にさっさと連れて帰ってしまおうという判断だった。それには一旦席に戻って、みんなに断りを入れつつ荷物を取ってこなければならない。

澪は話しかければ返答はあるが、受け答えもだいぶへにゃりとしたものだった。呂律《ろれつ》が回っていない感じはかわいかったものの、他の者とはあまり話はさせない方がいいだろうとは思った。下手に何かを口走れば、澪の性格上、後で気に病むことは予想がつく。

「澪？　一旦席に戻るから。もうちょっと頑張って。タクシー呼んでる」

「……うん。だいじょうぶ、まだのめる……」

「いやいや、飲めないだろ。もう帰るから」

そんなことを言いつつ肩を支えて自分が元いた席のテーブルに近付くと、笑ってグラスを傾けていた何人かが話を止めて驚いたようにこちらを見た。

「えっ菅原さん？」

「大丈夫ですか？」

「酔いました？」

口々にかけられた声に軍司は苦笑いを返す。澪を自分が座っていた席に座らせながら、口を開いた。

「あー、ちょっと酔ったみたい。今タクシー呼んでるから。悪いけど、俺たちこれで帰るわ」

言いながら目線で幹事の早川を探す。すると、大人しく座ったと思った澪がぼんやりとした顔で軍司のグラスに手を伸ばしているのが見えて慌てて止めた。

「菅原。もう飲めないだろ。悪い、誰か水もらって」

向かいに座っていた橋口《はしぐち》がすぐに店員を呼んでくれる。それに悪い、ともう一度声をかけて、軍司は隣の空いていた柴田の席に腰を下ろして片手で澪を支えながら、グラスを遠ざけた。

「え、飲めるのに」

人前に来て急に意識を取り戻したのか、妙にはっきりとした声で澪が喋った。

「そうだな。でももうやめておこうか」

優しく、諭すように言うと、素直にわかったと頷いた澪がとろんとした瞳をこちらに向ける。瞬きの仕方が異様にゆっくりとしていて、口調が多少しっかりとしても、はっきりと酔っていることをその表情が伝えていた。

「悠太は、いっしょに帰る?」

澪がそう言った時、そのテーブルにいた者全員が驚いたようにこちらを見たのが軍司にはわかった。ああ、と答えてからふっと視線を移すと、慌てて視線を逸らしながらも、全員の顔に菅原さん、課長のこと名前で呼んでるんだ、意外、とはっきりと書いてある。なんだかおかしくなった軍司はふっと笑った。

別に自分は構わなかったが、澪のことを考えればこれ以上はここで話さないのがベストだろう。そう考えた軍司は、隣のテーブルにいる早川を呼んだ。


「澪。ほらここに寝て」

タクシーで自宅まで帰ってきた軍司は澪を寝室まで運んでベッドに横たわらせると、ふうと息を吐いた。

あれから、幹事をしていた早川を呼んで澪の分と自分の分で多めにお金を渡し、澪に水を飲ませてから坂井に頼んで澪の荷物を持ってきてもらったところで、タクシーが来たと店員が呼びに来たので軍司は澪を連れて店を後にした。

坂井は潰れる寸前まで酔った状態の澪を見て、自身の酔いも少し醒めたようで急に顔を青くして軍司にものすごい勢いで謝ってきた。確かに多少は坂井のせいもあるだろうが、澪もいい大人である以上、その行動は基本的には自分に責任がある。もうあまり飲ませんなよ、で終わりにし、ついでに他の二人にも合わせて、夫たちに連絡して帰り道に自信がなかったら迎えに来てもらうように言って、最後は滝沢《たきざわ》に後のことは任せると言い置いて、とりあえずの責任だけは果たしてきた。

エアコンを点けたばかりの室内はまだ冷えていたが、多少なりとも酒が入っているせいか妙に熱かった。背広を脱いでネクタイを緩める。キッチンに行って冷蔵庫からミネラルウォーターのペットボトルを取り出すと、一緒にコップを持って寝室に戻った。

「澪、水飲むよ」

声をかけると、澪は顔を顰めるような仕草を見せた。それからゆっくりと瞼が持ち上がる。宙を彷徨った視線が自分に向けられてぼんやりと見つめられたところで軍司はベッドと背中の間に手を入れ、片手でぐいっと身体を起こした。

ミネラルウォーターを注いだコップを口元に近付けて促すと、澪は素直に水を飲んだ。ある程度飲んだところでコップを離し、もう一度横たわらせる。軍司は軽く息を吐いた。

また寝たのだろうと思っていた澪は目を開いたままだった。そのとろんとした目が向けられると、口元が緩く弧を描く。水を飲んで少し意識が覚醒したらしい。軍司はそう判断して、澪に笑いかけた。

「ここ、家?」

寝ぼけている時のような声だった。発音がはっきりとしていない。

「そうだよ」

「かえってきたの?」

「そう。コート脱ぐ?」

「ぬぐ」

じゃあ起きて、と言いながら澪の腕を掴んで引き起こす。隣に座ってコートを脱ぐのを手伝うと、軍司は脱がせたコートをハンガーにかけようと、腰を浮かせた。

「いかないで」

けれど、立ち上がる前に澪が抱き着いてきた。ぎゅうっと首に腕を回して何やら必死な様子で縋り付いている。

軍司は宥めるように背中を軽くぽんぽんと叩いた。

「澪？　コートかけてくるだけだよ」

「そんなの、いいから」

顔を上げた澪が唇を押し付けた。不意を衝かれた軍司の動きが止まる。澪はちゅうううと音が出そうなぐらい、ぐいぐいと唇を押し付けてから、ぱっと不意に離した。

「えっと……どうした？」

「どうした、じゃない。せっかくやっと二人きりに、なれたのに」

また顔が寄せられて、今度はぬるりとした感触が唇の上を這う。澪が唇を舐めているのだ。軍司は多少困惑したものの、酔うと大胆になるタイプなのか、と納得して、口を開いてその舌を口内に招き入れた。好きな女とのキスなのだから始めてしまえば夢中になる。酔っている澪からはほのかにアルコールの香りが漂っていたが、自分も飲んでいるからそこまで気にならなかった。絡めとって擦り合わせると、澪の身体が小さく震えて、その反応にまた興が乗る。

続きをしたい気持ちは山々だった。けれど軍司はある程度のところで唇を離した。すると、明らかに不満顔の澪がまた唇を寄せてくる。澪、と窘《たしな》めるように言うと眉を顰めて、不満というより不機嫌そうな顔になったがそれでも動きは止めず、ちゅ、ちゅと首筋を啄んだ。そのまま唇が段々と下がってぬるりと鎖骨が舐められる。

「そろそろストップだな。気分が悪くならない内に寝た方がいい」

「やだ、なんで？」

自制心が薄まった駄々っ子のような言動は、今までのギャップと相まって、素直にすげえかわいいと思ったが、扱いに多少迷った。澪は性格的に慎重だし、考えすぎてしまうところもある。もしかしたらその反動で、理性がなくなった時に普段抑圧されているものが出てきてしまうのかもしれない。どうさせてあげれば満足するのか少し考えて、探るように澪を見る。

「じゃあ着替える？」

だめもとで口にすると澪は意外にもあっさりと頷いた。

「ぬがせて」

「わかった。じゃあ着替え持ってくる」

「そんなの、いいからはやくぬがせて」

脱いで着替えるものがなかったら寒いんじゃないかと思ったが、寒かったら布団に入れておけばいいかと、とりあえず軍司は澪を脱がせることにした。カーディガン、シャツ、インナー、スカート、ストッキングと順番に取り去って、下着姿になったところで動きを止める。

「ブラも」

窮屈なのかなと思いながらわかったと言って背中に手を回す。ホックを外して緩んだところで肩の紐を手から抜いた。柔らかそうな膨らみが晒されて、つい触りたくなってしまうのを我慢して、軍司は澪をベッドの上に横たわらせようとした。

しかし澪は軍司を押し留めると、また手を伸ばして抱き着いてきた。むにゅ、と柔らかな膨らみが身体に当たれば、我慢していた衝動が更に強くなって込み上げる。

「しよ？」

だめ押しのように耳元で囁くように言われた言葉はどこか艶を含んでいた。ぞくりとしたものが背中を這い上がる。

ワンテンポ遅れてその意味するところに気付いた軍司は驚きに目を瞠った。いくら酔っていても、澪がこんなことを言うなんて思ってもみなかったからだ。首に回っている腕を掴んでそこから下ろすと、身体を少し後ろに押し、顔を覗き込んだ。

「したいの？」

「うん、したい」

気の抜けた顔でへらりと澪が笑った。にこにこと笑いながら、軍司の手を掴むと、意外に強い力でぐいっと引っ張って剥き出しの胸の上に導いた。

「はい、さわって？」

その柔らかな感触を手の中に感じれば、指を動かしたくなってしまうのは致し方ないだろう。条件反射のようについつい揉んでしまいながら、軍司は迷うように首を傾けた。

したいかしたくないかで言えばそれは自分だってしたい。むしろ大歓迎だ。ここのところしていなくて普通に溜まっていたし、そうではなくても、澪としたくないわけがない。酒を飲んではいるが、このぐらいの酒量だったらまあ影響もないだろう。けれど、気になることがあった。

「いや、でもなあ、けっこう飲んでるよな。大丈夫？　動いたら気持ち悪くならない？」

澪はかなり酔ってる。まだまだ酔いは醒めていないだろう。セックスをするということは澪だって多少動くわけで、いきなり動いて気分が悪くなったりしないかが心配だった。

「ぜんぜん、だいじょうぶ」

とろんとした目は濡れたように潤んでいた。きちんと焦点が合ってないのか視点が定まらず、時折虚《うつ》ろになるのが妙に煽情《せんじょう》的で、知らず知らずの内に劣情が引き出される。

「んっ」

揉みしだいている内に、いつもの癖で先端を弾いてしまうと、澪が甘い息を漏らした。下腹に熱が溜まっていくような感覚に、軍司はガシガシと髪を掻いた。

「なんでそんなにしたいの？」

「ん、だって……きのうから、ずっとしたくてたまんなかったんだもん」

若干呂律の回っていないその声を聞いて、軍司はぴたっと手の動きを止めた。

——昨日から？　ずっと？

その意味するところを考えて、昨日からの澪を思い出し、想像する。

なんだ、それ。

ぶつっと頭の中で何かが切れたような気がした。

ぐいっと引き寄せ、後頭部を押さえて唇を塞ぐ。薄く開いた唇の合わせ目から舌を捻じ込んだ。温かな口内を蹂躙《じゅうりん》しながら、胸の膨らみをまさぐる。先端を擦って押し潰して軽く引っ張った。

それだけで下半身に血が集まっていく。込み上げる衝動のまま、澪をベッドに押し倒し頭を下げて胸に口を寄せた。既にぷっくりと勃ち上がっている先端を口に含んで転がせば、荒い息と共に、澪がびくびくと震えながら甘ったるい声を上げた。

「あっ……ん、それきもちいい……っ……」

リクエストに応えるかのようにじゅっと音を立てて吸う。反対側の胸の先端をぴんぴんと指の先で何度か弾いてから、肌の上を滑るようにして、手を下げた。

ウエスト部分からパンツの中に手を突っ込む。ふわふわした茂みを掻き分けるようにして脚の間に指を入れ陰唇を撫でた。

「ぐっしょぐしょ」

はっと笑いを漏らしながら割れ目の上を数回なぞると細い腰がくねった。人差し指と薬指で思いっきり陰唇を左右に押し広げ、中指を使って優しく秘豆を撫でる。すると澪が鼻にかかった声を漏らした。

「んんっ……ん、あ、あ……」

円を描くように指先を動かし転がして、芯を持ったのがわかった瞬間、ぐに、と押し潰した。

「あ……んうっ」

澪の身体がびくびくっと震えた。

「えろ……もうイッた？」

荒い息を漏らす澪を目を細めて見る。その顔は完全に快楽に染まって蕩けていた。見ているだけで興奮が煽られる。顔を寄せて唇を塞ぎ、何度か啄んで口の端に滲む涎《よだれ》ごと舐める。

キスをしながら秘豆から指を離して膣口を探った。少し力を入れただけで指はぬるりと中に沈み込む。既に膣壁は柔らかかった。二本に増やして抜き差しをしながら中を探る。

「ゆうた……も、いれて」

ん、と感じている声を漏らしながら、澪が懇願するように呟いた。欲しがる様子がかわいくて、思わず笑みを漏らす。

「え？　まだだよ」

あっさりと断ると澪の顔がくしゃ、と歪んだ。

「や、いれて。んっ」

お腹側のざらついたところを擦ると一層高い声が澪から漏れた。それに構わず折り曲げた指で執拗に刺激する。

「ほら、ここだけでも、十分気持ちいいだろ？　俺の必要ないんじゃない？」

「や、ちが……悠太の、いれてほし……ん」

「え、挿れてどうしてほしいの？」

「いれて……こすってえ」

「どこを？」

「きもち……よくなるところ……っ」

今ならエロいこと言わせ放題だな。

誘導すれば何でも言ってくれそうな澪に軍司の下半身も我慢の限界だった。割と早いタイミングで勃っていたから、今はもう痛いぐらいだった。

軍司はパンツから手を引き抜くと、身体を起こした。ボタンを外してワイシャツを脱ぐ。

「あ……」

「ちょっと待ってて。望み通り、挿れてやるから」

少し離れただけで悲しそうな顔をする澪の頬に唇を落として、軍司はベッドから下りた。Tシャツを脱いでベルトを外し、スラックスも脱ぎ捨てる。チェストの引き出しから避妊具を取り出すと、ボクサーパンツを脱いで手早く装着した。

「お待たせ」

素早くパンツを脱がせると脚を掴んで左右に押し開く。狙いを定めて腰を進めるとそれは呆気なくずぶずぶと入り込んだ。

酒のせいで普段と違うのか、最初の挿入時の抵抗感はほとんどなかった。ちょうどいい締め付けが気持ちよすぎて、腰が溶けそうになる。

「あー……やばい」

呻くような声を漏らしながら、腰を揺すると澪の身体がびくんっと震えた。ぎゅうぎゅうと中が急に圧を強めて締め付けてくる。

「あれ？　イッた？　えっろ」

挿れただけでこれかよ、と言いながら軍司はずるずると中のものを限界まで引き抜いて、もう抜けるというところで止めて、ぱんとまた押し込んだ。

「あっ……あ、あ……いま、イッたばっかだからだめぇ」

「またまた。もっとだろ」

澪はいやいやするように首を振ったが軍司は構わず腰を打ち付けた。ぱんぱんと段々その動きを速めていく。

「昨日からやりたいの我慢してたんだから、その分、気持ちよくなろうか」

その後は、澪の意識が途切れるまで、軍司は澪を離さなかった。

＊＊＊

次の日の朝、澪を待っていたのは、最高にひどい目覚めだった。身体が鉛のように重く、胃がムカムカして、まるで体中に粘土を詰め込まれたような気分だった。

（なんで……私、昨日ってどうしたっけ）

痛む頭を押さえて一生懸命考える。この感じは間違いなく二日酔いだ。そこで、昨日が三課の忘年会だったことを思い出す。気分が悪いから、じっとしていられなくて寝返りをうって、そこで自分の身体に違和感を覚えた。

（なんか、やけに……）

澪はそこで自分が裸であることに気付いてはっとした。脱いでる。下着も。

「えっなんで」

思わず声に出すと、隣で軍司が身じろぎした。どうやら起こしてしまったらしい。澪の方を向いた顔が瞼を上げた。

「……おはよ」

ふあ、と欠伸をして、眠そうにぱちぱちと瞬きをしている。

「あー……ごめん。昨日やった後、そのまま寝ちゃった」

一応水だけ飲ませたけどそれしかしてない、という言葉に驚いて目を瞠る。

「やった……？」

「うん、覚えてない？」

「覚えて…………」

「ないわけじゃなさそうだな」

記憶を探って何かを思い出したというような表情を浮かべた後に、愕然とした様子になった澪に、軍司はふっと笑った。

「挿れてほしいとか、もっととか、気持ちいいところ擦ってとか、昨日の澪はほんとかわいかったなあ」

「わあああああああ」

慌てて口を塞ぐ。顔がみるみる内に赤くなっていった。まさに穴があったら入りたいとはこのことだったが、実際に穴なんてないので、澪はぱっと手を離すとくるっと反対側を向いて、布団に潜り込もうとした。

それを押さえ付けるように、軍司が後ろから手を回してくる。

「恥ずかしがることないだろ。めちゃくちゃかわいかった」

軍司は宥めるような優しい口調で、その後も気遣うようなことまで色々言ってくれたが、澪はしばらく布団から出ることはできなかった。

書き下ろし番外編
やきもちとはじめて

「午前中、全然席にいなかったね」

「うん、なんか慌ただしかった」

「ふーん、澪《みお》も大分慣れてきたね。人事に」

そうかもと言いながら、澪は山菜そばを口に運ぶ。平日火曜の昼下がり、澪はいつものように梨《り》花《か》と会社のカフェテリアでランチを共にしていた。

「榎本《えもと》課長優しい?」

「優しいよ。見たまんま。すごい丁寧に教えてくれるし」

「澪が鬼の軍司《ぐんじ》課長の婚約者だから気を遣ってたりして」

「まさか」

澪はぎょっとしたように目を瞠ってから、梨花を軽く睨む。

「そういうの、やめてよね。どこで誰が聞いてあらぬ誤解を生むかわからないんだから」

ごめーんというように軽く笑った梨花を見ながら澪はため息をついた。

この四月、澪は営業三課から人事課に異動になった。会社の通例として、結婚すると夫婦は同じ部署で働けない。必ずどちらかが異動しなければならないのだ。澪と軍司はまだ結婚していないが、付き合っていることが周知となり、どうやら軍司が上に結婚前提だと言ったらしい。それで、その内結婚するのだろうからと、澪が異動になったのだ。

軍司が三課を異動するわけにはいかないから、これは当然のことと言える。異動先の人事課は営業三課の前に所属していた総務のお隣で、だから澪にとっては知らない部署ではなかった。課員も知った顔ばかりで、すんなりと馴染むことができた。約一か月を過ぎて、仕事にもぼちぼち慣れてきたところだった。

その時、澪のスマートフォンが机の上でブルブル震えた。澪は手に取ると画面を開いた。表示されている通知が目に飛び込む。

『参加表明してない人は早めにお願いします！』

「やば、忘れてた」

澪はその文字を見て思わず呟いた。

「何を？」

それに反応した梨花が興味を引かれた顔で聞いてくる。澪はスマホを机の上に戻した。

「大学時代同じ学部だった子たちと久しぶりに集まろうって話があるんだけど、それの出欠連絡するの忘れてた」

「ふーん、楽しそうじゃん。久しぶりな感じ？」

「そうなの。みんなで集まるのは卒業してから初めてかも」

「あーそれって、あれじゃない。仲間内の誰かと誰かが偶然再会して、せっかくだからみんな集めて久しぶりに飲もうよ、みたいな」

「うん。そんな感じ。けっこう参加するっぽくて大所帯になりそう」

澪は相槌をうちながら箸を持つとそばを口に運んだ。

梨花が不思議そうにその光景を眺める。

「行かないの？」

「迷ってる。どうしようかな」

「なんで？　日にちがあわない？」

「そういうわけじゃないんだけど……」

歯切れを悪くさせた澪を見て梨花は何かに気付いたようだった。わかっちゃったと呟くと、ずいっと顔を近付けてにんまりと笑った。

「ずばり、その中に元カレがいるね？」

ぴたっと澪の箸を持つ手が止まる。迷うように視線が揺れた。

「あたりだ」

「……まあ、そう」

澪はしぶしぶ頷いた。図星だった。

天に誓って言うが、澪は当然、元カレのことを全く何とも思っていない。もはや顔もおぼろげで、ここ数年思い出すことすらなかった。そもそも付き合った理由も一緒にいる内に何となく、みたいな感じだったし、軍司への気持ちと比較すると果たしてあれは本当に恋愛だったのかと、首を傾けたくなるような淡いものだった。

だから別に参加を躊躇ったのはそれが理由ではない。

本音で言うと、会には参加したかった。大学時代はよく一緒に遊んだ懐かしい顔ぶれ。その中には卒業後は疎遠になってしまっていて、ここ最近全く顔を合わせていなかった友人の名前もある。純粋に久しぶりに会いたいな、と思った。

(でも、悠太《ゆうた》は何て思うかな)

ちらりと頭を過ぎった考え。自分に置き換えて考えてみると、嫌だなあと思ってしまった。心が狭いかもしれないが、元カノがいる飲み会とか行ってほしくない。

けれど、直接聞いたら軍司は行ってくれれば、と言う気がした。

軍司はこの四月で課長代理から課長に昇進した。澪も含めて課内で数名の異動があり、バタバタしているようだった。ここ最近は特に立て込んでいるみたいで、帰りが遅い。あまり話せていなかった。それもあって、澪はこの飲み会のことを話せないままで、考えを保留にしている内に、うっかり飲み会のこと自体を忘れかけてしまっていたのだ。

「軍司課長には言ったの？」

「んー……それが、まだ言ってない」

「なんで？」

「いや、最近むこうの帰りが遅くて。忙しそうだから、何となく言いづらくて……ずるずると」

「でもそれ黙って行ったら揉めるパターンでしょ」

「黙って行くつもりはないよ。まだ行くか行かないか迷ってる段階なの。行くなら、言う」

「元カレに会ってきてもいいかって？」

「誤解を招く言い方はやめて。誰が聞いてるか」

わからない、と続けようとした澪だったが、最後まで言うことはできなかった。

四人掛けのテーブル。澪と梨花が向き合っていて、隣は誰も座っていなかった。その空いてるスペースに誰かが食事がのったトレイを置いたからだった。

「誰が元カレに会うって？」

荒っぽく椅子を引いて、どがっとそこに軍司が腰を下ろした。

「ふーん、大学時代の友達の集まり？」

「そう」

「そこに大学時代に付き合っていた元カレも来ると」

「そう。でも付き合ってたのは、大学二年生の頃で、えーと半年ぐらいだけだよ。元々友達で気が合ったから何となく付き合うみたいになったけど、何か違うねってなって、もうほんと未練もなくさっぱり別れてるの。そこからも全く何もないし、卒業してから個人的な連絡もとってないし、だから付き合っていたというより友達の延長線上みたいな関係だったんだけど」

早口で捲し立てるように喋りながら、こんなに言い訳するみたいに言葉を並べたら余計怪しいんじゃ、と澪は心の中で自分に突っ込んだ。

思わぬ形で会話を聞かれてしまったカフェテリアでの出来事から数時間後、澪は自宅でソファに座って軍司と向かい合っていた。

別にやましいところは何もないのだが、軍司からは多少不機嫌そうな空気が出ていて、澪は居心地の悪さを感じながらソファの上で身じろぎをした。

（やっぱり、行かない方がいいよなあ）

この感じはやっぱり軍司は行ってほしくないのだろうと澪は思った。気持ちは重々にわかる。自分だって同じ立場になったら表面上はいいよと言ったとしても内心は面白くはないし、軍司をもちろん信頼しているが一抹の不安は残るだろう。軍司が何とも思ってなかったとしても、相手の気持ちはわからない。軍司のことを見てやっぱり……と焼け木杭《ぼっくい》に火が付く可能性だってあるからだ。

澪は軍司よりもその可能性はだいぶ低いと思うが。

「何人ぐらい参加すんの？」

おもむろに口を開いた軍司が淡々としたトーンで聞いていた。仕事の時の口調と同じ。要は感情を抑制している時の声だ。ここはなるべく正確に答えなくてはと、澪は一生懸命記憶を探る。

「今のところ……十五、人ぐらいだったかな」

「いつ？」

「二週間後の金曜日」

軍司がじっと澪を見つめた。澪は居住まいを正してその瞳を見返す。なぜかはわからないが、緊張感が身体を包んでいた。

すると、不意に軍司がふっと笑った。

「わかった。行ってくればいいじゃん」

「えっ」

澪の口からひっくり返った声が飛び出す。そんなにあっさりと認めるとは思っていなかったので驚いたのだ。

「いいの？」

「いいのも何も……参加を迷ってるってことは、少なからず行きたい気持ちがあるってことだろ。まあ久しぶりに会う友達がいるとかなら、その気持ちはわからなくもないし。なのに行くなとか、そういうことを俺はしたくないから」

「う、うん」

「その元カレとは、あまり積極的に関わってはほしくないけど」

「そんなこと、しないよ」

「じゃあ別に問題ないいんじゃん」

言いながら軍司は、ネクタイを解きつつ立ち上がった。

「俺、先に風呂入ってくる」

いつも通りの顔と口調で軍司がリビングの扉へ歩いて行く。

その姿を澪は拍子抜けした顔で見送った。

（……本当に行っても大丈夫、なのかな？）

別に軍司の態度がおかしかったわけじゃない。強いて言えば、大人の対応だったかもしれない。

けれど手放しで問題ない、と言える気持ちには、澪はならなかった。


「わー久しぶり！」

「変わってなーい」

「え、結婚したの⁉」

会場である創作ダイニングの店のあちこちから弾んだ声が上がる。二週間後の金曜日、澪はちょっとした同窓会の様相を呈した飲み会に来ていた。

軍司とはこの飲み会のことはあれから一度も会話にあがらない。何となくその話を避けてる雰囲気すらして、やっぱりあまり快く思っていないのかな、とちらりと思うことはあったが、それで行くのをやめたら、余計に変な感じになりそうで澪は予定通り、今日参加した。

店まで一緒に来た彩《あや》が隣に座っている。予定時間ぴったりに幹事の掛け声で乾杯をし、久しぶりということもあってどのテーブルでもすぐに、話に花が咲いたようだった。

澪も席が近い者達でしばらく盛り上がっていたが、一人がトイレに立ち会話が途切れたタイミングでふっと店内を見回した。店の一角を貸し切りにしたらしく、その仕切られたスペースには、この会の参加者しかいなかった。人が人を呼び、結局総勢で二十名ぐらいが参加しているらしい。テーブルをくっつけて長テーブルにしているので十名が席に着けるようになっており、それが二つ並んで配置されていた。

隣のテーブルの真ん中あたりで澪の視線が一瞬止まる。付き合っていた時は明るく染めていた髪は黒になっていて、スーツを着ていることもあり多少落ち着いた雰囲気になっているが、それ以外で外見の変化はあまりない。人懐っこそうな笑顔はそのままだ。

澪は元カレの場所だけ確認すると、視線を近くに戻した。

「透《とおる》と今日話した？」

澪の視線を追っていたのか、彩が耳元で囁いた。

「ううん」

「まあわざわざ話す必要はないか。軍司さんには今日のこと言ってきたの？」

「うん」

「元カレが来ることも？」

「まあ、うん」

「ふーん、行くなとか言うタイプじゃないか」

そう言うと彩は訳知り顔で頷いた。


「二次会カラオケだって。どうする？」

「カラオケかあ」

七時半から始まり、約三時間。懐かしい顔ぶれと話もできたし、連絡先を改めて交換して、また飲もうという話にもなっていた。今日は十分に楽しんだ。あまり遅くなってもだし、二次会まではいいかなと澪は考える。

「私はいいや。彩は？」

「私も行かない」

「そっか」

言いながら、澪はバッグを漁った。飲み会中、何度かスマホをチェックしたが軍司からの連絡は特に来ていなかった。けれど、帰る前に念のためもう一度、確認しておこうと思ったのだ。

「あ」

画面に表示されていた通知に澪の目が釘付けになった。

『酔ってない？　そこの駅前にいるから終わったら連絡して。迎えに行く』

軍司からだった。思わず、口元が緩む。

気にしてくれていたんだ、と思うと現金なもので、一気に気持ちが高揚していく。会社からこの飲み会が行われている場所は反対方向だ。わざわざここまで来てくれたのかと思えば、ものすごく嬉しくなった。

「軍司さん？」

澪の顔が明るくなったのがわかったのだろう。横にいた彩がにやっと笑いながら突っ込んできた。

「うん。迎えにきてくれるって」

澪はスマホを操作しながら頷いた。

『酔ってないよ。わざわざこっちまで来てくれたの？　ありがとう。今終わったよ』

いそいそとメッセージを打って返信する。

酔っていないというのは本当で、澪は今日はかなりセーブして飲んでいた。

「相変わらず愛されてんね」

周囲が立ち始めたのを見た彩が席を立ちながら言った。


澪は軍司と待ち合わせをした駅前にあるコーヒーショップに向かって歩いていた。お店を出たところで会は解散となり、二次会に参加するメンバーはそちらに流れた。今日の飲み会が行われた場所はかなりのターミナル駅で、人によって乗る路線が違うため、澪も彩とも店の前で別れて一人だった。

真っ直ぐ前を向いて歩いていると、不意に後ろから肩をポンと叩かれた。

不意打ちの感触に驚いた澪の足が止まる。そのまま反射的に振り返り、肩を叩いた人物をまじまじと見つめた。

「……透？」

元カレの透だった。

澪は訝しげな顔で尋ねる。解散の時に近くにいたので久しぶりぐらいの言葉は交わしたが、結局、口を聞いたのはそれだけだった。なので澪にそこまで用事があるとも思えず、つい、そんな口調になってしまった。

透は垂れ目でどちらかと言うと穏やかな印象の顔立ちをしている。警戒心を起こさせないようなタイプで、今も邪気のなさそうな笑みを浮かべていた。澪はその顔を見ながら、ふと、改めて見ると軍司とは全く違うタイプだなと思った。

「もう帰るの？」

「うん。透も？　帰り道こっち？」

「いや違うんだけど。今日あんまり話せなかったからもしよかったらこの後、一緒に飲み直さないかと思って」

「え？」

意外なことを言われた澪は瞳を瞬く。実際、透がわざわざ澪を追ってきて、そんな風に誘ってくるなんて思っていなかったので、少なからず驚いていた。そして、同時に困ったなとも思った。

「ごめん、行かない。彼氏が近くまで迎えにきてくれてて。待ち合わせしてるから」

どういう意図で誘われたのかよくわからなかったが、変に誤魔化しても仕方がないし、と澪は素直に理由を言って断った。もしも、軍司と待ち合わせてなかったとしても断っていただろうとは思うが、ここはストレートに言った方がよいと思ったのだ。透とは別れた後も友だちで、気を遣うようなタイプでもなかったので、そういったことも影響して、澪の口調はやや遠慮のないものになっていた。

「へ、あ、そうなんだ」

もしかすると、断られるのは予想外だったのかもしれない。もしくは、澪に彼氏がいることが想定外だったのか。徹は肩透かしをくらったような顔をした。

「なに、彼氏いるの？」

「いるけど、何その顔。いちゃだめだった？」

微妙に不満さを帯びたような声に澪は若干むっとする。透が澪のことをまだ好きなんてことは絶対にないだろう。だからそういう意味ではなくて、言外に、「お前に彼氏がいるなんて」と言われたような気がしたのだ。

「だめってことないけどさ。意外で。ほらお前って『女子力』が低いからさ。てっきりそのままいってるのかと」

「はあ？」

付き合っていた時の澪の態度がいつまでも友だちの延長線上で、『彼女感』が少なかったからそのように言っているのだろうか。

「それは透から見た話でしょ？　今の彼氏はありがたいことに、ちゃんと女の子として見てくれてるんです。もういい？　彼氏待ってるからもう行くね」

完全にかちんときた澪は、半ば言い捨てるようにしてその場を去ろうとした。すると、そんな澪を引き留めるかのように透がかしっと腕を掴んだ。

「痛いなあ。なんなの」

「俺も会わせて」

「え？」

「お前の奇特な彼氏。見てみたい」

「はあ？」

（最悪。こいつなんなの）

ずんずん歩く澪の後を透がぴったりついてくる。軍司に会いたいと言い出した透に、澪はもちろんきっぱりと断ったのだが、透はしつこかった。

（確か酔うと気が大きくなるタイプだったな……）

それにお酒は関係なく、普段からデリカシーに欠けるところがあったところも。

透はお互いに何でも言い合える関係が、本当に何でも言ってもいいと勘違いしている節があった。それで無意識に人を傷つける。当時はそのざっくばらんさは付き合いやすさに繋がり彼の魅力にもなっていたし、澪もけっこう言いたいことを好きに言って反撃していたが、その関係性が今も適用されると思って振る舞われるのはかなり微妙なものがあった。

本気で嫌がっているのに彼氏を見せるのが恥ずかしいと勘違いされたのか、いいじゃん。見たらすぐ帰るしとあっさり流され、暖簾《のれん》に腕押し状態が続いた後、埒《らち》があかないので澪は仕方なく軍司の元に向かった。

ついてこないでとも言ったが、ここでもいいじゃんだ。挙句の果てに本当は彼氏なんていないんじゃないの？　見栄を張っちゃった？　とも言われ、押し問答に疲れた澪はそこまで言うのならもう見せた方が早いと思い始めていた。

透は現在、彼女はいないらしい。澪にもきっと彼氏はいないと思って同類認定していたのに、予想が外れてプライドが傷つけられたのか。澪の彼氏の存在を確認することで、納得がいかない部分の答えを得たいのか。はたまた単なる好奇心か。軍司の反応が怖かったが、あまり遅いと心配するだろうし、連絡がきて男といると勘違いされるのもまた怖い。もういっそ会わせた方が誤解なく事が収拾できるのではと思った。

「待たせてごめん」

コーヒーショップの店前に立つ軍司の姿を見つけた時、澪はほっとした。透に付きまとわれて少なからず疲弊していたらしい。ほとんど駆け寄るような形で軍司の傍に行くと、澪はスーツの袖をぎゅっと掴んだ。

「お疲れ。どうした？」

澪の勢いに面食らったのか、不思議そうな顔をした軍司は空いている手を背中に伸ばすと、落ち着かせるようにぽんぽんと優しく叩いた。

「疲れた？」

澪は顔を上げて困ったように軍司を見る。それから嫌々ながらも視線を自らの後方、透がいるであろうあたりに移動させた。

透は澪から一歩離れた位置で立ち止まっていた。すごく驚いたような顔をして軍司を見ている。

「誰？　知り合い？」

軍司は今初めて気付いたような顔をしていたが、透の姿を認めた瞬間、警戒するように目つきを険しくさせた。

「えっ本当に彼氏⁉」

「う、うん……一緒に飲み会に参加してた大学時代の……」

説明を始めた澪の声に、素っ頓狂な声がかぶる。澪は眉を顰めた。

「……ごめん。帰り道が一緒になって。彼氏と待ち合わせしてるって言ったら見てみたいってついてきて……」

透を無視してコソコソと耳打ちすると、胡散臭いものを見るような目つきをしていた軍司の表情が少し緩んだ。

「断ったんだけど、ごめんね」

「いいよ別に。ナンパでもされて逃げてきたのかと思った」

「ナンパなんかされないよ」

思ったよりもあっさりと受け入れてくれた軍司にほっとしつつ、澪は透に向き直った。

「そう。この人が私の彼氏。もう見たからいいでしょ。帰りなよ」

「え、いやお前、こんなイケメンとか予想外すぎる。本当に彼氏か？　どこで知り合ったんだよ」

「職場。イケメンだろうが何だろうがもういいじゃない。透、今日ちょっとしつこいよ」

「あそう？　ごめん。いやでもさ、あの澪がこんなイケメンと付き合ってるとか信じられない俺の気持ちもわかってよ。お前って恋愛に発展させるのすげー苦手なタイプだったじゃん。それなのにどんな手を使ったのかと思って。あ、俺、澪さんと大学が一緒だった高橋《たかはし》って言います」

ズケズケと喋った透は軍司の方に向き直って人懐っこい笑みを浮かべた。澪はもう頭を抱えたくなる。この場合、悪気がないのが余計に悪い。

「どうも。軍司と言います。別に何の手も使われてませんよ。俺から澪さんに言い寄って付き合ってもらったので」

軍司は愛想良く笑いながら言った。澪から見ればはっきりとわかる、完全なる営業スマイルだった。こういう時、営業のエース社員だったという経歴は怖い。内心をかなり上手く隠して外面を取り繕えるからだ。

「えっまじっすか。あ、もしかして」

「そうなんです。俺がベタぼれで。あ、そうだ」

何かを言いかけた透の話を遮るように、軍司が言葉を被せる。その次の瞬間、軍司は澪の肩を抱き寄せた。

「結婚式にはぜひ来てくださいね」


「さっきはほんとごめんなさい」

澪は帰りの電車の中で平謝りしていた。週末の車内は混雑していて、軍司は澪を守るように人を上手くガードしつつ目の前に立っている。距離がかなり近いことを利用して澪はその胸元に顔を寄せた。

「まだ気にしてんの？　別にいいって言ったじゃん。澪のせいじゃないし。ただ」

そこで軍司は意味ありげに言葉を切った。

「澪にやたらと馴れ馴れしいのにはむかついた」

冗談っぽい口調だが、どこか含みがあった。

——これは気付いてるな。

澪は内心、ぎくりとする。まあでもあの透の態度を見れば仕方ないかもしれない。やたらと俺はこいつのこと知ってます感を出していたような気がする。普通にぴんと来るだろう。

「ごめんね？」

近くにある骨ばった手に触れてぎゅっと握る。軍司が腹を立てる必要なんてないのだ。軍司の方がずっと澪のことをよく知っている。どんなにそれっぽく振る舞ったとしても足元にも及ばない。

「いや、俺の方がごめん」

「なにが？」

軍司の言葉に澪は驚いて顔を上げた。

「結婚のこと。勝手に宣言した。俺、またやったよな」

視線の先で軍司がばつの悪そうな顔になる。澪は慌てて首を振った。

また、というのは付き合ってることを勝手に社内でばらした時のことを言っているのだろう。確かに、軍司はあの時も後で謝っていた。

「別に、大丈夫。今すぐじゃないかもしれないけど、結婚するのは本当のことだし」

そうだよね？　という視線を送ると、軍司はふっと笑った。

「もちろん」

実は少し前に二人で近場に旅行に行った時に、結婚について最終確認をされた。つまりプロポーズだ。

澪はもちろん二つ返事で頷いて、指輪とか式のこととか、色々と考え始めた時に部署異動となり、仕事が一旦落ち着くまでは保留にしていたのだ。

お互いの両親にも挨拶済みで、だから、もしも透から大学時代の友人に澪が結婚すると伝わったとしても、澪は全く問題なかった。きっと軍司は透だけではなく、澪の交友関係のことを気にして謝ったのだろうということは、聞かなくてもわかった。

電車内であまりにやけるのも恥ずかしいので我慢しようとしたがつい口元が綻んでしまう。それを隠すかのように澪は軍司の胸元に顔を埋めた。


「ただいま」

自宅の玄関に入った澪は、誰に言うでもなく呟きながらパンプスを脱いだ。なんだかんだで十二時近くになってしまった。さすがに疲れたと思いながらもこんな時間まで軍司を付き合わせてしまったことに罪悪感を感じ、お風呂に先に入ってもらおうと澪は振り返った。

「悠太先お風呂入る、わっ」

その言葉を言い終わる前に驚いた声をあげてしまう。完全に振り返る前に軍司が澪のことを後ろから抱き竦めたからだった。

「ごめん、確認していい？　やっぱあいつが元カレ？」

澪の首筋に顔を埋めながら軍司が喋る。息がかかった部分が熱くなってぞわりと肌が粟《あわ》立った。

（……やっぱり）

気付いてたか、と思いながら澪はきゅっと口元を引き結んだ。あいつとはもちろん透のことだろう。ごくんと唾を飲み込む。

「……うん」

「だよなあ」

息を吐き出しながらそう言った軍司がボタンを留めてなかったスプリングコートの合わせ目から手を忍び込ませてシャツのボタンをプツンプツンと外した。

「え？」

何をするんだろう、と思いながらも澪は抵抗をせずにその動作をただ見つめる。やがて三つほどボタンを外した手が、シャツの下に忍び込んだ。キャミソールをくぐってブラのカップの中に入り込む。

迷うことなく胸の先端まで行き着いてそこをするりと撫でた。

「ゆ、悠太？」

「いや俺だって我慢しようと思ったよ？」

頬に添えられた手が、ぐい、とやや強引に澪の顔を横向きに変える。同時に軍司の顔が近付いて唇が重なった。

指が先端を弄《もてあそ》ぶ。人差し指が引っ掻くような動きで何度もそこを擦った。口内に入り込んだ舌が澪のものを絡めとる。そうしながら勃ち上がった乳首をきゅっと摘まれて、澪の喉から籠った声が漏れた。

「けどやっぱり無理だった」

しばらく玄関からすぐの廊下でキスをしながら胸を弄られてびくびくと身体を揺らしていた澪だったが、不意にそれから開放されたかと思うと、腕を引かれた。

「来て」

廊下を抜けてリビングに入り、そのまま寝室まで連れて行かれる。やや乱暴にベッドの上に押し倒された。

澪の身体はキスと胸への愛撫ですっかり熱くなっている。胸の先はじんじんとし、まだ触れられていないが、パンツのそこはすでに濡れている気配があった。

だって仕方がないだろう。澪の身体をここまで快楽に慣らしたのは軍司なのだ。澪が感じるところは完全に把握されている。澪は快楽に蕩けそうになっている顔を何とか引き締めて自分の身体の上にのしかかっている軍司を見上げた。

「……どう、したの？」

「もしかして初めてもあいつ？」

被せるように言われて、澪は目を見開く。そして、そこに軍司が強引に澪を求めた理由を見た気がした。

（……なんで。そこまで、わかっちゃうの？）

図星だった。気まずいことこの上ない。はっきり言って、澪の初体験なんて痛いだけで、良かった記憶なんて、ほとんどなかった。その後も痛みは度々あってあまり行為に慣れず、けれど澪は初めてだから、セックスなんてこんなものだと思っていた。透もそんな澪の反応はわかっていたみたいで、その後、二人の間で段々とセックスの回数は減った。だから澪にとって初めては大事に取っておきたいような思い出ではないのだ。

けれど、澪がいくら説明したところで軍司の気持ちは晴れないだろう。澪だって軍司の初めての相手が目の前に現れたら相当に気持ちが荒れる自信がある。軍司の初めてを想像し、嫉妬に苦しむだろう。

澪は視線を彷徨わせた。軍司の方を見れず、けれど嘘をつくわけにもいかない。結果、しぶしぶながらも小さく頷いた。

はあ、と軍司が大きく息を吐く。その音に澪はびくっと肩を揺らした。

「やっぱりか」

軍司は何かを堪えるように眉を寄せると、がしがしと乱暴に頭を掻いた。それから身体を起こすと、上に着ていたスーツを脱いだ。次いで、ネクタイを外し、その辺に放り投げる。ワイシャツのボタンを外しながらあーあと呟いた。

「せっかく何とか独占欲を抑えて大人な態度で送り出したのに」

ボタンを外し終えると、ワイシャツを脱ぎ捨て、その下のインナーにも手をかけた。

「我慢したの意味なかったかもな」

あっという間に上半身裸になった軍司を澪は呆然と見上げた。

「えっと……？」

「ほら澪も早く脱いで」

「え？」

ぐいっと身体が引き起こされる。軍司は澪のスプリングコートを脱がすと、シャツのボタンをすべて外した。慣れた手つきでシャツやその下のキャミソール、ブラまで取り去っていく。

「わっ」

スカートのファスナーが下げられたと思ったら押し倒されて澪はまたベッドの上にひっくり返った。

「腰上げて？」

追ってきた軍司が耳元で囁く。澪はその声に導かれるように反射的に腰を上げてしまった。そこを狙って軍司がスカートとストッキング、パンツまで一気に下ろす。澪はあっという間に全裸になってしまった。

「エロい眺め」

脚を掴んでぐいっと左右に開いた軍司がその間に身体を入れながら口の端を上げる。太ももの内側の柔らかい部分に唇を落とすと、舌先でつつっと舐め上げ、その感触を楽しむかのように歯を立てる。何度も甘噛みした後、きつく吸って痕を残した。

その太ももへの刺激だけで脚の間が熱く潤んでくるのがわかった。下半身が水を吸ったように重だるくなってくる。澪は乾いた息を漏らした。

「もう濡れてんの？」

くちりと濡れた音が響いた。軍司が陰唇の横に指をおいて、そこを押し開いたのだ。

「ちょ、や」

さすがにこれには澪もはっとして、慌てて声を上げた。何せ部屋に入った際についでのように軍司が電気を点けたので部屋の中が普通に明るいのだ。

「お、お風呂は？」

軍司の態度に不穏なものを感じて、澪は展開を変えようと咄嗟にそう口にした。ちょっとやそっとの抵抗では取り合ってもらえなそうな気配を感じたからだった。

「あとでね」

ふっと軍司が笑う。何かものすごく悪そうな笑みだった。

軍司が指で陰唇を広げたり閉じたりするたびにくちくちと音が鳴る。恥ずかしいのが余計に性感を煽るのか、澪はいつもより感じてしまった。とろりとしたものが膣口から零れる。それがわかって顔が熱くなった。

「えっろ。触ってほしい？」

触れるか触れないかのタッチで軍司が秘豆の近くをさわさわと撫でた。それだけで刺激を求めるかのように、そこがヒクヒクと動いた。澪の身体は知っているのだ。そこに触れてもらえればとても気持ちよくなれることを。

澪は恥ずかしさのあまり、顔を覆うようにのせていた腕をずらして、軍司を軽く睨んだ。

「なんか、今日の悠太いじわる」

「そう？　まあ、そうかも。じゃあ澪はとりあえず何をしてほしいか言ってみようか」

「うう……」

なぜかはよくわからないが口に出さないとこの先はしてもらえないらしい。じんじんと下半身が熱を帯びている。澪は真っ赤な顔で口を開いた。

「さ、触って？」

「どこを？」

間髪容れずに聞かれて、澪は更に赤くなる。迷うように視線を彷徨わせた。

「く、クリ……」

「クリだって。かわいいなあ。で、触るだけでいい？」

「……舐め、て」

「よく言えたじゃん。了解」

唇の端を上げた軍司が脚の間に顔を近付ける。ぐいっと陰唇を押し開くと、いきなりぶちゅっとそこに唇をつけて零れている蜜をずずっと啜った。

「んんっ」

びくんと澪の身体が跳ねる。

「そう言えば澪って舐められたの俺が初めてって言ったっけ？」

「ん、ん……そ、う」

ほぼ同時に膣口から入り込んだ指が迷うことなく澪の感じるポイントを刺激してくる。一気に与えられた気持ちよさに何も考えることができなくなった澪は、壊れた人形みたいにコクコクと頷いた。

「じゃあ澪の味を知ってるのは俺だけだ」

舌先を尖らせて秘豆をつついた軍司は、にちにちと音を立てながら押し潰すようにそこを左右に揺さぶる。

「ここですぐに気持ちよくなれるようにしたのも俺だよな」

そう言うと、軍司は指先でぎゅっと秘豆を摘まんだ。同時に中の指を上に押し付けるようにしてグリグリと動かす。その刺激に押し上げられるようにして澪の身体がびくびくと動いた。

「んんっ」

頭の中が白んで澪は一瞬にして何も考えられなくなった。は、は、と短い息が口から漏れる。

「澪」

達した余韻でぼうっとしている澪の頬を軍司が撫でた。

「好きだよ」

身体を倒してキスを落とすと、軍司はベルトのバックルに手をやってスラックスの前を寛げた。

「このまま挿れていい？」

脚の間に熱いものが押し当てられる。澪はぼんやりとした顔のまま頷いた。

「……うん」

「ほんとにわかってる？　俺つけてないよ？」

「……つけてない？」

なにが？　というように澪は軍司に視線を向けた。下腹部が熱く疼く。だらだらと蜜を零している入り口が何かを求めるようにヒクヒクと動いていた。

――早く、挿れてほしい。

空虚な部分を埋めてほしい。軍司の言っている意味は頭のどこかでは理解していた。でもこうなってしまうと、澪はいつもあまりちゃんとものを考えられなくなってしまうのだ。軍司が言うことなら、と何でも無条件で受け入れてしまいがちだ。

「ちょっと待ってて」

澪をじっと見てからふうっと息を吐いた軍司が身体を起こそうとした。

「ゆうた」

縋るように見つめると、軍司は薄く笑った。

「わかってるよ」

答えながらベッドから下りた軍司だったが、すぐに何かを手にして戻ってきた。下半身に身に付けていたものをぞんざいに脱ぎ捨てると、パッケージを破った避妊具を自身のものに被せる。そうしてから、澪の上にまた覆いかぶさった。

「あ……」

滑りをよくするかのように何回か先端を膣口に擦り付けた後、ぐっと熱くて硬いものが澪の中に入り込んできた。待ち兼ねていたかのように潤んだ膣壁が屹立を包み込んで締め付ける。

「今更、どうしようもないことはわかってるんだけどさ」

腰を進めながら呟くように軍司が言った。みちみちと隘路《あいろ》が押し広げられる。多少の圧迫感はあるものの、痛みはほとんどない。それどころか粘膜を擦られて腰が震えた。

「無理なこともわかってるんだけど」

ずんと軽く突き上げると澪の口から呻くような声が漏れた。

「澪のすべてを俺のものにしたくなっちゃうんだよ。ごめん」

顔の横に手をおいて自身の身体を支えながら、澪を見下ろして軍司は言った。下はもちろん繋がったままだ。

澪は二度三度、呼吸を整えるように息を吐くと、小さく笑みを浮かべた。

「……キスして？」

下から手を伸ばしていつもより鋭さを帯びた顔を撫でる。軍司の顔が近付き、柔らかいものが唇に重なった。

「ぜんぶ悠太のものだよ？」

あまり考えなくても気付けばするりと言葉が口を突いて出ていた。

「それに……確かに、初めては別の人だったかもしれないけど、悠太と付き合ってから経験したことの方が多いよ？」

そうなのだ。軍司と付き合う前の澪の経験なんて、今思えば本当にお粗末なものだ。それを言ったら、軍司の方がよっぽど澪の前に色々とやっていると思う。

不意を衝かれたかのように瞳を瞬いた軍司が、次の瞬間、相好を崩してふっと笑った。

「経験したことって例えば？」

言いながらずるずると中のものを引き抜くとずんとまた押し込んだ。

「あっ」

「こうやって奥でも気持ちよくなれちゃうようになったこと？」

ぱんぱんと腰を打ち付ける。奥を刺激されて、じんと痺れるような快楽が広がった。

伸びてきた指が恥毛を掻き分けて、秘豆を探り出し押し潰した。

「突かれながらクリ触られるとすぐイッちゃうこととか？」

「そこだめっ……あ、あ、んんっ」

膣がぎゅっと収縮して中の屹立を締め付ける。びくびくと身体が震えて、足先がぴんと伸びた。

「確かに、澪は信じられないぐらいエロくなったな」

ちゅ、と軍司が澪にキスをする。優しい手つきで額にかかっている髪の毛を避けた。

「そこもかわいいけど。気持ちよかった？」

まだ息が整っていない澪は頷くだけで精一杯だ。返事の代わりとばかりにぎゅっと抱き着いた。

「ゆうた、すき」

「俺も大好きだよ」

シーツと背中の間に手を滑り込ませた軍司が抱き寄せるようにして澪の上半身を起こした。繋がったままの状態から太ももの上を跨がせるようにして澪をのせるとにやっと笑った。

「じゃあもっと気持ちよくなろっか」

軍司は澪の腰を掴むとずんと下から突き上げた。


結局それから時間をかけてセックスをして、散々揺さぶられて何度もイッてしまった澪は、気怠げにベッドに横たわっていた。ティッシュで身体は拭いたが下着を身に着ける気力はなくて、裸のまま毛布だけ身体にかけていた。

避妊具の始末をした軍司がボクサーパンツだけ穿いた状態で戻ってきてベッドに座る。

「飲む？」

ペットボトルに入ったミネラルウォーターを勧められたが澪は首を振った。

「風呂は？」

「あとで入る。もうちょっと休んでから」

「ごめん。無理させた？　何か途中嫉妬で我を忘れてたかも。強引だったよな」

「大丈夫」

澪は安心させるように笑みを浮かべた。確かに、玄関から寝室に連れて来られるあたりぐらいでは、普段の軍司にはない乱暴さがあったような気がするが、嫉妬してたからか、と思えば何だかかわいらしく感じるから不思議なものだ。

澪は首の角度を変えて軍司を見上げるようにした。

「ね、悠太はその、私の元カレに会って嫉妬したってことだよね？」

何を当たり前のことを、と言わんばかりの顔で軍司が澪を見返した。

「ああ」

「初めてが彼だと思って余計に嫉妬した？」

「まあ、そうだな」

「私、透の他に付き合った人、あと一人だけなの。それも大学時代。同じバイト先だった人」

「……そうなんだ」

軍司の頬がぴくりと動く。何かを言いたいが我慢している、という顔になった。

「でも、悠太はもっと多いでしょ？」

澪がずばりと言うと、軍司の眉が寄った。瞳の奥がかすかに揺れる。言葉を探しているような様子にこれは困っているな、と澪は思った。

「まあ……少し、多いかもな」

「きっと私より、他の人と経験していることも多いよね。もちろん、初めても私じゃないし」

「それはまあ……でも俺がこの年で童貞でも嫌でしょ」

「そうだけど。でも私だって悠太が他の子としてたんだって思うと嫌だよ。最初からすっごい慣れてたし。それは他の女の子たちで磨いたテクでしょ」

「……いや一概にそうとも言えないけど。まあ過去の経験から得てきたものもあるのも否定はしない」

やっぱりそうだよね、と思いつつも澪は黙った。気にしても仕方がないことなので、今まであまり考えないようにしてきたが、はっきりと言われると複雑な気持ちには陥る。

「ごめん。俺の嫉妬だけぶつけたよな。俺的には澪に嫉妬されるのは嬉しいんだけど、澪はどうしたら気が晴れそう？　何でも付き合うけど」

言いながら軍司は宥めるように澪の髪に触れた。思いがけないことを言われたというように、澪は瞳を瞬く。

「何でも？」

「何でも」

澪は悩むように眉を寄せた。言われて考える。こうなったら元カノたちのことを根掘り葉掘り聞いてやろうか、という考えがちらりと頭を過ぎったが、自分の気分が悪くなりそうなのですぐに振り払う。あれこれ思い悩んだ後、澪の中にぱっとひらめいたものがあった。

「あ、じゃあ恥ずかしがる悠太が見たい」

「恥ずかしがる？」

「うん。だっていっつも何か余裕だし」

「恥ずかしがるねえ……例えばどんなこと？」

「え？　えー……」

澪は軍司を見ながら首を傾げた。この人はどんな時に恥ずかしがるんだろう。残念ながらあまり思い浮かばなかった。そう言えば、今までも恥ずかしがっている姿を見たことがないなと思った。

（人に見られたくない姿を見られたりすると恥ずかしいよね。あとは失敗……とか）

あんまり失敗しなさそうだな、と澪は軍司をじっと見ながら思った。

（人に見られたくない姿だったら、着替え、トイレとか？　いやこの前間違えてトイレの扉開けた時、全然恥ずかしがってなかったな）

そこまで考えた時、また澪の頭の中でひらめくものがあった。

「あ、一人エッチとか？」

ストレートに言葉にしてしまってちょっと赤くなる。軍司もまさか澪がそんなことを言うと思わなかったのか、驚いたような顔をした。

「え？　俺が澪の前でシコるってこと？」

「そ、そうだね」

「あー……確かにちょっと恥ずかしいかもな。まあ、澪がやれって言うならやるけど」

「え？　できるの⁉」

「いや、澪がしろって言ってんだろ。あ、でも澪がしてるのも見たい。見せ合いっことかどう？」

「な、何言ってんの？　嫌だよ！」

「えーめっちゃ見たい。ちょっとしてみて」

「ほんと何言ってるの？　話が違う！」

「いいじゃん」

俄然やる気を出してきた軍司をシャットダウンするかのように、澪は毛布の中に逃げ込んだ。ぎしりとベッドが鳴る。軍司が毛布の上から抱きしめるように覆いかぶさった。

「こうやって初めてのこと、二人でいっぱい増やしていこう？」

もうやることが決定しているかのような口ぶりに、澪は余計なことを言ってしまったと後悔したのだった。

あとがき

はじめまして、こんにちは。木下杏《きのしたあんず》と申します。

この度はたくさんの本の中から手に取っていただきありがとうございます。

こちらのお話は元々は電子書籍として配信されたものになります。今回、紙書籍で出させていただけることとなり、よりたくさんの方に読んでもらえる機会をいただけて、大変嬉しく思っております。

遡ると、この話を書き始めたのは二〇一九年でした。オフィスラブ、つまり職場恋愛の設定で話を書いたのが初めてだったので、職場の描写に苦労したことを覚えています。ただ、軍司のキャラクターだけはけっこう細かいところまで決めていたので、彼を書くのはとても楽しかったです。

澪はもう少しはっきりしたタイプの予定でしたが、軍司の相手をさせている内に段々と慎重なタイプに……。突然にイケメンに言い寄られたらきっと疑心暗鬼になってしまうだろうなあ……という私の内なる気持ちがついつい文章に出てしまったかもしれません。けれど最後にはイケメンをちゃんと受け入れることができますので、その過程もお楽しみいただけましたら幸いです。

今回、紙書籍化にあたり、書き下ろしを書かせていただきました。久しぶりに澪と軍司を書くことができてとても楽しかったです。本編とあわせてお楽しみいただけたら嬉しいです。

最後になりますが、イラストを担当してくださった小島《おじま》ちな先生、改めてありがとうございました。素敵な澪と軍司を手に取って見ることができて、とても幸せな気持ちになりました。

そして編集様、今回も大変お世話になりました。電子書籍から、今回の紙書籍化にあたり、作品をよりブラッシュアップしてくださり、本としての完成度を高めてくださったこと、この場を借りてお礼を言わせてください。ありがとうございました。

なにより、手に取り読んでくださった読者さま、本当にありがとうございました。感謝の気持ちは書きつくせません。心よりお礼申し上げます。

またどこかでお目にかかることができましたら幸いです。

木下杏

捨てたはずの婚約者
~因縁の御曹司と現世で二度目の恋~
水上涼子
Ryoko Minakami
Illustration 逆月酒乱
「あなたから婚約破棄をしてほしい」『地味』で平凡なOLの加奈の前世は、思いを寄
せていた婚約者から別れを乞われ、その帰りに馬車の事故で死んでしまった公爵令嬢
そのせいで男性不信に陥り、現世ではおひとり様ライフを謳歌中…のはずだったが、
前世の婚約者が勤め先の御曹司・悠理として目の前に現れ!? 現世でもものすごくモ
テる彼と、絶対関わらないよう避けていた加奈だったが、悠理の方は何かにつけてか
まってくる。――「君以外目に入らない」ハイスペックな男の魅力と初めての甘い疼
きに抗えなくなって…。
TK Tull kiss label DX
チュールキスDX
大好評発売中!

焦らされ御曹司が
ストーカーのように
求婚してきます
Sasame Saki Presents 佐木ささめ
Illustration 駒城ミチヲ
「俺と結婚しないか」ロンドン駐在から帰国した千秋に突然、告白を飛び越え求婚してきたのは、イケメン同僚で実は有名老舗企業の御曹司の枚岡だった。押し切られそうな同棲を断ると、今度は引っ越し先の隣の部屋に先回りして住んでいて!? 社内ではい相談相手で、何度もトラウマから守ってくれる枚岡に、次第に恋の予感を覚える千秋。『綺麗だよ』極上の美男子の甘い声と熱い腕に、緊張する体を優しく愛撫され、ナカへ埋められて愛される幸福に包まれる。千秋は彼の逞しい体に抱きつくことしか出来なくて!? エリート御曹司の極甘恋愛包囲網☆
TK Tull kiss label DX
チュールキスDX
大好評発売中!

チュールキス DX をお買い上げいただきありがとうございます。
先生方へのファンレター、ご感想は
チュールキス文庫編集部へお送りください。

〒102-0073　東京都千代田区九段北3-2-5 5F
株式会社Jパブリッシング　チュールキス文庫編集部
「木下　杏先生」係　／　「小島ちな先生」係

Tull kiss label
DX

今夜、一線を越えます
～エリート鬼上司の誰も知らない夜の顔～

2021年9月30日　初版発行

著　者　木下　杏

発行人　神永泰宏

発行所　株式会社Jパブリッシング
〒102-0073　東京都千代田区九段北3-2-5 5F
TEL　03-3288-7907
FAX　03-3288-7880

印刷所　中央精版印刷株式会社

ISBN978-4-86669-427-6　Printed in JAPAN